가장 무서운 이야기 사건

가장 무서운 이야기 사건

곽재식 장편소설

엘릭시르

차례

문제편

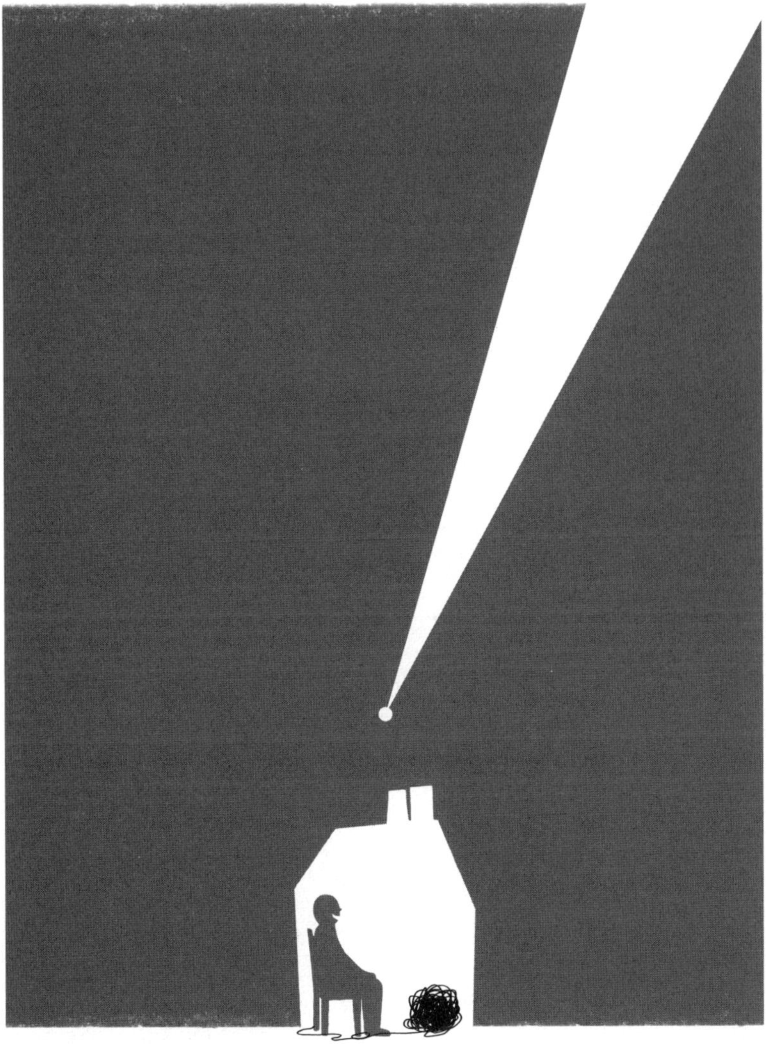

1

오랜 시간이 지난 지금도, 만약 그때 내가 그의 물음에 다른 대답을 하기만 했다면 이 모든 일들을 전혀 겪지 않았을지도 모른다고 생각할 때가 있다.

그때 이인선 사장은 나에게 이렇게 물었다.

"세 가지 중에 하나 고르세요. 아는 이야기 중에 제일 무서운 이야기, 남들 돈 번 이야기 중에 제일 기막힌 이야기, 뭐 아는 것 있어요?"

면접중이었지만 이인선 사장의 태도는 전혀 진지해 보이지 않았다. 그러나 나는 엄숙해져 있었다. 그때 나는 꼭 합격하고 싶은 마음이 혈관 끝까지 꽉꽉 차서 온몸에 가득한 느낌이었다. 나는 재빨리 대답을 하려 했다. 그러다가 멈추었다. 약간 이상했다.

그에게 되물었다.

"아까, 세 가지 중에 한 가지를 고르라고 말씀하지 않으셨습니까? 무서운 이야기, 돈 번 이야기 두 가지밖에 말씀 안 해주셨는데요."

사장은 그 짧은 시간에도 무엇인가 딴생각을 하고 있는 듯하였다. 내가 묻는 말을 듣고는 그는 다시 딴생각의 세계에서 현실 세계로 돌아온 듯 흠, 하고 정신을 차렸다. 그리고 나를 말없이 이삼 초 정도 쳐다보았다. 그 표정은 조금도 믿음직스럽지 않았다. 이 면접에 대해서도 전혀 고민하고 있는 것 같지 않았고, 나를 마주하고 있는 이 장소에 신경을 쏟고 있는 것 같지도 않았다.

차라리 아까 방안에 잠깐 나타났다가 사라진 파리를 쳐다봤을 때 더 신경을 쓰는 얼굴이었다. 파리가 내는 윙윙거리는 소리는 거슬리기라도 하지, 내 대답에는 그만큼도 신경을 쓰지 않는 듯하였다.

아까 그 파리가 잠깐 벽에 앉았다 다시 날아가기 전까지 열심히 두 발을 비볐는데, 비빈 횟수가 짝수인지 홀수인지 알고 싶은 만큼의 관심도로, 내 대답을 기다리고 있는 듯했다. 과연 그 숫자가 짝수인지 홀수인지 궁금해하는 사람이 한 사람이라도 있을까? 영원의 시간이 지나 온 우주의 수명이 다할 만큼 지나는 동안 이 세상에 숫자를 헤아릴 줄 아는 모든 것들의 마음속에 다만 단 한 번이라도 아까 그 파리가 발 비빈 횟수를 궁금해하는 사람이 있을까?

나는 힘이 빠졌다. 합격하고 싶다는 마음으로 애를 쓰고 있다는 사실이 부끄러워졌다. 이것저것 온통 원망스러워져서, 정말 세상 모든 일을 다 알고 있고 모든 것을 관장하는 전지전능한 이가 있다면, 파리가 짝수 번 발을 비비는지, 홀수 번 발을 비비는지도 알고 있소 하고, 한번 따지고 싶었다. 나 혼자 기대하고, 긴장하고, 애쓰고 있을 뿐이지 죄다 무의미한 일인 것만 같았다.

"세 가지라고 했어요?"

사장이 말했다. 세 가지면 어떻고 두 가지면 어떻냐, 어차피 무슨 소리를 하건 뭘 듣건 다 쓸데없는 것 아니냐고, 왜 따지느냐고 귀찮아하는 듯 보이기도 했다. 사장은 무슨 생각을 하기에는 너무 짧은 시간 동안 눈을 약간 찌푸리며 뭘 떠올리는 듯하더니, 다시 말했다.

"바람난 이야기. 바람난 이야기로 하지요. 그러니까, 아는 이야기 중에 가장 무서운 이야기, 남이 돈 번 이야기 중에 제일 기막힌 이야기, 누구 바람난 이야기 중에 최대한 길게 해줄 수 있는 이야기, 셋 중에 하나 골라서 이야기해주세요."

질문이 끝나자마자 사장은 또다시 눈을 돌리더니 원래의 표정으로 돌아갔다. 의욕도 없고 관심도 없는 표정이었다. 지루해하는 것 같은 얼굴은, 그가 그냥 앉아 있기만 하는데도 인성이 게을러 보인다는 느낌까지 들게 했다.

만약 이곳이 전에 이름을 조금이라도 들어본 그럴듯한 회사였다면, 탈락이라고 이미 결과가 정해져 있는데 어쩔 수 없는 절차상의 이유가 있어서 이 면접을 보는 거라고 상상했을 것이다. 예를 들자면, 부유한 집안에서 뇌물을 받아먹어서 그 집 자식을 뽑기로 마음먹었는데, 채용 인원의 1.5배 이상은 면접을 보고 그중에서 합격과 낙방을 결정해야 한다는 회사 규정이 있어서 그걸 형식적으로 지키기 위해 보나마나한 면접을 보는 것이겠거니 싶었을 것이다.

그러나 이곳은 그럴 만한 가치조차 없어 보이는 회사였다. 면접 장소의 공기부터 비할 바 없이 싸구려였다. 아무도 이 회사에 입사하기 위해 뇌물을 줄 것 같지 않았다.

면접 장소로 내가 마음속에 품고 있었던 것은 어두운 나무 탁자 앞에 나란히 놓아둔 의자가 있고, 그 앞에 수험표를 단 응시자가 떨면서 앉는 모습이었다. 얼마 전까지 다니던 회사 역시 입사하기 전에도 비슷한 면접을 거쳤다. 그때는 뭔 창조적인 경영이니 뭐니 해서, 더 활동적인 인재상을 평가한다고 면접을 서서 본다며 의자를 없애고 응시자와 면접관이 모두 탁자 앞에 서 있기는 했지만 대충 분위기는 보통 면접과 비슷했다.

그게 창조적인 경영과 무슨 상관인지는 오늘 이때까지도 모를 일이고, 그 덕택에 괜히 다리 아파하는 면접관들이 많아서 뒷번호에 면접 보는 사람들에게 부정적인 인상이 생기고 말아 우르르 떨어진 덕에 내가 합격한 것은 기억이 난다. 나중에 듣기로는 그때 응시자 한 명은 "다리가 아프시다면 제가 회사를 위해 의자라도 되어드리겠습니다"라고 말한 뒤에 바닥에 엎드리더니 자기 등에 제일 직위가 높아 보이는 면접관 보고 앉으라고 했고, 그 사람이 수석 입사자로 지금은 최연소 조정실 실장이 되었다든가 어쨌다든가 하는 말도 있었다.

그러나 그조차도 그날에 비하면 내가 생각하던 입사 면접의 틀에서 크게 벗어나는 것은 아니었다.

그날 이인선 사장의 '회의실'이라는 곳에 한 걸음 들어서자마자 생각 밖이라는 느낌이 들었다. 의자가 없다거나 면접관이 서 있는 것은 아니었다. 의자는 오히려 너무 많았다. 그 건물은 원래 무슨 학원 자리여서, 면접을 보는 방에는 어린이들이 쓰던 작은 책상과 의자 수십 개가 빽빽이 차 있었다. 어린이 수가 줄어드는 바람에 최근에 급격히 망하는 학원이 많아졌다고 하던데, 이곳도 그런 곳이었다.

의자와 책상은 줄이 맞춰져 있었던 것을 후려친 듯 흩뜨려져 있었다. 칠판에는 아직도 초등학생 수학 문제를 풀어준 흔적이 남아 있었다. 강사가 문제를 설명하던 교탁 위에는 쓰레기가 있었다. 언제 먹은 것인지 알 수 없는 닭튀김 상자가 놓여 있었다. 이미 내용물은 다 먹고 뼈만 남아 있었다. 아까 날아든 파리 한 마리 역시 기름에 전 닭 냄새를 맡고 들어온 것이었다.

정글의 수풀을 헤치고 가듯이 널브러진 책상과 의자 들을 헤치고 나아가니 면접관이 있었다. 면접관은 앉아 있지도 않고 서 있지도 않았다. 책상을 한쪽으로 밀어붙이고 만든 공간에 누워 있었다.

내가 오기 직전까지 자고 있는 것처럼 보였는데, 내가 오니까 일어났다. 책상 언저리에 붙어 있는 스위치를 누르자 누워 있던 자리의 상체에 해당하는 부분이 소리를 내며 일어나 등받이로 변했다. 처음에 나는 그것을 보고 면접관 몸이 불편해서 그런 장치를 쓰는 것인가 잠깐 생각했다. 그러나 그게 아니라 그냥 귀찮아서 그러고 사는 것이었다. 나중에 들어보니 근처의 망한 산부인과 병원에서 버리는 것을 주워 왔다고 했다.

“그전에는 의자를 열 몇 개 붙여서 누울 공간을 만들고 그 위에 담요를 깔고 잤거든. 그것보다는 이런 식으로 조합해놓는 게 훨씬 더 편하더라고.”

나중에 그가 해준 설명은 그러하였다.

그러니, 뭘로 보나 그곳은 도전적인 신생 기업의 참신한 회의실 모습은 전혀 아니었다. 그보다는 걸인 떼거리의 소굴이나 마약 밀매범이 약장사하는 장소처럼 보였다. 계속 보다 보면 차라리 그런 인간적인 느낌조차도 없는 것 같기도 했다. 산에서 내려온 너구리나 멧돼지 같은 짐승이 먹이와 쉴 곳을 찾아 이리저리 도시를 헤매다가 마침 따뜻한 곳이 있어 웅크리고 있는 둥지에 가깝다는 기분까지 들었다.

잠이 덜 깼음이 확실한 면접관, 그러니까 이인선 사장은 나에게 자기소개를 해보라고 했다. 하품하는 것이나 다를 바 없는 음색이었다. 내가 이러저러한 공부를 하고 이러저러한 회사에서 일하던 사람인데, 회사가 사업 한 가지를 접는 바람에 잘려서 새 일자리를 구하고 있노라고 소개를 마치자, 그는 고개를 끄덕끄덕했다. 옆얼굴을 언뜻 보니, 얘기가 지루한데 전화를 꺼내서 사탕 맞추는 게임이라도 하면서 들으면 안 될지 갈등하는 듯싶기도 했다.

나는 속 시원하게 한숨이나 길게 내쉬고 일어나서 갈까 싶었다.

그때 이런 질문을 들은 것이다.

"제가 세 가지 선택지를 드릴 테니까, 세 가지 중에 한 가지를 골라서 이야기해주세요."

그는 내가 아는 이야기 중에 가장 무서운 이야기, 남들 돈 번 이야기 중에 가장 기막힌 이야기, 바람난 이야기, 세 가지 중에 하나를 골라 이야기해보라고 했다.

그 말을 듣자 나는 다시 생각하기 시작했다. 질문이 그럴듯하게 들렸다.

면접중인 회사는 차세대 인터넷 미디어 벤처 운운하는 곳이었는데, 어울리는 느낌이었다. 전에 다니던 회사는 카메라를 만드는 회사였다. 직원을 평가하는 질문으로 '바람난 이야기를 해보라' 같은 말을 하는 상사는 아무도 없었다. 그런데 이곳은 지원자가 무슨 '이야기'를 잘하느냐를 면접시험의 평가 기준으로 삼고 있는 것이다. 특이했고, 머리에 쏙 들어왔다.

이곳이 '차세대 인터넷 미디어 벤처'라는 설명을 처음 읽었을 때만 해도, 잡스럽게 앞에 갖다붙인 '차세대'라는 말이 생기 없게 들렸고, 그런 터라 조잡한 연예인 사진을 모아 올리는 인터넷 뉴스 업체면서 돈 되는 일이라면 스팸 메일이나 광고 뿌리는 일도 하는 곳 정도가 아닐까 상상했었다. 사무실의 몰골을 보고 나서는 더 실망스러워져서, 스팸 메일을 뿌리는 노하우라도 변변히 있기는 할까 싶었다.

그런데 이야기를 해보라는 질문을 듣고 답변을 하려고 궁리하기 시작하니, 일단 면접을 잘 보고 싶었다. 몇 년 동안 면접시험을 보지 않고 지낸 형편이어서 요즘 면접시험이라는 것은 어떤지도 잘 모르겠고, 낯선 사람에게 좋은 모습을 보이고 짧은 시간 안에 좋은 대답을 한다는 것에 대한 감각도 무뎌졌다. 어떻든 면접을 성의 있게 치른다면 적어도 다른 면접시험을 치르는 데 필요한 경험은 얻을 수 있겠다고 생각했다. 그러면 다음번 면접은 조금 더 편안하게 조금 더 자연스럽고 자신감 있게 치를 수 있을 것이다.

그렇게 면접시험을 잘 보겠다고 마음을 먹자 합격도 탐이 났다.

그때는 뭐든 하여간 합격을 하고 싶었다. 전에 다니던 회사를 그만둔 직후에는 이참에 더 큰 회사, 더 좋은 회사로 자리를 옮겨보겠다는 꿈도 잠깐 품었다. 그렇지만 그야말로 꿈같은 상상일 수밖에 없었다. 웹사이트들을 돌아다니며 구인 공고를 본 지 두 시간이 지나지 않아, 나는 '더 좋은 회사'라고 할 만한 곳에는 자리가 없다는 것을 알게 되었고, '비슷한 회사', '조금 못한 회사'에도 일자리는 극히 부족하다는 것을 깨달았다.

그러면서도, 엊그제까지 멀쩡히 일을 하던 사람이었으니까, 비슷한 일을 하는 비슷한 그 회사들 중에 한 군데는 합격할 거라고 기대했다. 그렇지만 결과는 모조리 불합격이었다. 면접시험을 볼 기회를 주는 곳조차 고작 한 군데인가 두 군데뿐이었다. 면접이라고 해봐야 대단할 것도 아니고, 업계 모임에서 만나서 쓸모도 없는 안부를 물으며 농담하던 이웃 회사 부장이 면접 자리에 나오는 것일 뿐일 텐데 그 사람을 만날 기회조차 없었다. 고기를 구울 때 자꾸 태우는 버릇이 있는 별 볼 일 없는 중늙은이 정도로 생각했던 그 이웃 회사의 부장이 지금은 하계를 내려다보는 신선처럼 보였다.

나는 범위를 넓혀서 일자리를 구해보기로 했다. 하던 일과 조금만 관계가 있다 싶으면 이력서를 보냈고, 작은 회사든 못 들어본 회사든 간에 월급만 꼬박꼬박 주는 회사라면 어디든 지원했다.

일자리를 구하는 선별의 기준이 점점 낮아지다가 마침내 닥치는 대로 어디든 지원해보게 되었다. 어떤 사람들은 그런 상황이 되면 아무것도 따지지도 않고 나와 있는 연락처로 자기가 만든 이력서를 이백 통이고 삼백 통이고 막 뿌려댄다고 하던데, 나는 그래도 어떻게든 조금이라도 구직 확률을 높여 보려고 했다. '탁월한 업무 실적'은 진부하게 들리니까, '업계 최고 수준의 업무 실적'으로 바꿔 써야겠다는 따위로, 말 한 마디 한 마디 신경쓰며 하나하나 더 좋아 보이는 말로 바꾸었다.

그러나 역시 결과는 불합격이었다. 어떻게든 눈에 들어보려고 애를 쓰고 수고했던 것이 비참하게 느껴졌다. 차라리 나도 그냥 별생각 없이 휴지 뭉치 던지듯이 미리 써둔 이력서 내용을 똑같이 복사해서 붙여 넣었다면 불합격되어도 애탈 일도 없었을 텐데, 하는 생각까지 들었다. 그렇게 한 철을 지내고 나니 마음은 점점 더 어두워지고 갈수록 바짝바짝 초조해지기만 했다.

나중에는 어쩌다가 내가 이렇게 쓸모없는 사람이 되었나 하는 생각까지 들었다. 어릴 때는 멋지게 살고 싶어 화려한 미래를 상상한 적도 있고 그 뒤에도 지금까지는 그럭저럭 밥값 벌고 세금은 내면서 살아왔는데, 조금씩 조금씩 망해먹은 끝에 세상에서 찾는 사람이 없는 인간이 된 느낌이었다.

도대체 왜 이런 악운이 나에게 찾아왔나 싶기도 하고, 도대체 내 삶의 어떤 순간에 무슨 잘못을 저질렀기에 이렇게 되었나 고민이 되기도 했다. 지난번 인사이동 때 파견 근무를 자원했으면 이런 일을 안 당했을까? 그나마 일자리가 있었던 신입사원으로 자리 구할 때에 마음에 좀 안 맞더라도 대기업에 취업해야 했을까? 고등학교 때, 졸린 표정의 담임교사 말을 듣고 대학 전공을 택해야 했을까?

이인선 사장의 회사에서 연락이 온 것이 그 무렵이었다. 그 시절 나는 혹시나 무슨 연락이 왔나 싶어 오 분에 한 번씩 전화를 열어 이메일을 확인해보는 것이 버릇이었다. 그 메시지도 그러다 보았다.

서류 접수 결과를 알려준다는 회사들의 메시지는 벌써 백 통 넘게 받아봤다. 그래서 이제는 새로운 메시지를 보면 마음속으로 "보나마나 이번에도 떨어진 것이겠지"라고 말하면서 각오를 한다. 기대 없는 척, 대수롭지 않은 척, 무덤덤한 척, 포기한 척 메시지를 열어본다. 그렇지만 아무리 그렇게 하려고 해도, 그때마다 또 다른 마음이 새롭게 돋아나 꿈틀거려서 '그래도 혹시나 면접 보러 오라고 할 수도 있지 않을까' 생각하게 되었다. 막상 메시지를 열어 눈으로 읽기 직전에는 뇌 한쪽에서는 누가 '제발' 하고 기도하기까지 했다.

"서류 전형 통과를 축하드립니다. 다음 내용을 숙지하고 면접 고사에 응하시기 바랍니다.”

정말 오래간만에 보는 합격 통지였다. 뭐가 되었든 긍정적인 소식 자체를 들어본 지 정말 오래되었다는 생각이 새삼 들었다.

나는 기뻐하며 다시 내용을 확인했다. 내가 착각해서 잘못 본 것은 아니겠지? 그쪽에서 엉뚱한 사람에게 합격 통지를 보낸 것은 아니겠지? 아니다. 제대로 온 것이 맞았다. 정확히 어떤 회사의 어떤 자리인지는 기억나지 않았지만, 지원 서류를 접수했던 회사였다는 것까지는 분명히 기억이 났다. 그렇다면 정말 합격한 걸까? 사기는 아닐까? 구직하려는 사람의 간절한 마음을 이용해서 합격했다고 속인 뒤에 ‘합격한 뒤에 이러저러한 일을 해야 한다’고 엉뚱한 일을 시켜서 돈을 뜯어내는 사기를 치는 사람들이 있다는 것이 기억났다. 나에게 이 메일을 보낸 곳도 그런 곳은 아닐까?

내가 전에 접수한 서류를 다시 살펴봤다. 이인선이라는 사람이 사장으로 있다는 회사는 “차세대 인터넷 미디어 벤처 기업”이었다. 기술 분야를 중심으로 다양한 정보를 조사하고 취재할 “진취적이고 적극적인 인재”를 구한다고 되어 있었다. 정확히 어떤 곳인지는 알 수 없었지만, 조사관, 기자 내지는 탐정 비슷한 일이라는 생각이 들었다. 문득 어린 시절에 접했던 이야기에서 세상의 부패를 파헤치며 악당을 쫓아다니고 화려한 특종으로 거물을 몰락시켜버리는 기자, 범죄와 맞서 싸우는 초능력 영웅과 함께 활약하는 탐정이 떠올랐다.

나는 내가 하고 싶어서, 내가 보기에 좋아 보여서, 내 눈에 멋있어 보여서 어떤 진로를 택해본 적이 없었다.

총점과 점수를 높게 받은 과목에 맞춰서 대학 전공을 골랐고, 그 대학 그 전공 사람을 잘 뽑아 가는 회사에 취직했다. 거기서 치른 적성검사 결과나 어학 시험 성적에 따라 거기에 맞는 부서에 배치되었고, 거기에서 돈을 벌기 위해서 일을 했다. 그뿐이었다.

그런데 새로운 기술을 조사하고 취재해서 그걸로 "차세대 인터넷 미디어"에서 일한다니, 재미있고 신기한 일로 들렸다. 멋있게 보였다. 기분이 좋아서 합격 통지를 읽고 그 기분에 취해 계속 생각하기 시작했더니, 이 알 수 없는 회사가 점점 좋은 쪽으로만 보였다. 며칠이 지나자, 이전 직장을 그만둔 뒤 오랜 시간 비슷한 다른 직장을 얻지 못한 것 때문에 다른 분야에도 눈을 돌리게 되었다는 것이 절묘하게 여겨질 지경이었다. 그런 괴로운 시절 때문에 이전이라면 상상도 하지 못했을 이런 사업에 발을 디디게 된 것이 내 삶의 진정한 목적으로 이끄는 무슨 운명이 아닌 것인가 하는 얼빠진 생각까지 했던 것이다.

그런 마음으로 면접을 준비했기에 회사의 실제 모습을 보고 더 크게 실망을 했지 싶다.

실망스러운 면접관의 모습과 태도 때문에 마음은 더욱 무거워졌고, 그의 그 질문을 듣기 직전까지만 해도 이런 곳에까지 굴러들어야 하나 싶어 벌떡 일어나서 뛰쳐나갈까 싶기도 했다. 내가 이 수준까지는 아니라고 존엄함을 선언하고 싶었다.

"무서운 이야기를 말씀드리겠습니다."

이야기를 해보라는 그의 질문에 나는 마음을 고쳐먹었다. 그때 누가 나에게 이런 말을 귀에 속삭이는 것 같았다.

"낙방에는 아무 존엄함이 없다."

낙방에는 빌어먹으려고 해도 아무것도 없다. 무슨 조그마한 존엄함 비슷한 것이라도 얻으려면 일단 어디든 합격을 해야 한다.

묵은 유령들이 쓰는 공중화장실을 연상하게 만드는 사무실에서 일하는 것에도 합격할 수 없다면, 영영 다시 일을 할 곳을 구할 수 없을 것 같았다. 합격해서, 나의 가치에 돈을 지불하려는 누군가가 있다는 느낌만이라도 다시 느껴보고 싶었다. 그 느낌을 잠깐이라도 맛보아야만 밤이 올 때마다 계속

덩어리가 커져가는 막막한 답답함을 멈추게 만들 수 있을 것 같았다.

그 때문에 나는 내가 아는 가장 무서운 이야기를 생각해서 이인선 사장에게 말하겠다고 결심했다.

뒤에 벌어진 일들을 생각해보면, 완전히 잘못된 생각이었다.

2

입사 면접을 보러 온 한규동이 이인선에게 자기가 알고 있는 가장 무서운 이야기를 해주겠다고 대답한 이유는 특별히 무서운 이야기를 좋아하기 때문은 아니었다.

엘리베이터에서 귀신이 나온다든가 늦은 밤 아무도 없는 학교에 나오는 귀신 이야기 따위를 여럿 들어본 적은 있었다. 그렇지만 그런 이야기에 관심이 딱히 많은 편도 아니었고, 직접 무시무시한 일을 겪었다거나 해서 남들에게 길게 들려줄 만한 사연이 있지도 않았다.

처음부터 무서운 이야기, 돈 번 이야기, 바람난 이야기 셋 중 하나를 말해보라고 했다면, 아마 한규동은 돈 번 이야기를 했을 것이다. 지난번 다니던 회사가 돈을 벌어들이는 방법들 중에는 갖가지 당혹스러운 것들이 있었고, 한규동은 그런 일 때문에 회사를 그만두었기 때문이다.

그런데 이인선이 실수로 무서운 이야기, 돈 번 이야기만 먼저 말했고, 그다음에 한규동의 지적을 받고서야 거기에 뒤이어 바람난 이야기를 해도 된다고 덧붙였다. 실수 때문에 생긴 그 순서 차이 탓에 한규동은 괜히 바람난 이야기에 더 관심이 일었고, 무심코 그 이야기를 할까 생각했다. 얼마 전 헤어진 여자친구 장혜경이 떠올랐기 때문이다. 그런데 막상 입을 열려다 보니, 자기와 장혜경 사이에 있었던 일을 오늘 처음 보는 사람에게 말하는 것이 꺼려졌다.

이 이야기는 한규동의 인생에서 중요한 이야기로, 그의 인성과 성격에 깊은 흔적을 남긴 사연이었다. 한규동의 일부가 되어 평생 그를 따라다닐 진짜 이야기였다. 그날 이인선의 멍한 얼굴은 전혀 이런 이야기를 들을 자격이 없어 보였다. 한규동이 보기에 잠이 덜 깬 이인선의 눈동자는 매실주를 담그느라 삼 년 전 알코올에 푹 담가놓은 마른 매실처럼 보였다.

그 때문에 결국 한규동은 그에게 가장 적합한 답변이었던 돈 번 이야기도 아니고, 그렇다고 하고 싶은 이야기로 그때 생각난 바람난 이야기도 고르지 않게 되었다. 그리하여 하나 남은 나머지, 무서운 이야기를 택하게 되었다.

한규동이 그날 이인선에게 한 이야기는 다음과 같다.

3

한규동의 이야기는 1940년대 어느 옷 공장에서 시작했다. 이 이야기의 결정적인 주인공은 이야기 말미에 등장하는 공장과 별 관계 없는 학생이고, 이야기에서 많은 역할을 하는 인물은 그 공장의 직원이다. 그렇지만 이야기의 출발시키는 인물은 옷 공장의 사장이었던 임만섭이라는 사람이다.

한규동은 임만섭의 출신이나 가문에 대해 길게 설명할까 생각하기도 했다. 그러나 그러면 이야기가 너무 길어질까 봐 임만섭이 사업을 키운 대목부터 말했다.

임만섭은 옷 공장을 하나 갖고 있었다고 한다. 그 공장이란 것은 산비탈에 들어앉아 등성이 사이에 오목하게 자리잡고 있었다. 아담한 편이어서 사업을 크게 할 규모는 못 되었으므로, 옛 일본 제국이 전쟁을 점점 크게 벌이면서 경기가 나빠지자 사업은 곧 기울었다. 매일 밤 산비탈에 있는 사무실에서 혼자 불을 켜고 밤새 장부를 들추고 거듭 돈을 헤아려봐도, 임만섭의 부유한 가족이 소비하는 지출을 감당하기는 점점 더 어려워졌다.

그러던 중, 임만섭은 일본군이나 조선총독부에서 주관하는 상공인 행사에 나갔다가 놀라운 모습을 보게 되었다. 행사의 처음 절반은 예상과 다를 바 없었다. 일본 공무원에게 붙어 있는 조선인 공무원들이 무슨 규정 위반이니 허가 취득 같은 걸 조심하지 않으면 사업 망하는 것도 한순간이라는 말을 농담이랍시고 웃으며 몇 마디 했고, 그러고 나면 서로 아무 궁금할 것도 없는 부모 안부 자식 안부를 물은 뒤에, 사업가들이 몇 번 머리를 조아리고는 공무원들에게 돈 뭉치 몇 개를 쥐여주는 것이 전부였다. 조선인 공무원들도 경기가 나빠진 것을 알았는지 생각보다 돈을 덜 기대했다는 것을 빼면 임만섭의 예상에서 벗어나는 일은 없었다.

그런데 행사 말미에 새로운 시간이 있었다.

몇몇이 나서서 전쟁중에 허망하게 목숨을 날린 일본 군인을 칭송해, "우리도 사이토 소좌의 정신을 이어받아, 세계사의 중대한 일대 기로에서 큰 흔적을 남기기 위해 짤막한 목숨 장렬히 불사르며 언제라도 자폭하자!" 따위의 말을 몇 마디 부르짖으며 아무도 없는 허공에 대고 주먹을 몇 번 휘둘렀던 것이다. 그러자 아무 일도 할 줄 모르는 그따위 인간에게 일본인들이 뭉텅이로 돈을 쥐여주었다. 다른 한 명이 또 나와서 "다 같이 죽자는 정신으로 임하면 어떤 적도 물리칠 수 있다"고 말하자 일본군의 높은 사람이 손뼉을 쳤고, 요란한 손뼉 소리가 귀를 울리는 사이 헛소리꾼은 고스란히 돈을 챙길 기회를 차지했다.

임만섭은 이렇게 돈을 쉽게 버는 수가 있나 싶었다. 그는 종로 골목의 찌든 술집을 돌아다니며, 술값이 없어 빌빌거리고 있는 주정뱅이들 중에 왕년에 글줄깨나 쓴다고 하며 신문에 얼굴을 들이밀며 뽐내던 시인이니 소설가니 하는 자 몇을 찾아냈다. 임만섭이 지폐 두세 장을 꺼내 술값을 대신 치러준다고 하자 그들은 별별 해괴한 표현을 써가며 전쟁터에 달려가서 얼른 죽자는 말을 길고 화려하게 써주었다.

임만섭은 그걸 들고 적당한 행사장을 찾아가 그대로 읽었다. 그러자 감격한 얼굴의 일본인들이 모여들어 치하해주었다. 반도인의 마음이 이처럼 내지인과 그대로 합치되어 있는

데, 이 정신이 그대로 이어지면 십억 동양인이 한마음 되지 못할 것이 무엇이며, 온 세계가 커다란 한뜻으로 한 뭉치가 되지 못할 것이 무엇이냐고 감탄하는 미친놈도 있었다. 그 덕에 임만섭에게는 일본군에게 납품할 권리가 주어졌다.

전쟁중에 그만큼 이문이 많이 남는 장사가 또 있을 리 없었다. 임만섭은 군복을 만드는 일을 따 와서 공장을 계속 키웠다. 특히 그는 자폭 공격을 하는 군인이 죽기 전에 쓰는 두건이나 휘장 따위를 만드는 일을 많이 따 왔다. 그런 물건은 오래 두고 쓸 물건이 아닌 까닭에 적당히 만들어 대충 팔아도 뭐가 잘못된 것인지 싸구려인지 들통날 일이 없었다. 돈을 벌기 좋은 주문이었다. 임만섭은 전쟁 행사와 공장을 오가면서 점점 더 많은 돈을 모았다.

임만섭은 다시 마음의 부유함을 느낄 수 있었다. 그가 운영하는 공장의 일거리는 점점 많아졌다. 이 이야기에서 많은 역할을 한다는 직원이 들어온 것도 그 시기였다. 그 직원은 옷을 만드는 공장에서 단순 작업을 하는 열 몇 살쯤 되어 보이는 여자였다. 먹고살 길이 팍팍해져서 도시로 흘러든 수없이 많은 시골 농부의 자식들 중 하나로 보였다. 그 직원이 어떤 집에서 살며 무슨 일을 하다가 이 공장에 온 것인지 궁금해하는 사람은 아무도 없었다.

다들 그저 그렇겠거니 생각했다. 점점 살기가 팍팍해지다가 가뭄이나 홍수를 한번 겪고 전 재산을 날린 농부가 있는데, 그렇게 해서 먹고살기 어려워져 뿔뿔이 흩어진 가족 가운데 한 명,이라는 식으로 생각했을 것이다. 그렇기 때문에 이 직원은 이 이야기에서 가장 중요한 인물이지만 이름조차 전해지지 않는다. 임만섭 역시 그때만 해도 그런 직원이 자기 공장에 있는지 모르고 있었다.

나중에 몇몇 호기심 많은 사람들이 그 직원의 고향이나 혈통, 혹은 정확한 나이에 대해서 알아내려고 했다고는 하지만 다들 도중에 포기했다고 한다. 그래서 한규동의 이야기에서 그 직원의 과거 사연에 대해 알려진 것은 없다.

다만, 그 직원 스스로도 자신을 다른 많은 사람들과 별다를 바 없는 사람으로 여겼는지에 대해서는 사람들의 의견이 갈린다.

상당수의 사람들은 그때만 해도 그 직원이 누구와도 다를 바 없는 평범한 사람이었다고 주장한다. 그 직원 외의 다른 누구라도 비슷한 일을 차례로 겪었다면 나중에 그 직원과 같이 변했을 것이라고 설명한다. 그들은 오히려 이 직원이야말로 나중에 일어나는 사건의 희생자라고 말했다. 우연한 기회에 마침 그 직원이 그곳에 있었기 때문에 사건이 발생한 것이지, 그 직원을 뒤이어 일어난 일의 원인으로 볼 수는 없으며, 윤리적으로 보았을 때 그렇게 생각해서도 안 된다고 생각한다.

하지만 또 다른 부류의 사람들은 그 직원이야말로 중요한 사건의 결정적인 원인이라고 지적한다. 물론 그 직원도 한 가지 범죄의 희생자인 것은 맞는다는 것까지는 인정한다. 그렇지만 뒤이어 일어난 가장 이상한 사건은 바로 그녀가 주도해서 일으킨 것이 맞는다고 보는 것이다. 그들은 비슷한 환경이었던 다른 공장, 다른 지역에서는 일어나지 않았던 일이 이곳에서 일어난 이유가 그 직원 때문이라고 설명한다. 그러니까 그 직원 대신 다른 사람이 있었다면 다른 어느 누구였다고 해도 뒤에 일어날 일은 일어나지 않았을 것이라는 이야기다.

소수의 사람들은 여기에서 한발 더 나아가, 그 직원이 세상에 나타나서는 안 되었던 어떤 사악하고 비밀스러운 것이었다고 믿기도 한다. 이들의 관점에서는 그 직원의 배경과 출신이 알려지지 않은 것이야말로 이질성의 증거가 된다. 그러니까, 보통의 사람들이 보통의 세상에서는 결코 마주쳐서는 안 되는 것이 어떤 이유로 우연히 세상에 나타났고, 그 원인이 바로 그 직원이라는 주장이었다.

이런 사람의 이야기 속에서 이 직원의 모습은 각별하게 묘사된다. 시골에서 막 올라와 옷 공장에서 일하는 단순 작업 담당 직원을 떠올릴 때 상상할 수 있는 모습과는 다르다는 것이다.

당시 비슷한 물건을 생산하던 인근 공장에서 촬영한 사진을 보면, 그런 일을 하는 직원들의 모습은 굉장히 비슷해 보인다. 작업복을 입고 머릿수건을 두른 피로한 표정의 십 대의 얼굴이 끊임없이 이어진다. 사진이 낡았기 때문이기도 하겠지만 그 얼굴은 서로 구분하기 어려울 정도로 닮아 보인다. 그것은 비슷한 불행을 겪으면서 점차 망가져간 사람들의 얼굴이었는데, 나중에 가면 불행을 견뎌내느라 부서지면서 삶을 지탱할 최소한만 남아 있는 형태가 된다고 했다. 산 사람들 간의 생생한 아름다움과 추함의 차이에 비해, 죽은 사람이 썩은 뒤 남은 뼈는 놀라울 정도로 비슷해 보이듯이, 그렇게 남은 그들의 모습이 닮아 보인다는 것이었다.

그런데 그 직원에 대해서는 처음 볼 때부터 불길했다는 묘사가 따라붙는다. 가장 싼 값으로 만들기 위해 택한 작업복의 칙칙한 색깔조차, 그 직원이 입고 있을 때는 비밀 종교에서 제물을 바칠 때 입히는 예복처럼 보였다고 한다. 그 직원의 말하는 목소리는 불치병에 걸려 신음하는 사람과 같이 가늘고 우울했지만 그러면서도 말 한 마디 한 마디 귓구멍을 파고

들듯 잘 들렸다고 전하는 사람도 있었다. 낮은 목소리로 말하는데도 고막 안으로 머리통을 들이밀고 속삭이듯 피할 수 없는 소리처럼 들렸다고들 말했다.

아무도 그 직원과 어울리려고 하지 않았다는 말이나, 그 직원은 밤에 잠을 자지 않고 자는 척만 하다가 다들 잠이 들면 두 눈을 뜨고 다른 누군가가 깨어날 때까지 어둠만을 응시하고 있었다는 따위의 이야기도 있다. 그 직원은 좋은 풍경이나 아름다운 미술품보다 밤의 어둠 자체의 모습을 더 보기 좋은 것으로 여겼다는 말이 이야기에 더해진다.

이 대목에 대해 이인선이 묻자, 한규동은 다음과 같이 자기 의견을 밝혔다.

"제 생각에 그 직원의 모습이나 버릇에 관한 이야기는 뒤에 이야기를 꾸민 사람들이 분위기를 더 으스스하게 꾸미려고 그냥 적당히 덧붙인 이야기 같아요. 그래서 저는 그런 이야기들은 믿지 않습니다."

"그러면 그 앞의 이야기는 믿어요?"

한규동은 그때 이미 자기가 하는 이야기에 빠져 있었다. 그러나 이인선은 그때까지도 잠이 완전히 덜 깬 목소리였다. 그 목소리를 듣자 한규동은 좀더 열심히 이야기해야겠다고 생각했다.

“아닙니다. 앞부분의 이야기도 완전히 사실이라고 믿고 있지는 않습니다. 그렇지만 앞쪽 이야기와 이야기의 뼈대에는 적어도 처음 이 이야기를 지어낸 사람의 의도나, 이야기 작자에 대한 사실은 반영되어 있을 수 있다고 생각합니다. 그에 비해서, 지어낸 것 같은 뒤쪽 내용들은 사람들이 갖고 있는 뻔한 고정관념 때문에 갖다붙인 이야기 같습니다. 불길한 이야기니까 처음부터 주인공도 불길해야 하고, 불길한 여자니까 괜히 옷차림이나 눈빛도 불길해 보여야 하고, 얼굴도 창백해 보이고, 눈빛이 무서워 보이고, 다른 사람들도 괜히 피하고 어쩌고저쩌고, 뭐 그런 이야기가 달라붙은 것 같아 보입니다.”

이인선은 고개를 끄덕거렸다.

“딱히 뭐 그런 이야기가 달라붙어 있다고 해서 진짜로 더 으스스해지는 것도 아닌데 말이지. 처음 봤을 때부터 이상해 보이는 사람이 결국 사고 쳤다는 이야기는 너무 꿰맞춘 이야기 같지. 처음에는 눈에 띄지도 않고 있는지 없는지도 모르던 사람이 갑자기 홱 이상해져버렸다는 이야기가 더 섬뜩하지 않나?”

한규동은 이인선이 자기 생각에 찬성하는 것인지 반대하는 것인지 알 수 없어서 그냥 하고 싶은 말을 했다.

"어떻게 보면, 사람들이 흔히 어디서나 저지르는 '도리어 피해자에게 책임을 묻기'에 당하는 희생자 같기도 합니다. 살해당한 사람을 두고도 대뜸 '그러길래 늦은 시간에 조심 안 하고 왜 그렇게 위험한 데를 돌아다녔냐' 하는 말부터 나오고 그러지 않습니까? 저는 뭘로 보나 그 직원은 희생자일 뿐이라고 생각합니다. 그런데도 '그 직원도 잘못했다'는 생각 때문에 점차 이야기가 그런 방향으로 살이 붙어서 요즘 도는 이야기의 모양새가 된 거 아닌가 싶습니다."

이인선은 눈동자만 한 번 움직였다.

한규동은 계속해서 다음 이야기를 이어가기 시작했다.

공장 직원들이 해야 하는 일의 양은 임만섭이 점점 더 많은 일감을 가져오면서 많아졌다. 재료가 되는 흰 천과 까만 실이 계속 실려왔다. 전쟁이 격화되자 폭탄에 불타 없어지는 병사의 숫자는 계속 늘어났고, 전사자 한 명마다 사라지는 옷도 한 벌씩이었으므로 옷은 더 많이 필요해졌다. 임만섭은 기뻐했고, 공장은 밤에도 낮에도 계속 돌아갔다.

공장에서 일하는 직원들은 더 많은 일에 시달리게 되었고, 하루 종일 기계에 찰싹 달라붙어 지냈다. 귀에는 기계 돌아가는 소리가 계속 들렸기에, 혹시 깜빡 선잠을 자다가 기계 돌리는 소리가 들리지 않게 되면 소음이 없어진 것에 놀라서 잠을 깼다. 직원들은 숨을 쉬고 심장을 뛰게 하는 일을 할 때 아무 생각을 하지 않듯이, 어떠한 생각도 하지 않으면서도 기계를 돌리며 검은 실을 자르고 끼우고 엮을 수 있었다. 반쯤 잠이 든 것 같은 직원들은 그중에 선출된 반장이 휘두르는 회초리를 맞아가며 일을 했다. 그 모습은 움찔움찔 팔을 움츠리고 다리를 뛰듯 경련과 같아 보이기도 했다.

깊은 밤 아무도 없는 것 같은 고요한 산비탈 깊숙한 곳에, 길쭉한 시멘트 건물이 혼자 환한 빛을 밝히고 있었다. 그 안에서 여윈 직원들이 사람의 허물을 뒤집어쓴 것 같은 모습으로 다들 한덩어리로 흐느적거리며 쉼 없이 일했다. 임만섭은 자신의 공장이 그와 같이 기계와 사람이 하나처럼 영원히 움직이는 모습을 보고 아름답고 신비로운 정취가 있다고 생각한 적도 있었다.

더이상 받아들일 수 없을 정도로 일감이 많아지자 임만섭은 공장을 넓히기로 했다. 임만섭은 산 위로 더 깊이 올라가는 곳에 재빨리 터를 만들었다. 어차피 빈산이라 신경쓰는 사람이 없는 부지였으므로 대뜸 새 공장 건물부터 짓기 시작했다.

그러나 공장이 완성되기 전에도 물량은 더 늘어났다. 임만섭은 직원을 더 늘리지 않고 어떻게든 더 많은 일을 해내고 싶었다. 임만섭은 직원들에게 부탁하기도 하고 더 많은 돈을 주겠다고 북돋기도 했다. 그렇지만 이미 직원들은 한계라고 할 만큼 많은 일을 하고 있었다. 달리 방법이 없었다.

임만섭이 연속으로 일을 오래하는 직원에게 상금을 주겠다고 했을 때, 상금을 노리고 일하던 직원 하나는 결국 졸음을 이기지 못하고 실수를 했다. 기계에 손을 다쳐 두 팔을 제대로 쓰지 못하게 된 것이다. 그 직원은 기술이 좋고 친절하며 성실했다. 아름답기까지 하여 많은 사람에게 사랑받던 사람이었다. 그렇기 때문에 자기야말로 누구보다 좋은 실적을 낼 수 있는 사람이라고 믿고 있었고, 그래서 가장 무섭게 일하며 상금을 따려고 했다. 그랬기 때문에 사고를 낸 것이다.

직원이 사고를 당했을 때 임만섭은 진심으로 슬퍼하고 놀랐다. 그는 사고를 당한 곳에서 정신을 잃은 직원을 직접 꺼냈다. 검은 실이 직원을 묶고 있는 것처럼 휘감고 엉켜 있었다. 규칙적인 방사형 무늬로 피에 물든 천이 끝없이 나오고 있는 와중에, 임만섭은 눈물도 흘렸다.

이대로는 안 되겠다고 생각했다.

안타깝게도 임만섭은 일을 줄이거나 직원을 더 고용해야겠다는 생각은 떠올리지 못했다.

대신에, 일주일 후 임만섭은 각성제를 구해 와서 직원들에게 주사하기 시작했다.

4

임만섭이 구한 각성제는 당시에는 피로를 해소하고 집중력을 높이는 약으로 합법적으로 팔리던 약이었다. 그때만 해도 약물중독의 위험이 널리 알려지기 전이었기 때문에, 그 약은 일감이 넘쳐나서 직원들의 체력으로 일을 해내기 어려운 곳에서 흔히 팔렸다. 시끄러운 총소리 때문에 잠을 이루지 못해 정신을 차리기 힘든 전쟁터의 병사들에게도 공급되었고, 시험을 앞두고 남들보다 더 맹렬히 공부하려고 하던 학생들이 집중력을 높이고 더 날카로운 정신으로 시험문제를 풀기 위해 사는 일도 있었다.

약은 공장에 곧 퍼져나갔다. 끊임없는 일로 괴로워하다가

참을 수 없는 피로에 눈물을 뚝뚝 흘리면서도 기계에서 떨어지지 못하고 붙어 있는 사람이 나타나기 시작한다. 그러면 한 직원이 약이 든 주사기를 들고 나타난다. 다들 그 직원을 바라본다. 그 순간 주사기를 든 직원의 모습은 밤하늘에 빛을 뿜으며 떠오른 천사처럼 보였다는 이야기도 있다.

주사기를 준비하면 직원들은 서로 차례를 다투며 하얗고 앙상한 팔을 내밀었다. 다 같이 흰 팔을 내민 모습은 흰 천으로 얼기설기 엮은 그물처럼 보였다. 주삿바늘을 찌른 자국이 그 팔에 파랗게 흩어져 있다. 그 모습은 서로 다른 사람의 팔이 아니라 하나의 흰 바탕에 푸른 잉크를 흩뿌린 듯이 보였다.

주사기를 든 직원은 다른 일을 하는 것만큼이나 약을 주사하는 데에도 익숙해져 있었다. 주삿바늘이 찌를 때, 팔의 피부가 뚫리는 짧은 고통과 약물이 들어가는 느낌이 한 사람의 몸에 흘렀다. 그리고 그 옆 사람에게도 같은 것을 주사한다. 그러다 보면 그 고통과 약물의 느낌은 사람들 사이를 파문처럼 퍼져나갔다. 팔을 내밀고 모여 있던 직원들의 얼굴 표정에 그 느낌이 드러났다. 아파하는 얼굴도 똑같이 퍼져나갔다.

투약받은 직원들의 능률은 향상되었다. 어떤 것에도 얽매이지 않는 것처럼 생산량은 펑펑 높아졌다. 실수도 거의 사라지고, 졸음이나 피로에 괴로워하는 직원도 나타나지 않았다.

주사를 맞은 뒤에 약기운이 서서히 오르면, 일하는 주변의 모든 것이 서서히 느려지는 느낌이 들었다고 했다. 기계 앞에 붙어 서 있던 자신의 몸무게가 점차 사라지고 마치 신비한 능력으로 하늘 위에 떠오른 것 같게 된다. 그리고 주위를 둘러싸고 있는 다른 모든 물건들이 느릿느릿 물속을 떠다니는 것 같이 보인다고 했다. 정지해 있는 물체조차 그렇게 보였다. 가만히 쌓여 있던 단추도, 검은 실을 감아놓은 실패도, 실적을 기록해놓은 종이 장부도, 그냥 그대로 있는 것이 뻔히 보이는데도 동시에 무엇인가 느릿느릿한 느낌, 느려진 느낌이 들었다.

그리고 모든 것이 깔끔하고 정결하게 보였다. 돌아가는 기계 바퀴의 동그란 선이 갑자기 눈에 또렷하게 보였다. 먼지가 쌓인 천장에 매달린 전깃줄의 늘어진 곡선조차 우아하게 보였다. 주위의 모든 형체가 그 선과 색을 몇백 배 몇천 배 또렷하게 만든 것 같았다. 점차 또렷한 감각은 다른 감각과 하나하나 연결되었다. 귓가에 들리는 소음이 글자가 되어 눈앞에 나타날 것만 같고, 눈앞에 보이는 색깔이 저마다 하나씩 음색을 갖고 화음으로 펼쳐지는 듯했다.

직원들이 다 같이 일을 하고 있을 때 여럿이 움직이는 근육의 수축과 이완이 마치 노래를 부르는 것처럼 느껴졌다. 일사분란하게 기계를 돌리고 있는 모습을 보면, 마치 기묘하게 변해가는 합창곡 소리가 주변을 휘감는 것 같았다.

천을 들고 움직이는 손가락의 놀림이 섬세한 노래 가사의 발음처럼 들렸고, 기계를 조작하는 손목의 움직임은 힘을 주어 시원하게 뽑아내는 높은 음처럼 들렸다. 둥둥 떠다니는 시간 속에서 밤새도록 쉼 없이 움직이는 사람들은 내내 끝없이 이어질 것만 같은 음악 속에 있는 것 같았다. 그 노래는 술과 같은 액체로 변해 공중에 떠 있다. 사람들이 끊임없이 춤을 추며 그것을 팔다리로 휘저으면, 그때마다 방울이 튀며 향기가 사방에 퍼지는데 그것 하나하나가 다시 또 작은 화음과 짧은 가사의 새로운 노래가 되어 함께 어우러졌다.

임만섭은 만족했고, 행복했다. 힘을 다해 일하는 직원들 사이에서 자신도 같이 일하며 밤을 지새우면서 사나흘씩 잠을 자지 않고 어울려 지냈다.

그러나 임만섭의 만족스러운 행복은 얼마 지나지 않아 끝이 났다.

임만섭의 아들로부터 온 편지를 받은 날이 만족이 끝난 날이었다.

임만섭의 아들도 이 이야기에서 이름은 밝혀져 있지 않다.

임만섭은 예전부터 큰 나라, 잘사는 나라에 아들을 보내는 것을 막연히 바랐다. 그게 '사람은 서울로 보내는 것'을 한 차원 높은 형태로 이루는 것이라고 생각했다. 그랬기 때문에 임만섭은 아들을 미국으로 보냈다. 임만섭의 가족에게 많은 돈이 필요했던 것에는 다채로운 이유가 있었지만, 아들에게 드는 돈이 가장 눈에 띄는 지출이었다. 임만섭은 아들이 다른 부유한 미국인들과 어울려 부유한 미국인처럼 살게 하기 위해 돈을 갖다 대야 했고 그 액수는 항상 만만한 적이 없었다.

임만섭의 마음속에서는 미국에서 영화롭게 살고 있는 아들이 가장 중대했다. 더 정확하게 지적하자면, 임만섭의 마음속에서 빛나고 있는 아들의 영화로운 삶에 대한 상상이 중요했다. 그것 때문에 임만섭은 일을 했다. 어려운 일이 생겼을 때, 경기가 나빠졌을 때, 공장에 일감이 떨어졌을 때, 너무 많은 일을 감당할 수 없었을 때, 무슨 수로든 답을 찾아내서 헤쳐나가려던 이유가 바로 아들이었다.

그런데 편지가 왔다. 아들이 직접 쓴 편지도 아니었다. 내용도 짧았다. 임만섭의 아들이 미국의 일본인 수용소에 들어가게 되었다는 내용이었다. 정확히 언제 집을 떠나서 수용소로 갔으며, 수용소에서 어떻게 살고 있는지에 대한 내용은 전혀 없었다. 미국과 일본이 전쟁중인 판이니 그만한 소식이 전달된 것도 간신히 이루어진 일이었다.

임만섭은 세상일 돌아가는 것에 관심이 많은 직원 하나를 불러 약을 한 대 더 놓아주겠다고 달래면서 이것저것 물었다. 직원은 미국의 일본인 수용소라는 것이 무엇인지 알아보고 설명해주었다. 그 수용소란 미국 대통령이 내린 명령 9066에 의해 건설된 것이었다. 미국과 일본이 전쟁중이므로, 미국 내에 있는 일본인이 미국의 안보를 위협할 수 있다는 이유로, 일반 사회에서 격리하여 수용 지역 내부로 옮겨 살게 하고, 당분간 그 안에서만 머물게 한다는 내용이었다.

명령은 1942년 2월 19일에 내려져, 그후로 11만 명의 미국 내 일본인이 수용소로 옮겨가 살게 되었다고 했다. 임만섭의 아들은 일본 국적으로 미국에 갔으므로, 수용소에 옮겨갈 대상이었지만 그동안은 잘 피해 다닌 것 같았다. 그렇지만 결국 어디선가 붙잡혀 수용소 안으로 들어가게 된 모양이었다. 그게 아니라면 진작 수용소에 가게 되었지만, 전쟁통에 연락이 전해지지 않아 이제야 그 소식이 전해진 것일 수도 있었다.

임만섭은 수용소에 아들이 갇혔다는 말을 듣자 머리통에 구멍이 콱 뚫린 기분이 되었다. 수용소에 대해서는 일본군에 파는 일감을 얻어 오는 행사에 가서 몇 번 들은 일은 있었다.

야비하고 잔인한 미국 놈들이 동양인을 증오하여, 일본인이라면 무조건 수용소에 가두어 학대하고 있다는 것이었다.

임만섭은 설마 자기 아들이 거기에 걸려들었을 것이라고는 생각하고 싶지 않았다. 불안하고 걱정이 되었기 때문에 일부러 자세한 소식을 알아보지 않았다. 그랬다가 아들도 수용소에 갔을 가능성이 높다는 결론을 얻게 된다면 그만큼 무서운 일도 없을 것이다. 그렇게 되면 임만섭은 자기 삶을 제대로 이어갈 수조차 없을 거라고 상상했다. 그래서 피하던 일이었다. 문제가 있다는 연락은 없었으니, 분명히 별일 없이 잘살고 있을 거라고 생각했다.

그러다가 마침내 그 소식을 듣고는 임만섭은 절망했다. 몸을 떨기도 했고 눈물을 흘리기도 했다. 제 머릿속에 숨어 있던 마귀가 머리카락 사이에서 벌컥 튀어나오는 것 같았다. 이럴 줄 알았으면, 그저 아닐 거라고 덮어두기만 할 게 아니라, 처음 소식을 들었을 때부터 찬찬히 알아보고 어떻게든 아들을 구할 방법을 찾아봤어야 했다고 후회도 되었다. 공장을 팔아서라도 돈을 더 만들어서 미국인 관리에게 바칠 뇌물을 만들든지, 아니면 아들을 멕시코나 아르헨티나쯤으로 피하게 해줄걸 하고 자책했다.

하다못해, 한편으로는 미국에서 조선 독립운동을 한답시고 돌아다니는 도산 선생이니 우남 선생이니 하는 한인 무리와 아들을 조금 더 교류시킬걸 그랬다는 생각까지 들었다. 임만섭은 그런 사람들을 두고, 영웅 놀이에 재미를 붙인 영감님들이 사람들 몰고 다니며 이놈 저놈에게 돈이나 뜯으러 다니는 협잡꾼에 불과하다고 생각했다. 그런데 아들이 일본인이라서 수용소에 끌려갔다는 이야기를 듣자니, 그런 작자들도 이럴 때 큰 도움이 되었겠다는 생각까지 들었다.

임만섭은, 지금이라도 아들을 빼내 오기 위해 누군가에게 연락해볼까 생각하기도 했다. 일전에 돈 달라는 구걸 편지를 보낸 자칭 캘리포니아의 조선인 독립운동가 하나가 생각나 다시 알아보기까지 했다. 그러나 괜히 돈만 날렸을 뿐으로, 그런 사람이 실제로 캘리포니아에 있는지, 아직도 독립운동을 하는 인간인지조차 알 수 없었다. 그런 허랑방탕한 허깨비 같은 인간이 무슨 끈이 있어서 아들이 어느 수용소에 있는지라도 알아낼 수 있을 리는 전혀 없었다.

임만섭에게, 전쟁중인 상대 나라에서 운영하는 수용소란 상상할 수 있는 가장 끔찍한 것이었다. 임만섭이 만나는 군인이나 그 졸개뻘 되는 기자와 연설가 무리들은, 항상 미군과 미국인을 말할 수 없이 잔학한 악당이자 증오해야 마땅할 죄인이라고 말했다. 그러한 이야기 속에서는 미국인은 살육과

고문의 다양한 방식에 정통한 적이었다. 뿐만 아니라, 미국인은 전쟁의 원인이었고 세계 평화를 위협하는 문제의 뿌리였다. 나아가, 세상에 끔찍한 일이 자꾸 일어나고, 가난한 사람은 사라지지 않으며, 정의가 필요한 만큼 부족한 모든 이유까지도 다 미국인 때문인 것처럼 말하고 다녔다. 그런데 아들이 바로 그 나라 수용소에 가 있는 것이다.

임만섭은 아들이 살아 있을 가능성이 낮다고 생각했다. 그 점은 오히려 쉽게 인정할 수 있었다. 임만섭의 불안을 커지게 만든 것은, 아들이 어떤 고통을 당했을지 상상하는 일이었다. 겨울에 손 시린 느낌 한번 겪어보지 않고 어른이 된 귀한 자신의 아들에게 귀신과 같은 잔인한 미국인들이 어떤 짓까지 했을지, 벌컥벌컥 상상이 몰려왔다. 견디지 못해 스스로 몸을 해했을까? 어느 순간 아들이 제정신을 잃고 얼마나 추한 모습을 보이다가 죽었을까?

임만섭의 마음은 이때 한번 큰 변화를 일으켰을 것이다. 그러나 이 이야기를 전하는 많은 사람들이 임만섭의 마음에 관심을 기울이는 편은 아니다. 어떤 사람들은 임만섭을 일본군에게 빌붙어 돈을 끌어모으려던 비열한 기업가로 묘사하고, 어떤 사람들은 임만섭을 아들을 잃은 충격에 이상한 짓을 한 나약한 인간으로 묘사한다. 그 정도가 흔히 이 이야기를 전할 때 사람들이 같이 옮기는 감정이다.

면접시험에서 이 이야기를 이인선에게 들려주고 있던 한규동 역시 마찬가지였다. 그런데 그날 한규동은 이 대목을 이야기하다가, 이때 임만섭의 마음속에 뭔가 다른 것이 있었을지도 모르겠다는 의심이 처음 들었다.

그때 임만섭은 사람이 흔히 느끼는 두려움과 절망이 아니라, 보통 사람이 결코 느낄 수 없는 기이한 감정의 상태에 우연히 도달했을 수도 있다고 생각했다. 임만섭이 그때 그런 식으로 어떤 경계를 넘어섰기 때문에, 나중에 임만섭의 공장에서도 사건이 벌어질 수 있었던 것은 아닌가 싶었다.

"다음에는 어떻게 됐는데요?"

"예?"

이야기를 듣고 있던 이인선이 한규동에게 물었다. 생각에 빠져 이야기를 잠시 멈추었던 한규동은 다시 이야기를 이었다.

이후 임만섭은 전쟁을 열렬히 지지하는 사람처럼 행동했다. 아들을 잃었다는 괴로움이 적에 대한 심한 미움으로 바뀌었고, 그 때문에 임만섭은 자기가 하는 일로 전쟁에 이기는 데 도움을 주기 위해 눈먼 짐승으로 변해 날뛰었다고 주변에서 생각했다. 임만섭은 온 마음을 다해 전쟁의 폭력을 찬미하고 극단적인 희생을 설파하는 사람으로 변한 것처럼 보였다. 한 목숨 한 목숨을 모두 자폭에 바치겠다는 각오로 덤벼들면 적을 마지막 하나까지 죽일 수 있을 거라는 원고를 읽을 때, 임만섭은 깊은 감동으로 울음을 울며 소리지를 정도가 되었다.

임만섭은 이미 한계를 한참 넘어선 공장에 더 많은 일거리를 가져왔다. 총을 들고 태평양 외딴섬의 정글로 뛰어드는 대신에 공장에서 더 많은 일을 하려고 했다. 탄환의 장막 가운데에 길게 소리를 지르며 맨몸으로 뛰어드는 것이야말로 임만섭의 복수였으므로, 그러한 기분이 들 정도로 일을 해야 한다는 결심 같았다. 이제 임만섭은 더 많은 돈을 번다거나, 공장을 더 넓게 키운다는 목적으로 회사를 운영하지 않았다. 적진에 돌격해 희생하겠다는 그런 각오로 공장을 몰아붙였다.

직원들을 거기에 맞춰 움직이는 방법으로 임만섭이 생각한 것은 더 많은 약물밖에 없었다. 이미 경계해야 할 수준보다 한참 더 많은 약에 빠져 있던 직원들에게 더 자주, 더 높은 농도의 약물이 주사되었다.

같이 일하는 직원들은 취한 상대방의 눈을 보면, 그 동공

속으로 자신의 시선이 빨려 들어가고, 그렇게 상대방의 머릿속에 그대로 들어가 있다는 느낌마저 들었다. 공장에 있는 모든 직원들의 말하는 소리가 귓가에 바람 소리처럼 속삭이는 것처럼 사각사각 들려왔다. 그러면서도 누구 하나 정말 입을 벌려 그 말을 하고 있는지조차 알 수 없었다.

세상이 모두 움직임을 멈춘 가운데, 직원들의 정신이 다른 세상에서 한덩어리로 연결된 것같이 느끼고 있었다. 그런 가운데 일을 하느라 몸을 움직이면 그 덩어리 전체가 깃털의 끝을 움직여 하늘을 날고 춤을 추는 것처럼 보였다.

일을 하고 있으면, 무엇인지 알 수 없는 아름다운 어떤 것이 가만히 뒤에서 날아와 자신을 끌어안는 느낌이 들었다. 무척 아름답고 상상할 수 없을 만큼 깨끗하지만, 또한 똑바로 봐서는 안 되는 엄격하고 높은 자리에 있는 존재라는 생각이 절로 드는 이상한 것이었다. 그래서 아무도 직접 그 모습을 볼 수 없었다. 사람과 비슷한 형체라고만 상상했을 뿐이다.

그것이 직원들 사이를 돌아다니며 등뒤에서 껴안고 목덜미나 어깨 위를 살살 간지럼 태웠다. 희고 긴 손가락으로 건드리는 것 같기도 하고 날름거리는 혀끝으로 핥는 것 같기도 했다. 어떤 사람은 그것이 바로 뒤에 사건을 일으키는 직원의 모습을 하고 있었다고 이야기에 끼워 말하기도 했다.

직원들은 손을 뻗어 간지러운 곳을 긁었다. 다른 직원을 긁어주기도 했다. 누가 웃는지 깔깔거리는 웃음소리가 웅웅거리는 벌 소리처럼 들렸다. 대부분의 직원들은 긁다가 살갗에서 피를 흘렸다. 옷감에 핏방울이 떨어지는 것을 막기 위해 손가락으로 피를 받았다. 그것을 빨아먹기도 하고, 가만히 하얀 이 위에 발라보기도 했다.

여기까지 이야기를 들었을 때 이인선이 물었다.

"그 각성제라는 약은 메스암페타민 같은 약인가요?"

"저도 잘 모르겠습니다."

이인선은 예전에 '공부 잘하게 하는 약'을 판다는 사람들을 조사한 적이 있었다. 그때 부작용이 심한 약 몇 가지를 들었다. 한규동의 이야기를 듣자 이인선은 그때 생각이 났다. '각성제'라는 이름도 그렇고, 집중력을 높인다든가 시간이 느리게 가는 느낌이 든다든가 하는 점이 그때 들었던 메스암페타민 계통의 약과 비슷했다.

그렇지만 이런 식의 묘사는 들어본 적은 없었다. 이인선이 말했다.

"사람 정신을 그 정도로 이상하게 하는 약이 설마 있을까."

"실제로 약이 있는지 없는지가 중요한 것은 아니지 않습니까. 그냥 무서운 이야기라고 돌아다니는 내용이니까요."

한규동은 실제로 약이 있는지 없는지를 생각해본 적은 없었다. 이인선은 그런가, 하고 말했다.

임만섭의 공장 운영이 점점 더 격렬해지는 동안 결국 견디지 못한 직원 몇몇이 사망하는 일이 생겼다. 자극 때문에 어딘가 신경이 꼬였는지, 일을 하다 말고 높은 소리로 기쁨의 환호성을 지르다가 갑자기 호흡을 멈추었다. 이야기를 전하는 사람 중에는 "약이 너무 심해서 신경이 타버렸다"고 설명하는 사람도 있었지만, 한규동은 그렇게 설명하지 않았다. 이인선에게 이야기 속에 나오는 약과 같은 것이 실제로 뭐가 있겠느냐는 질문을 들은 뒤라서 괜히 말을 하는 데 조금 더 신중해졌다.

사람이 죽었지만 임만섭은 당황하지 않았다. 임만섭은 부고를 만들어 직원의 집이나 고향으로 보냈다. 달리 장례식을 치러줄 돈도 없었지만, 돈보다는 시간이 없었다. 시체는 최소한의 행정절차가 끝나는 즉시 화장해서 공장에 속하는 땅에 묻어 없앴다.

직원들이 견디지 못하고 하나둘 죽어나갈 때쯤, 앞서 이야기했던 그 직원이 무슨 생각인지 이상한 부탁을 했다. 자기도 곧 그런 식으로 숨이 끊어질지 모르는데, 만약에 자기가 죽기 직전에 시작하는 소리지르며 기뻐하는 그 긴 환호를 시작하게 된다면 바로 약을 주사해달라 했다.

이다음부터 이야기의 주인공이 되는 그 직원의 부탁이었다.

일하던 사람이 목숨을 잃을 정도가 되면, 약기운이 조금 빠진 상태의 다른 직원이 황급히 달라붙어서 어떻게든 살려보려고 하는 것이 보통이었다. 물을 먹여보거나 뺨을 때리곤 했다. 어떻게든 안정을 취하게 하려고 기계에서 떼어내서 눕히고 옷의 단추를 푼 뒤에 팔다리를 주무르기도 했다.

그런데 그 직원은 자기에게는 그렇게 하지 말라고 했다. 대신 마지막 순간에 오히려 보통 때는 주사해서는 안 되는 용량의 약물을 주입하라고 부탁한 것이다.

"약으로 느낄 수 있는 최고의 쾌락을 느껴보자, 그런 건가?"

이야기를 듣던 이인선이 말했다. 그 직원은 어차피 죽을 가능성이 높을 거라고 짐작했을 테고, 기왕 그렇게 가는 판이니 죽을 때가 되면 죽는 것, 목숨걸지 않고는 도저히 느낄 수 없을 정도의 최고의 쾌락을 느껴보기라도 하겠다는 욕망을 품었을 수 있다는 생각이다.

이미 휴식 없이 지나치게 혹독한 노동을 하고 있는 탓에 무엇을 똑바로 판단할 수 있을 만한 상태도 아니고, 약물 주입도 과했기 때문에 실제로 뇌나 신경이 손상을 입었을 수도 있는 상황이었을 것이다. 그렇다면, 목숨을 건지기 위해서 이런 짓거리를 그만두고 이 공장을 탈출해야겠다는 생각을 떠올리기는 힘들었을 것이다. 그런 이치에 맞는 차분한 생각을 할 만한 정신이 없는 상황이었을지도 모른다.

다 같이 함께 죽어가는 상황을 그저 그럴 수밖에 없는 세상의 흐름으로 받아들이고, 그 와중에서 더 좋은 것, 더 기분이 즐거운 것에 가장 강하게 탐닉하는 방법을 찾겠다는 것이 그나마 유리한 선택이라는 마음을 품을 수도 있다.

"그렇게 이해할 수도 있는데, 이 이야기 분위기에서 그런 식의 이유가 뚜렷하게 드러나는 것은 또 아닙니다."

한규동은 이인선의 생각에 완전히 동의하지 않았다.

한규동이 기억하는 이야기 속에서 그 직원은 그렇게 논리적인 이유와 이치를 갖고 행동하는 사람이 아니었다. 만약 자기가 처한 상황의 제약을 받아들이고 그 제약 속에서 가장 유리한 것이 무엇인지 궁리하고 그 결과에 따라 움직이는 인물이라면 그것은 그것대로 이해할 수 있었을 것이다.

그러나 한규동의 이야기 속에서 그 직원은 훨씬 더 알 수 없는 인물이었다. 어디에서 왔고 무엇 때문에 어떤 행동을 하는지 짐작할 수 없는, 깜깜한 대상이었다. 하물며 신경이 파괴된 상황에서 쾌락을 좇는 것이 목적이라고 말할 나약한 인간은 결코 아니었다. 한규동은 이야기를 하면서 그 직원이 마치 그러한 상황을 당연하게 기다린 것처럼 받아들였다고 느꼈다.

한규동은 이야기를 하는 도중에 왠인지 이 모든 일을 오히려 그 직원이 원해서 스스로 불러온 것처럼 여기는 관점에 관심이 생겼다. 그러니까 그 직원은 처한 상황의 가혹함 때문에 어쩔 수 없이 해괴한 선택을 한 피동적인 입장이 아니라, 설명할 수 없는 어떤 방법으로 이런 일이 공장에서 벌어지게 만든 장본인이라는 것이다.

한규동이 하는 이야기 속에 이러한 느낌이 맞는다고 할 만한 특별한 근거가 있는 것은 아니었다. 이 이야기 안에는 앞과 뒤의 사연이 알려지지 않은 것이 많고, 특히 임만섭을 제외하면 나머지 인물들의 마음속과 감정, 동기에 대해서는 대부분이 드러나 있지 않았다. 그런데도 한규동은 이 대목을 설명할 때 이 직원을 막연히 어떤 놀라운 것으로 여겼다. 이인선은 한규동에게 이 이야기를 전달해준 사람의 태도에 그런 마음이 있었기 때문이 아닌가 짐작했다.

이인선은 다른 수많은 무서운 이야기처럼, 이 이야기도 낯선 여자에 대한 괜한 두려움과 혐오를 표현하는 방식의 이야기라고 생각했다. 여자를 잘못 만나서 남자의 집안이 홀라당 망했다는 케케묵은 구식 이야기의 변형이라고 생각한 것이다.

한 남자가 과거 시험 보러 가는 길에 어여쁜 여자를 산길에서 만났는데, 알고 보니 그게 백년 묵은 여우가 둔갑한 것이었다는 이야기나, 혹은 바닷가에서 밤에 술을 마시다가 취중에 보니 물가에서 어떤 아름다운 여자가 손짓을 하기에 걸어 들어가봤더니 갑자기 물이 깊어지는 자리였다는 따위와 비슷한 구조라고 여겼다.

그렇기 때문에 이야기에서 특별히 구체적으로 드러나는 것도 없는데도 이야기를 전하는 사람들이 막연히 이 직원에게 나쁜 일의 책임을 몰아붙이는 태도를 취하고 있다고 이인선은 생각했다. 여러 사람을 거치면서 이야기가 전달되는 과정에서, 그나마 남아 있던 구체적인 근거가 될 만한 세부 사연은 점점 더 옅어졌는데 그저 그 직원에 대한 혐오감만 점점 더 짙어진 것이라고 보았다. 그래서 지금은 별다른 이유가 없는데도 이게 다 그 직원 때문이라는 은은하게 퍼진 감정이 이야기 속에 포함되어 전달되고 있는 것일 수 있겠다고 생각했다.

그 직원이 마지막 순간에 많은 약물을 주입해달라는 이야기를 했을 때, 동료들은 갑자기 멍한 느낌과 함께 온몸이 달달 떨려오는 이상한 추위를 느꼈다고 한다. 약물 때문에 감각이 손상된 동료들에게 그 직원의 말이 불러일으킨 상상력과 더불어 심상의 자극이 셌기 때문에 그런 것 같다. 그러나 당시 동료 중 몇몇은 그것이 그 직원의 생각이 너무 무서웠기 때문이라고 생각했다. 모든 것이 너무 무서워져서, 갑자기 심한 두려움을 느끼며 직원 곁에서 도망치려고도 했다. 이것 역시 약물의 부작용이나 순간적인 금단증상 때문이라고 보기도 한다.

그 이야기를 몇 차례 더 하면서 그 직원은 웃었다고 한다. 처음에 동료들이 그 말을 듣고 이상한 반응을 보였다고 하지만 이후에는 같이 따라 웃기 시작했다.

"목이 타서 죽어가던 사람이 깊은 우물에 머리를 박고 벌컥벌컥 물을 마실 때처럼 주삿바늘 끝으로 약을 쏟아부어 넣어주시오."

노래도 아니고 구호도 아닌 그런 말이 여러 사람이 같이 중얼거리는 목소리로 들렸다.

한 사람의 목소리일 수도 있고 누구의 목소리도 아닌 꿈속에 들리는 소리일 수도 있었다. 그렇지만 공장의 바람을 따라 그런 말소리가 흘러 다니는 것 같았다. 약에 취한 사람들이 밤새 한덩어리로 이상하게 웃기도 하고, 가끔 일을 하다 말고 고개를 도리도리 흔들어 머리카락을 좌우로 흩날리며 꼭 춤을 추는 듯이 움직이기도 하는데, 주문을 외는 듯한 소리가 들린다고 생각했다.

그러는 가운데 공장 주인인 임만섭은 갈수록 더 사리에 어긋날 만큼 많은 양의 주문을 밀어넣기 시작했다.

처음에는 아들을 잃은 슬픔 때문에 아들을 잡아간 미국에게 보복하기 위해 일본군을 돕느라 일을 많이 한다고 했지만 그런 이유조차 시간이 지날수록 사라져버렸다. 그 무렵의 임만섭은 자신이 하는 일의 인과와 관계를 따지지 않고 있었다. 임만섭은 생각만 해도 숨이 막히고 폐가 터질 것 같은 이 세상, 이대로 모조리 박살나버리면 좋겠다는 마음만 갖고 있었다. 그러다 보니 끝도 없이 많은 주문을 받아 공장을 돌리고, 그러다 더 심해져서 하늘땅이 다 쪼개져버릴 것처럼 날뛰었을 뿐이다.

제대로 장부와 기록을 관리하는 사람조차 없는 형편이었다. 임만섭은 제품이 쏟아져 나오면 좋아했고, 터무니없는 생산량을 지시하면서 소리만 질렀다. 제품을 제대로 배달하는지, 제품을 배달하고 돈은 똑바로 받아 오는지 따지는 사람조차 없었다. 얼마 전까지만 해도 제대로 제품을 만들어 계약은 지키면서 손해가 나면 안 되니까 최소한의 숫자는 맞춰보는 사람이 있었는데, 그마저도 완전히 포기하고 닥치는 대로 공장을 돌리고 있었다.

심지어 마지막 즈음의 임만섭은 일본군의 주문을 받아 생산한 것도 아니라는 이야기도 있다. 임만섭은 뭘 만들어야 하는지, 만들어야 하는지 말아야 하는지도 따지지 않고, 마구잡이로 아무거나 만들어내라며 공장 직원들을 몰아붙였다는 것이다. 그러니 아무에게도 전달될 일이 없는, 자폭 공격전에 쓰는 머리띠 따위가 수백 장 수천 장씩 쌓였다.

마침내 어느 날 밤, 자신의 마지막을 부탁했던 그 직원이 묘한 소리를 내며 웃기 시작했다. 밀려오는 쾌락을 참지 못해 가만히 견딜 수 없어 내는 소리였다. 작은 소리를 내는 것뿐이었지만, 그 이상한 소리가 한번 들리기 시작하자 같이 약에 취해 있던 다른 직원들은 하나둘 소리를 죽이고 멈춰서 그 직원을 바라보았다. 공장 곳곳으로 구석구석 퍼지며 남아 있는 직원들의 머릿속 안쪽으로 깊이 파고들듯이 소리가 들렸다.

그 직원은 눈을 감고 목을 젖혔다. 팔다리는 여전히 기계에 붙어 버둥거리며 일하는 시늉을 했다. 그러면 철컥거리는 소리를 내면서 기계는 움직여서 그 와중에도 일이 되기도 했다. 그 직원의 곁으로 다른 직원들이 하나둘 모여들었다. 직원들은 마치 받들어 모셔야 할 귀중한 우상이라도 되는 듯이 그 직원을 둘러쌌다.

그리고 무슨 의식인 것처럼 다 함께 손을 뻗어 그 직원의 몸 곳곳에 약물을 주사했다.

직원의 몸 곳곳으로 퍼져 있는 혈관마다 주삿바늘이 파고들었다. 약물이 바늘 끝으로 흘러나가 빨간 핏물과 몸속에서 뒤섞이기 시작했다. 직원의 심장이 쿵쿵거리며 뛸 때마다 핏물은 요동치며 계속 쏟아지는 약물을 몸 곳곳으로 밀어냈다. 커다란 꽃이 천천히 펼쳐질 때, 꽃잎 속에 숨어 있던 암술과 수술이 훤히 드러나면 문득 징그러워 보일 때가 있다. 그런 것처럼, 직원의 몸속에 약물이 온통 퍼져나갔다. 약물은 혈관을 따라 끊임없이 가지를 치며 무늬를 만들었고, 이윽고 몸 마디마디의 신경이 뒤틀리기 시작했다. 그 직원의 머릿속을 돌아다니던 전류가 약물에 절여지는 신경에 맞추어 뱅뱅 돌았다.

분명히 보통 사람은 살아남을 수 없는 상황이었다. 그런데, 그 직원은 버텨내고 있었다. 몸이 온통 주삿바늘에 찔려

주사기를 달고 있다가 그게 하나하나 떨어져나가면서 몸 곳곳에 작은 핏방울이 솟았다. 처음에는 그 모습이 몸에 빨간 반점이 가득 나는 피부병에 걸린 사람처럼 흉측해 보였지만, 곧 피가 흐르고 뭉쳐 씻겨 내려가자 마치 갓 태어난 짐승처럼 보였다.

그 직원은 헐떡였다. 곧 죽을 듯한 고통이 오는지, 가슴이 답답한 듯 막힌 소리를 내기도 했다. 그런데 그런 와중에도 묘하게 쾌락을 참지 못하는 웃음소리를 끊임없이 흘렸다.

그 직원의 두 눈과 코에서 가느다란 핏줄기가 터져 흘러내렸다. 그 때문에 직원은 눈물을 흘리며 우는 것 같은 얼굴이 되었다. 병든 사람처럼 보이지는 않았다. 붉은 색깔이 하얀 얼굴에 어울리며 뺨에 그리는 무늬는 무슨 문장이나 표식 같아 보이기도 했다. 말도 하지 않고 그러고만 있다가 한참 만에 입을 열었다.

"또, 또 한 번 더."

그 직원이 말을 했다. 영문을 몰라 놀라고 있거나 이제껏 약에 취해 몽롱한 표정만 짓고 있던 다른 직원들은 그 말을 알아들었다. 다른 직원들은 주춤거렸다. 하지만 그 직원이 얼굴에 흐른 피를 닦아내고 더 높은 소리로 웃으며 다시 요청하자 거절하지 못했다.

직원들이 또 한 번 잔뜩 달려들었다. 그 모습은 고귀한 사람이 죽은 뒤 버려졌을 때에 무례하게도 바글거리며 몰려든 파리떼 같아 보였다. 그렇지만 그 직원은 달라붙은 다른 직원들을 떼어내지 않았다. 주사를 모두 기쁘게 받아들였다. 이번에는 그 직원이 주사기를 들고 남은 약물을 반대로 다른 직원들에게 주사해주며 그 자리를 비틀비틀 돌기도 했다.

그 직원은 죽지 않았다. 대신에 그 이후로 완전히 다르게 변했다. 보통 사람이라면 결코 감당할 수 없는 약물을 주사받았는데도 살아 있었다. 그 직원은 외로워하고 기뻐하고 아파하고 좋아하고 피곤해하고 희망을 느끼는 모든 감각과 감정의 상태 자체가 완전히 다르게 바뀌어 있었다. 웃는 모습은 무슨 감정인지 알 수 없는 이상한 얼굴 같았고, 일을 많이 해서 피곤할 때에 내는 소리도 뭘 느끼고 있는지 조금도 짐작할 수 없는 이상한 것으로 바뀌어 있었다.

한규동은 이인선에게 이 대목에서 설명을 덧붙였다.

"여기서 보통 사람들이 뭐라고 이야기에 덧붙이냐면요, 약을 너무 독하게 맞았는데 워낙 특이체질이라서 죽지는 않고 대신에 신경이 꼬여서 뇌가 이상한 경지로 발달해버렸다고 합니다. 진짜 그랬는지 어땠는지는 모르죠. 아닐 것 같지만요."

"왜 아닐 거라고 짐작해요?"

이인선이 물었다. 한규동이 대답했다.

"그런 식으로 마구잡이 난리를 쳤는데 교묘하게 더 신비로운 상태가 됐다는 게 확률적으로는 가능성이 낮잖아요. 꼭 냄비에다 냉장고에 있는 거 아무거나 눈감고 몽땅 집어넣어서 끓였더니 기막히게 맛있는 음식이 됐다는 이야기 같지 않습니까?"

"그냥 지어낸 이야기 같다는 거예요?"

"그렇기도 하고요."

한규동이 대답했다. 그렇지만 그러면서도 한규동은 다른 비유가 머릿속에서 떠올랐다. 한규동에게 이 이야기를 들려준 사람은 그림을 그렸는데, 한동안은 아무렇게나 내키는 대로 마구잡이로 붓을 놀려 추상화를 그리는 것 같았다. 그런데 그렇게 그린 그림도 좋은 의미로 포장해 비싼 값에 사는 사람들이 있었다.

한규동은 그다음 내용을 설명했다.

"그래서 그 결과 그 직원이 그때 결코 인간이 닿아서는 안 되는 어떤 신비로운 정신의 영역에 도달했다고 말하기도 합니다."

그 직원은 지금껏 세상의 다른 누구도 다다른 적이 없었던 정신 상태에 들어갔다고 한다. 이런 관점의 이야기에 따르면, 그 직원은 보통 사람의 머리로는 할 수 없는 사고에 마음대로 들어갈 수 있었다. 인간의 두뇌로 상상할 수 없는 상상과 짐작할 수 없는 논리의 세계에 그 직원은 자유롭게 들어갔다. 그렇게 해서 아무도 가도록 허락되어 있지 않았던 정신의 영역에 도달했다.

그 직원은 사람이 알지 못했던 세계를 알게 되었다. 이미 그러한 상태에서는 보통 사람이 논리를 사용하는 방식은 무의미하다고 한다. 그 직원이 정신 활동의 닫힌 한계를 깨고 나간 때부터, 이유가 있어서 현상이 있고 원인이 있어서 결과가 있다는 식의 보통 설명이 성립하지 않는 전혀 다른 세계에 빠진 것이라고 했다. 그런 면에서, 그 직원이 약물로 뇌가 바뀌어 새로운 정신세계를 경험하게 된 것이 아니라, 그 반대로 이해해볼 수도 있다. 아주 먼 옛날부터 이상하고 낯선 세계에서 꿈틀거리면서 우리 세상으로 나오려고 하던 것이 있었는데, 바로 그 직원을 통해서 이 세상으로 나오게 되었다는 것이다.

대량 약물 주사 직후 그 직원의 모습과 행동에 대해서 그다음의 이야기는 부족하다. 애초에 구체적인 기록이나 사실의 차분한 전달에 근거한 이야기가 아니므로, 이야기의 인물에 대한 정보가 착실하게 갖춰진 것도 아니다. 그 직원이 그날 이후에도 계속해서 일을 했는지, 아니면 공장 일을 하는 것에서 완전히 벗어나서 전혀 다른 생활을 했는지는 이야기의 범주가 아니었다.

어떤 사람이 전하는 이야기에서는 그 직원이 이후로는 신비로운 지도자나 여왕 같은 위치에 올랐다고 한다. 다른 약물 중독자 직원 모두의 경배를 받으며, 찢어진 군용 섬유와 공업용 약품으로 장식된 굴과 같은 곳에 머물렀다고 한다. 또는 이전과 다를 바 없이 계속해서 일을 했지만, 말은 한마디도 하지 않았으며 누구라도 그 직원의 얼굴을 보면 무서워서 얼굴을 가리고 주춤거리며 피했다고도 한다.

이야기가 분명해지는 것은 다시 임만섭의 행동이 언급될 때이다.

거의 발작적으로 공장 가동을 이끌어가던 임만섭은 일본 제국의 패망 소식을 전해 들으면서 잠시 냉정을 되찾게 된다. 구체적으로 무슨 빛을 본 것인지 아니면 잠깐의 꿈이나 환각인지 모르지만, 임만섭은 동쪽 하늘 끝에서 퍼져 나오는 빛줄기를 보았다. 임만섭은 그것이 원자폭탄의 폭발 불빛이라고 생각했다. 약물을 구해다 주던 업자들이 이제 곧 전쟁은 일본의 패배로 끝날 거라고 알려주었다.

공장은 점차 황량해져, 이상하게 고요한 분위기에서 찰칵거리는 기계 소음과 간간이 쾌락과 고통에 내는 직원의 소리만 먼 곳에서 울리는 메아리처럼 들렸다. 공장 일을 제대로 관리하고 있는 사람은 없었다. 제정신이 남아 있던 사람은 적당히 공장 금고에서 돈을 집어서 도망친 상태였다. 생기 있게 움직이는 것은 직원과 기계 사이를 따라다니는 의미 없는 천 조각과 검은 실밖에 없어 보였다. 뭘 하고 있는지 알지도 못하는 많은 직원들이 멍한 눈으로 헐떡거리는 것처럼 일하고 있을 뿐이었다.

임만섭은 직원들 사이를 걸을 때 공장이 텅 빈 것같이 느꼈다. 직원들과 기계는 계속해서 움직이고 있지만, 숯으로 변한 나무만 가득한, 불타버린 숲속을 걷는 것 같았다. 임만섭은 공장 한가운데에 서서 혼자 주먹을 휘두르며 갑자기 소리질렀다.

"아무리 큰 폭탄이 터지고 도시를 백 개 천 개 그놈들이 부순다고 해도, 우리가 이렇게 뼈를 깎는 각오로, 온 마음과 온 힘을 다해 일하면, 그러면 우리가 일하는 힘으로 그 폭탄도 훅 불어 날려보낼 수 있다는 말이지!"

임만섭은 자신만만한 커다란 웃음을 뒤에 덧붙여보려고 했다. 그렇지만, 이런 공장을 쓸모없이 돌리는 것이 전쟁과 아무 상관이 없다는 것은 뻔했다. 임만섭도 잘 알 수 있었다. 웃음은 비실비실 흩어지는 소리로 입에서 나올 뿐이었다.

"뼈를 깎는 각오로, 뼈를 깎는 각오로!"

임만섭은 몇 차례 더 소리지르며 말을 하려고 했다. 그렇지만 역시 말을 마치지 못했다. 이번에도 생각했던 것처럼 웃음을 덧붙이지 못했다. 임만섭의 정신은 돌아오고 있었다. 폭탄도 훅 불어 날려 어쩌고 하는 말도 일전에 주정뱅이 작가가 또 술값을 받기 위해 써준 소리일 뿐이었다. 그것이 가치 있는 신념일 가능성은 없었다. 그 모든 깨달음이 허망한 마음속에서 부글부글 끓듯이 생겨났다.

이윽고 일본 제국이 무조건 항복 선언을 했다는 소식이 전해졌다. 이제 북쪽에서는 소련군이 들어오고 남쪽에서는 미군이 들어와 한반도를 분할할 거라고 했다. 미군이 들어온다니, 내 앞까지 들어온다니.

"그놈들 들어오면, 나도 다 자폭이다, 자폭이다. 나도 자폭이다."

임만섭은 한참 주문을 받으러 다닐 때 배운 노래까지 힘차게 흥얼거렸다. 그러나 이제 다 끝났다는 생각을 멈출 수가 없었다. 아들을 빼앗아 간 미군이 이제 자기까지 점령하러 온다고 생각하니 아무 기운도 나지 않았다. 흉포하게 날뛰던 그

흥분도 차차 사라지고, 화가 나서 버럭거리던 힘도 빠져버렸다. 남는 것 없이 모조리 망했다는 생각만 들었다.

임만섭의 마음속에서는 두려움이 커졌다. 아들을 없앤 무서운 적이었다. 반드시 세상에서 없애야만 한다고 울먹이며 소리쳤던 적이 자기에게 오고 있는 상황이었다. 생각할 수도 없을 정도로 끔찍한 일을 하던 적이, 그래서 자폭을 해서라도 막아야 한다고 했던 적이 온다. 지금 상상할 수 있는 가장 무섭고 더러운 일보다 더 심한 일을 웃으면서 저지를 적이 온다고 생각했다.

임만섭은 도망칠 방법을 궁리하기 시작했다.

한번 궁리하기 시작하니 당장 뛰쳐나가서 꼭꼭 숨어야 할 것 같았다. 재산을 모두 챙겨서 배를 구해 바다 밖으로 도망치면 멀리 태국쯤으로 갈 수 있을까 생각했다. 그러다가 재산에 탐이 난 뱃사공이나 태국인에게 해코지당할 것 같다는 생각이 들었다. 산속 깊은 곳에 들어가서 굴을 파고 아무도 오지 않는 곳에 숨어 지내면서 풀뿌리를 캐 먹고 살아야 하나 싶었다. 당장이라도 적이 공장 문을 부수고 뛰어오기 전에 멀리 도망쳐 숨어야겠다고 생각했다.

그는 급히 공장 사무실 곳곳으로 뛰어갔다. 옷도 제대로 갖춰 입지 못했고, 신발도 이상하게 신은 상태였다. 숨이 차 뛰어다니며 온몸에 땀을 흘리는 임만섭의 모습은 털에 불이 붙은 원숭이 같았다. 임만섭은 공장의 금고와 서랍, 문서를 헤집었다. 임만섭의 몰아쉬는 숨소리와 겁을 먹고 내는 울음 같은 소리가 났지만, 직원들은 계속 일을 했다. 임만섭은 문서와 돈을 보았다. 당황해서 돈의 숫자를 제대로 읽지도 못했다. 지폐를 들고 보면서도 그게 어느 나라 돈이고 얼마짜리 돈인지 헤아릴 수가 없었다.

몇 차례 마음을 가다듬기 위해 심호흡을 하고, 눈을 꿈뻑꿈뻑 감았다 뜬 다음에야 겨우 숫자의 크기가 머릿속에 들어왔다. 곧 모든 게 망할 텐데 지폐는 아무 소용 없는 종이 쪼가리일 뿐이라는 생각이 들었다.

임만섭은 갑자기 먹을 것부터 챙기겠다는 원초적 생각을 하게 되었다. 임만섭은 공장의 직원 숙소가 있는 곳으로 뛰어갔다. 직원 숙소에 딸린 부엌에는 쌀이 있었다. 다른 반찬도 있을 것이다. 임만섭이 부엌으로 들어가자 음식 찌꺼기를 먹던 시커먼 개들이 그를 향해 짖어댔다. 임만섭은 날카로운 이를 드러낸 개들이 너무 무서웠다. 그는 개를 보지 않으려고 한 팔을 들어 얼굴을 가리고 고개를 묻었다. 그리고 부엌을 뒤졌다.

임만섭에게는 가방도 상자도 없었다. 그는 아무렇게나 여러 음식을 지저분하게 손에 움켜쥐었다. 그런 채로 부엌 밖으로 걸어나왔다. 자루나 가방에 음식을 담아야겠다는 생각을 했다.

그런데 임만섭 앞에 그 직원이 서 있었다.

해질녘이어서 빈 건물 복도에 방금 해가 지고 남은 빛이 들어오고 있었다. 곧 순식간에 까맣게 어두운 기운이 가득 몰려나왔다. 그 가운데에 그 직원이 서 있었다. 다른 사람은 아무도 없었다. 다른 직원들은 아직도 공장을 돌리고 있는 것 같았다. 혹시 약기운에서 깨어 조금이라도 정신을 차린 직원이 있다면, 상황을 알아채고 뭐든 훔쳐서 공장에서 도망쳤을 것이다. 임만섭을 찾아올 사람은 없었다. 그런데 그 직원은 두려워 팔짝팔짝 뛰고 있는 임만섭 앞에 똑바로 서 있었다.

그 직원은 임만섭에게 제안했다.

5

제법 시간이 지났는데도 한규동이 보기에 이인선의 태도는 별 변화가 없었다. 신기할 정도였다. 이야기를 계속해서 꾸준히 듣고 있었다.

여전히 잠이 덜 깬 것 같았고 눈은 멍청해 보였다. 한규동의 이야기에 관심을 갖고 있었던 것은 분명했는데, 간간이 몇 가지를 물어볼 때 눈빛이 이성과 지능으로 반짝 빛나는가 싶기도 했다. 한규동은 잠시 정말 대화를 나누고 있다는 느낌을 받았다.

한규동은 이인선을 처음 봤을 때 느낀 실망감과는 다르게 사실은 이게 무슨 가치가 있는 일일 수도 있지 않을까 생각하기도 했다. 몇 초 동안이었지만 이인선이 어떤 점에서는 유능할지도 모른다는 생각이 들었다. 뭐라도 능력이 있으니까, 뭐가 되었든 이렇게 회사를 차리고 사무실을 운영하고 있겠지, 설마 아무 재주도 없는 사람이 일을 이렇게 벌였겠나 싶었다. 그래서 이인선이 자기에게 어떤 기회를 줄 수 있는 사람일지도 모른다고 그 몇 초간 한규동은 상상했다.

그렇지만 역시 몇 초간의 생각일 뿐이었다.

"그렇게 해서 다음에 어떻게 되는데요? 직원이 괴물로 변해서 임만섭을 잡아먹었다, 그렇게 끝나요? 그런 것치고는 너무 앞에 끈 이야기가 긴데."

이인선은 그렇게 말했다. 목소리에 힘이 빠져 있었다. 짧게 하품까지 했다. 그 하품이 치명적이었다.

한규동은 그 순간 자기가 하고 있는 이야기에 자신감을 잃었다.

"예? 그래요? 아니요, 다음 내용이 그렇다는 건 아니고요……. 그러니까……."

자기가 알고 있는 가장 무서운 이야기를 하고 있는데, 이인선에게는 지루한 하품거리밖에 되지 않는가 싶었다. 분명히 뭔가는 깊게 느낄 만한 내용이라고 여기고 떠들고 있었는데, 그리고 한참 이야기하는 도중에는 잠깐 그런 감정이 서로 통하는 것도 같았는데, 다 실패했는지도 모른다.

한번 그러고 나니 무슨 소리를 해도 안 먹힐 것 같기도 하고, 이대로 이야기를 해도 될지 의심스럽기도 해서 이야기를 잘할 수가 없었다.

말이 막히기도 하고 갑자기 다음 대목이 금방 이어져 말로 나오지 않았다. 이렇게 이야기하지 말고 더 와닿게, 핵심만 제대로 이야기해야겠다는 의욕이 앞서서, 잘 나오던 말도 할 수가 없었다. 이야기는 점점 더 듣기 이상해지고 말은 중심을 잃고 흔들려 더듬고 떨기만 했다.

그러면서 이렇게 말하면 안 되는데, 말을 떨면 안 되는데, 더듬으면 안 되는데 하는 생각을 하게 되니까, 이야기 자체보다는 말을 다르게 해야겠다는 의식으로만 자꾸 머릿속이 채워졌다. 이야기를 잘하기는 더 어려워졌다.

"잠깐 정리해서 이야기해봐요."

이인선은 그렇게 말하더니 몸을 돌렸다. 다시 의자를 젖히고 반쯤 누웠다. 그리고 앞에 있던 컴퓨터 화면을 보기 시작했다. 중요한 검토 자료를 보는 것 같은 표정을 했다. 그렇지만 한규동에게도 뒤편 유리창에 비치는 컴퓨터 화면이 언뜻 보였다. 이인선이 보고 있었던 것은 남자 가수들의 노출 경쟁이 도가 지나치다는 인터넷 기사였다. 물론 그 기사야말로 노출 경쟁의 지나친 도를 더 지나치게 만드는 것이 목표인 기사였다.

그것을 보자 한규동은 정신이 들었다. 이인선이 누구이고 면접장인 이곳이 어떤 곳인지 다시 똑바로 보게 되었다.

이인선은 아무 할 일 없는, 시간이 아주아주아주 많은 인간이었다. 면접에서 내가 무슨 소리를 하든 이인선은 계속 여기에 죽치고 있는 사람이었고, 이곳은 내 삶에 중요한 직장이 될 리가 없는 장소였다. 즉 이것은 합격을 기원하며 아슬아슬하게 치러야 하는 시험이 아니라는 사실을 다시 깨달았다. 한규동은 이야기를 하느라 잠깐 진지해졌던 태도를 버릴 수 있었다.

남아 있는 배달 음식을 덮어놓은 종이가 보였다. 탕수육 같았다. 이인선은 종이 아래 드러난 음식을 보고 있었다. 출출해 보였다. 남은 음식을 먹으면서 면접을 진행하자고 해도 될까, 그래도 명목상 면접인데 남은 음식 먹으면서 치르는 것은 심하니까 그런 말을 꺼내면 안 될까, 고민하는 것 같았다. 한규동은 다시 이인선을 똑바로 볼 수 있었다. 이 사람은 아무도 아니며, 이곳도 아무 곳도 아니다. 그냥 가만히 있기 위해 있는 곳일 뿐이다.

"저, 한규동 씨, 우리 이거 먹으면서 계속하면 어떨까? 어제 시킨 거라서 약간 맛은 없을 것 같기는 한데. 그래도 드세요. 점심 안 드셨잖아."

이윽고 이인선은 한규동에게 그렇게 말하고야 말았다. 이인선의 목소리에 힘이 빠진 것은 배가 고파서 그런 것일 뿐이었다. 한규동은 오히려 안심하게 되었다.

"그러니까 대충 정리하자면요……."

한규동은 적당히 이야기를 마무리짓고 끝내려고 했다. 그런데 이인선이 말했다.

"아니요, 대충 정리하지 말고 원래 하려고 했던 대로 이야기해보세요. 전부 다."

탕수육을 먹고 있는 이인선은 다시 자세를 고쳐 앉고 한규동을 바라보았다. 한규동은 그 두 눈에 또 가치 있는 뭔가가 비치는 것 아닌가 알쏭달쏭했다.

6

한규동은 그 직원이 임만섭에게 제안한 것이 무엇인지 설명했다.

그 직원은 임만섭에게 이제 적이 들이닥치면 모두 죽고 괴롭게 끝이 날 텐데, 그전까지 남은 며칠의 시간을 가장 보람차게 보내면 어떻겠느냐고 제안했다. 한 번 태어나 한 번 죽고 나면 그뿐인 다시없는 것이 인생인데, 그 인생의 마지막 순간 며칠이 딱 드러나 보이게 남아 있으니, 그 아까운 것을 한 톨도 남김없이 다 써버리자고 했다.

"그 직원이 정말로 이런저런 말을 해서 임만섭을 설득한 것 같지는 않고요. 아마 별말도 안 했는데 임만섭이 저절로 감화되어버렸다는 그런 이야기입니다."

사람이 삶을 사는 이유가 행복이라고 한다면, 좋은 쾌락을 누리는 것이 삶의 목적이다. 그런데 남은 시간은 없고, 인생이 끝나기 전에 더이상 누릴 수 있는 쾌락은 몇 가지 남은 것이 없다. 그렇다면 남은 삶 동안 해볼 수 있는 즐거운 것, 좋은 것을 모두 해보는 게 가장 좋은 선택이지 않겠는가? 평소에는 남은 삶과 주변의 다른 사람의 눈치를 보는 것과 사회의 틀에 맞춰 살아야 한다는 제약 때문에 차마 해보지 못했던 쾌락을 마음껏 시도해볼 수 있는 때가 온 것 아니냐고.

임만섭은 그것이 자기에게 내려온 무슨 기회인 것처럼 생각했던 것 같기도 하다. 멀쩡한 몸뚱이와 적지 않은 물자를 갖고 있는 그는, 자기가 소유하고 있는 공장 안에서는 자유를 갖고 있으면서, 자기 삶의 끝을 명확하게 알 수 있는 상태였다. 세상 사람 중에 이런 조건에 놓인 사람은 몇 없을 거라는 생각이 들었다. 이렇게 마지막 순간에 몰렸을 때 한번 죽을 때까지 화끈하게 마셔볼 술을 들고 있는 사람이 누가 또 있겠느냐는 것이다.

그렇다면 이것은 오히려 기회이다. 이 세상이 다른 사람이 아닌 나에게만 던져준 기회다, 내가 차지할 기회다, 임만섭은 그런 생각을 했던 것 같다.

“그런 처지에 빠졌을 때 그런 판단을 하는 게 말이 되는지는 모르겠습니다.”

“조선시대 연산군 때, 반정이 일어나서 연산군 패거리들 다 붙잡혀 죽고 망하기 직전에, 연산군은 그걸 예상하고 제일 질탕하게 놀았다고 하잖아요. 비슷한 거겠지.”

이인선이 말했다. 이인선은 다른 알려진 사례를 기억해보았다. 적의 포위로 모든 것이 차단된 궁전에 갇힌 임금이 피할 수 없는 몰락을 앞두고 현실을 도피하기 위해 미친 놀이를 즐겼던 예들을 떠올려보았다. 어차피 다른 수가 없으니 쾌락이라도 즐겨야겠다는 경제적인 선택으로 볼 수 있었다. 한편으로는 적의 공격으로 맞이할 끔찍한 최후를 상상하는 두려움을 버텨내기 위해서 잠시나마 몰두할 수 있는 다른 자극을 찾아 열락의 잔치를 벌이는 의학적인 조치로 볼 수도 있었다.

“저는 안 그럴 것 같거든요. 어차피 끝날 판이니까 미친 짓거리라도 해봐야겠다니 너무 추잡하지 않습니까?”

“다 끝나고 죽고 나면 누가 다른 사람이 보고 뭐라고 할지 그런 게 뭐 중요한가, 싶을 수도 있겠죠.”

“꼭 누가 보고 욕할까 봐 자제를 한다, 그런 게 아니라, 그렇게 마지막으로 궁지에 몰린 나머지 다 포기하고 쾌락에만 몰두한다는 게 더 우울하고 무섭잖아요. 그럴 바에야 조용히 가는 게 차라리 더 버틸 만하지 않을까요? 다 끝난 마당에 굳이 그렇게 이상한 일을 벌이려고 날뛴다는 자체가 귀찮고 힘들 것 같기도 하고."

한규동이 말했다. 그리고 공장에서 일어난 나머지 일도 이야기했다.

임만섭은 그 직원에게 이끌려 공장을 넓히느라 새로 짓고 있던 빈 건물로 갔다. 외벽과 지붕은 완성되어 있었지만 안에는 아무것도 없이 텅 빈 건물이었다. 그 직원의 제안으로 임만섭은 안을 꾸미기 시작했다. 마지막 순간까지 모두가 기쁨을 위해 누릴 수 있는 모든 것을 끌어모으려고 했다. 목적은 그저 즐겁고 기쁜 것뿐이었다. 지켜야 할 규칙도 하나도 없고, 아껴야 할 것도, 남겨둬야 할 것도, 나중을 생각해야 할 것도 없었다.

온몸이 조각조각 잘린 뒤에도 끊임없이 꿈틀거리는 연체동물처럼 기계 소리를 내며 돌아가던 공장도 마침내 멈추었다. 기계 소리로 언제나 산을 울리던 공장이 멈추자, 모든 직원들은 고막에 쉼 없이 가해지던 진동이 없어지는 것을 느꼈다. 너무 찌들어 있던 소리여서 오히려 소음이 없어지자 아무 소리가 들리지 않는다는 것이 이유가 되어 귀가 아파왔다.

귀의 통증과 함께, 다들 꿈에 대한 이야기를 듣고 있었다. 서로가 그 이야기를 서로에게 전달하고 있는 것처럼 들렸다. 모든 직원들은 거기에 이끌려 빈 건물로 걸어갔다. 누가 묘사한 바에 따르면, 모여드는 직원의 모습은 열려 있는 천국의 문을 향해 천천히 걸어 들어가는 망자의 행렬처럼 보였다고 한다.

밤이 되어도 환히 빛나고 있는 건물 속에서는 기쁨에 취해 지르는 기나긴 소리가 계속 들려왔다. 사람들이 모이자 그 직원은 건물의 문을 닫고 잠갔다. 아무도 들어올 수도 나갈 수도 없었다. 문을 걸어 잠근 채 공장의 직원들은 세상의 한계를 마음대로 초월하는 쾌락을 끝없이 즐겼다. 이야기에 따라서는 이런 말이 덧붙기도 한다. 처음에는 그 직원 혼자만 접했던, 사람이 상상하고 생각할 수 있는 범위 너머의 뜻을 그 안에서 모두 알게 되었다.

그 건물 안에서 무슨 일이 벌어졌는지 아무도 모른다. 어느 선까지의 행동을 그 안에서 저질렀는지도 알려지지 않았고 조사할 수도 없었다. 만약 그 건물을 다시 찾아온 사람이 없었다면, 그 안으로 들어간 사람들은 이 우주에서 어느 날 갑자기 사라진 것과 다름없었을 것이다.

그 건물을 찾아온 사람은 다름 아닌 임만섭의 아들이었다.

임만섭의 걱정과 달리 임만섭의 아들은 건강하고 멀쩡하게 살아 있었다.

아들이 미국에서 수용소로 끌려간 것까지는 사실이었다. 그렇지만 임만섭의 황당한 상상처럼 혹독한 대접을 받은 것은 아니었다. 하긴, 그전처럼 건들거리며 부잣집 자제 흉내를 낼 수는 없었다. 힘든 일을 피하기 위해 그전까지는 상상하기 어려웠던 비굴한 꼴도 보여야 했고, 다양한 방식으로 돈도 여러 곳에 갖다 바쳐야 했다. 그렇지만, 다름 아닌 미합중국의 캘리포니아 아니었겠는가? 돈이 있는 이상, 임만섭의 아들은 지루하기는 해도 대체로 건강하게 수용소 생활을 버틸 수 있었다.

전쟁이 끝나는 것이 뻔해지자 임만섭의 아들은 곧 일본인이 아닌 한인 행세를 하기 시작했다. 모든 종류의 한인 단체들이 후원금이 없어 빌빌거리고 있었다. 같은 미국 대학의 유학생 동문이라고 적당히 알은체를 할 수 있는 곳이 한두 군데 있었다. 아들이 돈을 준비하라고 시키자, 그의 옛 집사는 지폐 뭉치를 과자 상자 안에 담아서 준비했다. 돈을 주는 방법이 그의 입맛에 맞을 정도로 고상해 보이지가 않았다. 그렇지만 수용소에 들어갔다 나오니 남아 있는 것이 별로 없었다.

줄을 대는 방법조차 고상하지 않은 방법밖에 없었다.

그러나 막상 만나보니 이제 막 시작된 '나라 만들기 놀이'에서 돈을 받아 세력을 불리려는 한인 독립 단체라는 곳들은 그런 고상하지 않은 방법을 오히려 더 좋아하는 것처럼 보였다. 아들은 그런 태도가 자신이 바다 건너에 두고 온 아버지와 닮은 것 같다고 생각했다. 원래부터 아버지를 좋아하지 않았던 아들이었지만, 몇 년간 다른 나라에서 지내면서 아버지와 아버지 분위기를 내는 것에 대한 혐오는 더 단단하게 굳어져 있었다. 아버지와 아버지 주변의 모든 것들이 망한 나라에 붙어사는 구질구질한 것이라고 생각했다. 이유 없이 자기와 가깝게 엮여 있는 것이 짜증스러운 것, 지저분한 버릇만 많은 멍청한 것이라고 여겼다.

그러나 수용소에서 생활하고 그후에 다시 자리를 잡느라 돈을 다 써버린 형편이었다. 아들은 아버지가 있는 땅으로 돌아가서 남긴 것을 물려받는 수밖에 없겠다고 생각했다.

아들은 미군이 들어오는 것과 거의 같은 시기에 한반도로 돌아왔다. 아들은 관공서부터 찾아갔다. 일본 관리들이 떠난 관공서 건물에 멋대로 들어와서 갑자기 하루아침에 자기네들이 진짜 주인이라고 행세하려는 한국인 정치 단체 사람들끼리 서로 싸우는 것을 그는 보았다.

어디서 급하게 구해 온, 높은 벼슬아치 같아 보일 거라고 생각한 듯한 양복을 입은 중늙은이들이 말다툼을 하다가 할 말이 떨어지자 너희 애미가 어쩌니 할미가 어쩌니 하는 욕을 해댔다. 그러다가 무슨무슨 장이니 무슨무슨 서기니 하는 책상 위의 명패를 서로 가지려고 어린애처럼 붙들고 싸웠는데 어떤 자는 낫을 들고 소리를 지르고 방방 뛰기도 했고, 어떤 자는 어디서 구했는지 권총을 꺼내는 사람도 있었다.

저녁 무렵이 되면 청주잔에 요릿집 곁불이라도 쬐게 해주면 도움을 줄 만한 사람은 얼마든지 찾을 수 있었다. 그는 아버지의 공장이 폐쇄되었으며, 아버지는 멀리 도망가 숨었든지 아니면 죽었을 거라는 말을 들었다. 그는 공장의 위치와 경로까지 알아냈다.

그 정도를 알아내고 나니, 서울에 미군이 들어와 자리를 잡았고, 가장 호들갑을 떨던 사람들 위주로 남은 벼슬자리도 금세 채워져 있었다. 그의 아버지는 그렇게 '적'을 대단하게 여겼고, 아들의 운명을 안타깝게 여겼지만, 정작 그 아들은 달러 지폐 몇 장으로 미군을 앞세워 군용 지프를 얻어 타고 그 공장으로 들어갔다.

갑자기 멈춘 공장은 어색해 보였다. 넓은 공장에 가득하도록 천과 검은 실 등의 재료와 제품은 쌓여 있는데 사람의 기척은 전혀 없었다. 마치 마법으로 공장의 모든 사람을 잠깐 사이에 세상 저편으로 옮겨놓은 것 같았다. 한두 사람 공장 구석에 남아 있기는 한지, 울음소리인지 뭔지 끽끽거리는 소리 같은 것이 들리기는 했지만, 정확히 어디에 있는지는 알 수 없었다.

아들은 공장에 남아 있던 흔적으로부터 그곳의 사람들이 결국 모두 한곳으로 모여 어딘가로 갔다는 사실을 알아냈다. 그는 그곳이 산비탈 높은 쪽의 새 건물이라는 것도 알아냈다. 아들은 새 건물 앞으로 갔다. 오전의 햇빛이 선명하게 비추어 들어왔으므로, 건물의 겉모습이 분명히 보였다. 얼마 전까지만 해도 전등과 다른 전기 설비를 움직이고 있었는지, 전선과 그 주변은 까맣게 타서 그을려 있었다. 건물은 잠겨 있었다. 무엇을 위한 건물인지, 건물 안에 뭐가 있는지는 겉으로 봐서는 조금도 알 수가 없었다.

아들은 강제로 문을 열고 들어가려고 했다. 그렇지만 철저히 잠가놓은 커다란 문은 열기 힘들었다. 아들을 따라온 집사는 귀신이 붙어 있는 문 같으니 열지 말고 닫아두자고 했다. 그것은 신비한 힘으로 꽁꽁 막아놓은 곳으로, 통과해서는 안 되는 경계 같은 느낌이 든다고 설명했다.

아들은 그런 이야기도 역시 아버지처럼 구질구질하다고 생각했다. 아들은 미군에게 부탁해 수류탄으로 문을 부수자고 말했다.

수류탄이 굴러갈 수 있도록 홈을 파고 안으로 수류탄 한 발을 굴려 넣자 문이 부서졌다. 산이 뒤흔들릴 정도로 큰 소리가 나기는 했지만 그래봤자 수류탄 한 발일 뿐이었다. 이승과 저승의 경계가 허물어지고 금지되어 있는 다른 세계로 가는 문이 뚫린다고 하기에는 더없이 실없는 노릇이었다. 아들은 뚫린 문 안으로 걸어 들어갔다.

문안에 펼쳐진 광경을 보고 아들은 눈을 찌푸렸다. 같이 걸어 들어온 집사는 겁을 먹고 소리를 지르며 도망쳤다. 따라 들어온 미군 역시 욕을 몇 마디 하며 주춤주춤 물러섰다. 그들이 본 것은 전혀 상상할 수 없었던 해괴한 광경이었다.

안에는 수많은 직원들이 한덩어리가 된 것처럼 이상한 꼴로 엉켜 널려 있었다. 누구 하나 살아 있는 사람은 없는 것 같았다. 그 모양이 되어 살아 있는 사람이 있다면 그게 더 무서울 것이다. 널려 있는 사람들의 한가운데에 바로 그 직원이 있었는데, 마치 하늘에서 내려온 것처럼 거꾸로 공중에 매달려 있었다. 긴 머리칼이 까만 실과 엮이며 펼쳐져 있었다. 직원의 긴 머리칼은 실과 엮이며 끝없이 길어진 것처럼 보였다. 그리고 그 검은 것이 건물 안에 온통 퍼져 있었다. 다른 사람들은 입으로 그 꺼먼 것을 한 움큼 물고 있었다. 입에서 나온 거품과 같은 것이 그 검은 것에 뒤섞여 달라붙어 있는 것 같기도 했다. 그 검은 것은 사람들의 몸속으로 깊은 뿌리를 내린 것 같았다. 그것이 인간의 몸을 두르고 묶고 있어서 한 사람이 무슨 표정을 짓고 있는지 어떤 모양으로 무엇 때문에 죽었는지는 봐도 알 수가 없었다.

아들은 매우 혐오스러운 것을 보았다고 생각했다. 도대체 그 안에서 마지막 순간까지 이 사람들이 뭘 하다가 무엇 때문에 이런 모습이 되었는지 알 수가 없었다. 아들은 그것을 상상하고 짐작하는 것조차 불쾌하다고 생각했다.

아들은 사람도 뭣도 아닌 덩어리 속에서 아버지인 임만섭을 찾는 것은 불가능하다고 생각했다. 석유를 부어 태운 다음에 숯덩이를 긁어내고 그것을 덩어리째 처분하면, 아버지의 합법적인 장례를 치르고 사망 신고 절차를 거칠 수 있을 거라고 생각했다. 어차피 그에게 필요한 것은 거기까지였다. 아들은 더이상의 사연에 대해 알고 싶어 하지 않고 두 번 다시 그 모습을 보지 않겠다고 했다. 이러한 행동은 인성과 관계없이 그가 얼마나 현명한 사람이었는지를 잘 나타내준다.

아들이 건물을 나가려고 하는데 한 사람이 그곳으로 달려 들어왔다. 멀리서부터 꽥꽥 소리를 지르며 오고 있었는데, 건물 안 광경에 놀라 미처 알아차리지 못하고 있었다. 아들은 그 형체가 거리를 뛰어다니며 구걸하는 미치광이거나 아니면 노망이 들어 길을 헤매는 노파라고 생각했다. 그런데 가까이서 보니 두 팔을 다치고 온몸이 불구가 되어 이제껏 회복되지 못했던 공장 직원이었다. 가까이 다가오자 더러운 몸에서 매우 역한 냄새가 났다.

그녀는 열린 문을 향해 기어오며 고래고래 소리를 질렀다. 그 소리는 통곡을 하며 내는 것이기도 했다. 외부의 사람이 찾아온 것을 보았기 때문인지 어째서 그러는지 알 수 없었다. 건물 안으로 기어온 그녀의 목소리를 가만히 들어보니 그 말은 일본어였다.

일본말을 알아듣는 집사는 울부짖는 소리를 듣고는 귀를 틀어막았다. 무서워하고 있었다. 아들 역시 표정이 굳어졌다. 미군의 우두머리가 영문을 모르고 아들에게 영어로 물었다.

"뭐라고 하는 거요?"

아들이 대답했다.

"나도 데려가줘. 나도 데려가줘."

7

한규동은 잠시 이야기를 멈추었다. 그는 말을 하면서 자기도 무서워졌는지 한쪽 팔에 털이 일어선 것을 느꼈다.

이인선은 여전히 같은 말투로 물었다.

"그게 끝이에요?"

심드렁해 보이는 것만은 아니었다. 분명히 이야기에 관심을 갖고 잘 듣고 있기는 했다. 그렇지만 무서워한다고 할 수는 없었다. 가까운 주변의 일처럼 깊게 공감하고 있는 것도 아니었다. 받아들이고 한참 생각도 해보는 정도의 관심이었지만, 그 관심은 마음속 중심에서는 떨어져 있었다.

이인선의 눈길은, 관심도 없는 제품이고 이름도 모르는 모델이지만 모델의 모습이 보기 좋아 길 가다 한 번 더 힐끗 돌아보는 청바지 광고 포스터를 보는 그것과 비슷했다.

"구체성이 있고 특이한 점도 있는데, 그래도 비슷한 무서운 이야기 틀에 너무 맞춰져 있네."

한규동은 최선으로 꺼낸 이야기가 공격받고 있다는 느낌을 받았다. 일단 방어해야겠다고 생각했다. 한규동이 되물었다.

"어떤 점이 그렇습니까?"

"배경이 1940년대 초에 걸쳐져 있다는 게 그렇죠. 일본은 나쁜 놈들이고, 걔네들의 시대랑 뭔가 악한 것이랑 엮여 있다는 식으로 생각하는 거지. 대한민국 수립 이후로 온갖 영화니 TV니 소설에서 악당 일본인하고 싸우는 이야기가 산더미처럼 꾸역꾸역 나왔으니까 무심코 그 맛에 휩싸인 거 아니겠어요?"

"이 이야기는 딱히 일본인이 악당으로 나오는 이야기는 아니잖습니까."

"직접은 안 엮여 있어도, 한국의 무서운 이야기 보면 그렇게 슬쩍 일제시대 어쩌고 하면서 괜히 걸쳐 있는 거 굉장히 많아요. 원래 일본인이 뭐 어떻게 어떻게 하던 자리였는데 거기서 나중에 무슨 어떻게 돼가지고 지금은 귀신 나온다더라, 이런 거. 별로 일본하고 관계없어도 이 사람 저 사람 전해지는 사이에 그런 쪽으로 이야기가 흘러서 덧붙기도 한다고. 사람들이 다들 그런 이야기만 떠올리니까."

한규동은 고개를 끄덕여주었다. 이인선의 설명에 동의한다기보다는, 면접관 앞에서 면접시험 보는 사람의 몸에 저절로 나타나는 반사작용 같은 것이었다. 본능적으로 앞에 있는 사람에게 맞장구를 쳐주면서 비위를 맞춘다. 이래서 사람이 사회적 동물로 태어난다는 건가 싶을 정도였다.

이인선은 뒤이어서 말했다.

"이야기가 색다른 점이 있기는 한데, 그것도…… 그러니까, 왜, 우리나라에 돌아다니는 무서운 이야기 중에 일본에서 건너온 게 엄청 많잖아요? 무서운 이야기 모아놓는 책이나 웹사이트 만든다면서 비슷한 일본 이야기 모아놓은 거 베껴서 갖고 오기도 하고."

"빨간 마스크 이야기 같은 거 말씀이십니까?"

"그거 아니라도 엄청 많지. 왜 그냥 믿거나 말거나로 일본에서 떠돌던 말이 한국에서 넘어오면서 괜히 물 건너온 이야기니까 대단히 전문적이고 뭔가 그럴싸한 체계적인 이론처럼 소개되는 느낌 있잖아요."

"어떤 게 그렇습니까?"

"그러니까……."

이인선은 눈동자를 왼쪽으로 향했다. 잠깐 궁리하는 모습이었다. 그러더니 곧 다시 말했다.

"그런 거 있잖아요. 유령 중에는 한 장소에서 계속 나오는 '지박령'과 이곳저곳을 돌아다니는 '부유령'이 있다. 이 귀신은 지박령에 속한다, 지박령의 특징은 이렇고, 어떻게저떻게 하면 '성불'한다, 뭐 이런 거. 안 들어봤어요?"

"성불한다, 그런 말은 어디서 들어본 것 같네요. 원래 종교에서 쓰는 말 아니에요?"

"그런데 꼭 귀신 이야기에서 그런 말을 쓸 때는 무슨 정해진 규칙대로 짜놓은 소설이나 영화 배경 설명에 나오는 규칙인 것처럼 굴잖아. 그게 뭐야? 그런 말이 정확하게 정해진 학술 용어도 아니잖아요. 그런데 사람들이 그렇단 말이지, 그렇게 평소에 안 쓰던 말을 끌어와서 쓰면 뭔가 좀더 전문적이고 더 깊이 있고 정확하게 해석하고 분석하고 더 의미를 파헤친 말처럼 생각한단 말이지. 사실 아무 근거도 없고 쓸모도 없는 말인데."

이인선의 태도를 보고 한규동은 더 조심스러워졌다. 무서운 이야기 아는 것 있으면 해보라고 처음 말을 꺼낼 때만 해도, 그런 말을 하는 것으로 봐서 이인선이 여러 가지 무서운 이야기를 많이 알고 그런 내용들에 관심도 많은 줄 알았다.

그래서 처음에 한규동은 이인선이 지금 비난하고 있는 내용에 대해서 오히려 호감을 갖고 있으리라 짐작했다. 이를테면, '무서운 이야기에는 괴담, 기담, 신이담이 있는데, 당신이 한 이야기는 그중에 뭐에 해당한다'는 식으로 운운하면서 평가할 줄 알았다.

이인선의 태도는 그렇지 않았다. 이인선은 그런 무서운 이야기를 분석하는 귀신 전문가랍시고 하는 사람들의 말들을 대놓고 비난하고 있었다. 그런 소리에 무척 익숙해 보이면서도 진절머리를 내고 있었다.

한규동이 물었다.

"그러면 이 이야기는 평범한 편인 건가요? 나쁜 악당은 하나 있어야 할 것 같으니까 일제시대에 소동을 일으킨 공장 주인이 나온 거고, 일본에서 유행하는 무서운 이야기 분위기 따라 하고 싶으니까 배경은 그거 따라 하기 좋은 일제시대로 베끼기 좋게 잡은 거고. 그렇게 이해하면 될까요?"

한규동은 이인선을 우쭐하게 하기 위해 짐짓 공손한 학생 흉내를 냈다.

이인선은 우쭐해하는 모습을 보이지 않았다. 여전히 귀찮아서 다시 이불 덮고 자고 싶은 사람 같은 표정을 지었을 뿐이다. 도대체 이인선이 무슨 생각으로 사는 사람인지, 이 면접과 이 이야기에 얼마나 관심을 두고 있는지 알 수 없었다.

이인선이 말했다.

"아까 말했던 대로, 근본 없는 여자랑 잘못 얽혀서 부유한 남자가 몰락했다는 내용도 허구한 날 이런 옛날 무서운 이야기에 나오는 여성 혐오식 이야기 느낌이니까 좀 뻔하고. 그리고 핵심적으로 약물을 뻔질나게 주입했더니 그동안 쓰지 못하던 뇌의 한계를 초월해 정상 이상의 뭔가를 알게 되고 할 수 있게 되었다더라. 이런 것도 육칠십 년대에 미국에서 엄청 유행한 거 따라 한 것 같고 그러니까요."

이인선은 고개를 까닥거렸다.

"그때는 약물을 주입받았더니 그것 때문에 뇌세포의 연결 방식이 달라져서 뇌가 전혀 다른 방식으로 작동했고, 그래서 진정한 인생의 진리를 깨닫고 해탈을 경험할 수 있게 되었다, 이런 정신 나간 소리 하는 사람들이 참 많았고 그랬으니까."

거기까지는 한규동의 짐작과 맞춰 말하는 것 같았다. 그런데 그녀는 멈칫거리더니, 다시 눈동자를 왼쪽으로 향했다.

"그러니까, 그런 거는 흔한 이야기는 한데……."

그녀는 이어서 말했다.

"그런데 특이한 게, 그저 그런 흔한 이야기치고 내용이 되게 상세한 편이거든요. 상세하다는 게 특이하죠. 공장의 형태나 구조 같은 것도 실제로 어딘가에 그런 공장 모양이 있는 것처럼 묘사가 되고, 이야기 속에 나오는 사람들 사이의 관계나 특징도 꽤 자세하고 서로 잘 엮여 있는 편이니까요."

"그게 이상한 겁니까?"

한규동이 이인선에게 물었다. 그녀는 대답했다.

"이상하지. 1940년대에 공장에서 일 많이 시키려고 직원들한테 약물 주입까지 시켜가며 일했는데, 그러다가 광복되고 나서 보니까 다들 미친 상태로 발견되었고 그 가운데에는 제일 약물 많이 맞았던 여자 직원이 무슨 종교 교주 모양으로 있더라, 이 정도로 끝나는 이야기면 그냥 어디든 있을 법한 무서운 이야기이겠거니 하겠는데, 이 이야기에는 그것보다 내용이 이상하게 많거든요."

"그렇게 말씀하시니까 내용이 많다는 게 이상하긴 이상하네요."

한규동이 맞장구를 치자 이인선은 흥이 오른 것 같았다. 이인선은 다시 탕수육 하나를 집어 먹었다. 이인선이 탕수육을 우물거리는 동안 한규동은 혼자 생각에 빠졌다. 이인선은 한규동이 뭘 생각하든 신경쓰지 않는 듯 보였다. 잠깐이지만 탕수육의 맛만 생각하는 것 같았다.

먹던 것을 삼킨 이인선은 다시 말했다.

"특히 내용 중에 제일 이상한 게 뭐냐면…… 이게 공장 주인이랑 직원을 다 이끌고 들어간 그 직원이 뭔가 도저히 지금까지 다른 사람은 접근할 수 없었던 새로운 지식, 깨달음 같은 걸 알고 있었는데, 그게 더 퍼져나가지는 않았다는 식으로 끝나잖아요."

"무서운 이야기 중에 신비한 느낌을 주려고 끝이 애매하거나 알 수 없는 게 숨겨져 있다거나 한 식의 이야기는 많이 있잖아요."

절대 안을 들여다보지 말라는 우물이 있었는데, 어느 호기심 많던 사람이 우물 안을 들여다본 뒤에 너무나 무서운 것을 보았는지 정신이 나가버렸고, 그후로 우물을 메워버렸다는 부류의 전설을 한규동은 떠올렸다. 그래서 우물 안에 무엇이 있었는지는 영영 아무도 모른다는 것이다.

이런 이야기는 구체적으로 뭐가 무서운 것인지 분명히 알려주지 않으면서도, 우물 안에 어마어마하게 무서운 것이 있을 거라는 상상을 하게 만든다.

이인선이 대답했다.

"맞아요. 이것도 그런 방향의 이야기에 속하기는 하죠. 그런데 이야기가 그냥 무서운 게 아니라 구도적인 느낌이 나게 되어 있어요."

"구도적이라면 도 닦는 이야기 같은 거요?"

"그 비슷한 건데, 왜 옛날부터 그런 거 있잖아요. 엄청 똑똑한 학자들이나 모든 걸 차지한 부자나 임금님들이 이제 먹고살 걱정 안 하고 다른 고민도 없으니까, 인간이 왜 살까, 세상이 왜 있을까, 그런 걸 궁금해하는 거지. 도대체 무슨 이유로 무엇 때문에 세상이 돌아가고 별들이 움직이는 이런 이치가 처음부터 있는 건가 하는 거지."

"어떤 옛날이야기가 그렇습니까?"

한규동의 질문에 이인선은 멈칫거림도 없이 바로 대답했다.

"그런 이야기 있잖아요. 옛날에 어떤 사람이 그런 거, 왜 사는가, 왜 세상이 생겼는가, 그런 걸 깨달으려고 다른 잡념은 안 생기도록 볼 것도 들을 것도 없는 굴을 만들고 굴속에 들어가서 아무것도 안 하고 몇 달이고 오직 고민만 했다더라, 그러다 보니까 죽기 직전쯤 되어서 반짝하고 깨달음을 얻었다더라, 그런 거."

"제 경우에는, 그런 이야기는 무슨 신비한 능력을 얻게 되었다는 사기꾼 같은 사람들이 줄줄 늘어놓는 이야기 중에서 들어본 것 같은데요."

"그만큼 흔하고 친숙한 이야기니까 사기꾼들도 그런 이야기를 써먹지. 그러니까 그런 이야기 중에 크게 한 부류를 이루는 게, 이렇게 굉장한 노력과 고통을 참고 견디니까 그다음에 보통 사람들은 얻을 수 없다는 지식을 얻었다는 거예요."

"왜 꼭 고통을 참고 견디는 식의 이야기가 많을까요?"

"무언가 대가를 치르지 않고 저절로 이뤄질 리가 없다는 생각이 뼈에 새겨져 있거든. 사람들이 한평생 그런 걸 보고 살잖아요. 자기에게 득이 될 거 없는데 남에게 뭘 해주고 이러지 않잖아. 그러고 계속 사니까, 사람이라면 누구나 저절로 세상 뭐가 되었든 공짜가 없다는 생각이 들거든."

이인선은 탕수육을 다시 하나 집어 들며 말을 계속했다.

"항상 뭐든 내주는 게 있어야 받는 게 있다고 생각하고, 큰 걸 얻으려면 그만큼 뭔가 대단한 걸 내줘야 한다는 생각이 마음에 박혀 있다고요. 자본주의자는 돈을 버는 것은 재능이 있는 만큼 번다고 생각하고, 공산주의자는 좋은 사회를 만들려면 반드시 폭력으로 피를 뿌려서 혁명을 해야 된다고 생각하고, 그런 것처럼."

한규동은 이인선의 말에 귀를 기울였다. 그러니 또 의심스러워졌다. 이인선의 말을 얼마나 진지하게 받아들여야 할지는 계속 알쏭달쏭했다.

이인선은 또 이야기했다.

"그러니까 이런 이야기 속에서는 반드시 엄청난 고통을 감수해야 깨달음이 온다고 생각하는 이야기가 많다고요. 그렇게 어마어마한 대가를 치러야만, 가장 중요하고 귀중한 마지막 지식이 얻어진다는 거지. 그래서 대체로 그렇게 세상에서 가장 중요하고 아무도 알 수 없었던 지식을 알아내는 이야기는, 굉장한 고통을 참아내면, 그 고통의 마지막 순간에 뭔가가 확 열리는 것처럼 알게 되는 그런 식의 이야기가 많다고요."

"이 공장 이야기 구조도 그러면 그런 계통입니까?"

"다른 점도 많죠. 시작은 오히려 정반대 쪽이죠. 여기서는 그 직원이 보통 사람의 한계로는 절대 경험할 수 없는 기쁨을 가져온다고 하잖아요. 그러니까 고통하고는 다르죠. 여기에서는 정반대로 상상 이상의 한계를 넘는 쾌락으로 가면, 그 상태에서 사람의 정신이 어떻게 희한하게 돌아가면서 세상에 대한 깨달음을 얻는다는 쪽이거든요."

한규동은 잠깐 뭔가 생각날 듯 말 듯해서 고민했다. 그가 말했다.

"그…… 예전에 그런 거 있지 않았나요? 그것도 무슨 이상한 종교 교주 같은 사람이 사기칠 때 했던 이야기 같은데, 자기가 시키는 대로 이상한 짓 하면서 쾌락 생활하고 약물도 하다 보면 깨달음을 얻고 새로운 영원한 생명의 한 차원 높은 존재들의 세상으로 들어가고 뭐 그런 사건 있었는데."

"그런 거 나라마다 시대마다 많았죠. 한두 개가 아니지. 무슨 이상한 나라의 신비 철학이 어쩌니 하면서 말 꾸며대는 놈들, 요즘도 어디에든 있을 거예요. 그게, 이런 거죠. 사람이 쾌락을 바라고, 항상 욕망이 있는데 그걸 충족시키기는 어렵고 그러니까, 이번에는 그게 넘쳐나도록 있으면, 그걸 물리도록 터져 나가도록 많이 느낄 수 있게 되면, 지금 상태로는 해낼 수 없는 생각도 못 한 걸 할 수 있다는 식으로 상상하는 거죠. 이게 고통을 견디고 견뎌서 깨달음을 얻는다는 쪽보다는 훨씬 적은 편이기는 한데, 이런 이야기도 있기는 있어요."

한규동은 자기가 기억할 수 있는 몇 가지 사건의 이름을 기억하려고 노력해보았다. 이인선은 그런 자신에게는 신경쓰지 않는 태도였다. 그보다 하고 싶은 말로 넘어가려고 했다.

"자, 그래서, 방금 이야기가 특징이 뭐냐면, 일단은 쾌락으로 깨달음을 얻는다는 부류의 이야기이기는 한데, 그러면서도 공장 바깥의 기준에서 볼 때에는 무서운 일이 일어났고 나쁜 일이 생긴 것처럼 꾸며져 있다는 거죠. 그래서 두 가지 부류의 이야기가 섞여 있거든요. 이렇게 두 가지 특징이 섞여 있다는 게 특이하죠. 특히 이 이야기에 괜히 자세한 게 많다는 점하고 같이 놓고 보면, 이 특이한 점이 더 중요해 보여요."

"어떻게 중요해 보입니까?"

한규동이 묻자 이인선은 얼굴에 힘을 한번 주었다. 웃는 것 같기도 했지만 웃는 얼굴은 아니었다. 차라리 자기가 멋있는 말을 하고 있다는 사실에 뿌듯해서 잘난 척하며 웃는 얼굴이었다면, 한규동은 그다음 이인선의 대답을 이해하기가 더 편했을 것이다. 그렇지만 이인선은 웃고 있지는 않았다. 이인선은 표정이 생기며 눈동자에 초점이 분명해지고 눈썹과 입꼬리의 모양이 바뀌었는데, 그것을 웃는 것이라고 쉽게 말할 수는 없었다.

이인선이 말했다.

"꼭 진짜 같거든요."

8

그러려고 한 것은 아니었지만, 한규동은 이인선의 얼굴을 따라 하는 이상한 표정이 되었다. 이인선은 이어서 설명했다.

“이야기로 무슨 주장을 하기 위해서 하는 거 같으면 보통 내용이 딱 분명하고 선명하게 되어 있을 거라고요.”

이인선은 그때껏 탕수육을 들고 있었다.

“그런데 세상일이 그렇지는 않잖아요. 이런 거 같으면 조금 저렇기도 하고, 약간 그런 것 같으면 또 다른 면도 있고, 그런 게 실제 있는 일이잖아요. 그런데 아까 그 이야기가 그렇게 양쪽 면이 다 있는 내용이었다고요. 그런데 거기에다 이런저런 다른 세부 내용이 주렁주렁 매달려 있는 것도 그렇거든요. 누가 일부러 필요해서 만들어낸 이야기 같으면 필요 없는 내용은 없을 텐데, 이 이야기에는 안 그래요. 그러니까, 어느 선까지인지는 모르겠지만, 진짜 있는 일을 두고 만든 것 같기도 하다는 거죠."

한규동은 그 말을 듣고 자기가 이 이야기를 어디에서 처음 들었는지, 어쩌다가 더 들었는지 급히 생각해보려고 했다. 이인선이 그런 한규동에게 물었다.

"혹시 이야기에서 빠뜨린 내용은 없어요?"

"있습니다. 많이 있습니다."

"많이? 어떤 건데요? 그 직원에 대한 묘사에서 빠뜨린 게 있어요?"

"아니요. 그렇지는 않고요."

"아니면, 마지막에 아들이 닫힌 문을 열었을 때 상황에서 더 설명할 게 있어요?"

"그것도 아닙니다."

한규동의 대답을 듣고 이인선은 실망했다.

"이 이야기는 그냥 무서운 게 있다는 이야기가 아니고, 사람이 결코 알 수 없는 지식이 있어서 다들 그것만 알아내면 진짜 삶의 이유를 알 수 있어서 안타까워하는데, 그걸 한 번은 알아냈다는 거거든요. 그런데 지금은 다시 모르게 되었다는 거고. 뭘 더 알 수 있는 게 있으면 좋을 텐데."

그녀의 실망한 기색을 보고, 한규동은 이인선도 뭘 알고 싶어서 캐내는가 싶었다. 방금 전까지 한규동은 이인선이 묵은 탕수육이나 집어 먹을 줄 아는 사기꾼 비슷한 업자라고만 생각했다. 그런 상황에서 갑자기 대화에 열의가 깃든 기색을 보자 어째 정신이 불안정한 사람은 아닌가 싶은 것이, 잠깐 섬뜩하기도 했다.

그러나 이인선이 잠시 후 다시 귀찮아졌다는 얼굴로 변하자 한규동은 안심했다. 게으른 얼굴은 주변에 영향을 끼칠 수 있는 일은 아무것도 할 수 없을 것 같아 보였다.

이인선은 잠깐 그때껏 보지 않고 있던 서류를 한번 보았다. 그러더니 이제 이야기를 그만할까 싶은지, 한규동에게 마지막으로 한두 마디만 더 듣고자 하는 것 같았다. 이인선이 물었다.

"그럼 남아 있다는 이야기는 뭐예요?"

"그 공장이 지금 어떻게 되었는지, 그런 이야기가 아직 더 있어요."

한규동의 말을 듣고도 이인선의 게으른 얼굴은 그대로였다. 이인선이 말했다.

"그러고 나서 공장 사람들이 몰려 있던 건물 자리에 나중에 가봤더니 지금까지도 거기에서 귀신이 나온다더라, 그런 이야기가 덧붙어 있는 거 아니에요?"

"비슷한 점이 없는 건 아닌데요, 좀 다릅니다."

"많이 달라요?"

"귀신 비슷한 게 나오기는 하는데요, 귀신이 딱 나오는 건 아니고요. 조금 다른 게 나오는 이야기입니다."

이인선의 표정이 바뀌었다. 이인선은 잠시 두 눈을 감았다. 이번에도 옛날이야기를 들으며 잠자리에 들고 싶어 하는 아이 같아 보였다. 이인선은 다시 눈을 뜨고 한규동을 쳐다보았다.

"재밌겠네. 해보세요."

한규동은 예, 하고 대답했다. 다시 말을 이어가자니 어떻게 시작해야 할지 몰라서 몇 초 시간을 끌었다. "그, 저, 왜 제가 아까 이야기할 때, 이야기 했던 게" "그러니까, 이제부터 할 이야기는 어디부터 이어지는 이야기냐면" 같은 하나마나 한 말들을 몇 차례 늘어놓고 이인선의 졸린 표정과도 몇 차례 겨루었다.

그런 뒤에 이어진 한규동의 이야기는 다음과 같았다.

9

공장을 물려받은 임만섭의 아들은 한 달이 채 되기 전에 다시 공장의 일부를 움직일 수 있었다. 아들은 공장을 재편하고 회사의 이름을 고쳤다. 사장이 되고 나서는 집사를 시켜 새로 일감을 따 오게 했다.

이곳저곳에 주문을 받으러 다니다 보니, 일본인들이 빠져나간 한반도를 이제 자기가 다스리겠다면서 설치는 사람들 소식이 꾸준히 들려왔다. 어떤 단체 사람이 우세하다, 결국은 누가 이끄는 정당이 한반도를 차지할 것이다, 미국 쪽은 어디를 점찍었다더라, 소문은 계속 바뀌었다. 그럴 때마다 기세가 등등해진 정치꾼 패거리들이 공장에 찾아왔다.

"민족의 새 역사가 시작되는 이때에, 임 사장도 민족의 한 사람이라면 그에 맞는 역사의 공헌을 해야 하지 않겠소."

그 사람들은 먹이를 던져줄 때까지 짖어대는 개나 다름없는 소리를 한다고 사장은 생각했다. 사장이 보기에 그 패거리들은 어마어마한 단어 몇 개 섞은 말 몇 줄을 읊어대면 그게 돈을 달라는 이유가 된다고 믿고 찾아오는 것처럼 보였다. 놀랍게도 그들은 그것이 정당하다고 여기고 있었다.

사장은 그런 사람을 만나고 나면 역겨워서 구토감에 식사조차 하기 싫어했다. 그러면서도 집사를 시켜 열 번이고 스무 번이고 들어오는 패거리마다 돈을 집어주었다.

얼마 지나 대한민국 정부가 수립되자 지분거리며 찾아오는 패거리의 숫자는 확 줄어들었다. 대신에 한 패거리의 정치꾼들이 규칙적으로 꾸준히 찾아오게 되었다.

지긋지긋해진 사장은 그 무리들을 직접 만나고 싶어 하지도 않았다. 사장은 집사를 시켜 대접하게 했다. 새로 생긴 정부에서 하루아침에 무슨 의원이니 무슨무슨 장이니 벼슬을 하나씩 차지한 사람들은 사장이 자기를 충분히 받들어 섬기지 않는 모습을 보고 신경질을 냈다.

그들은 집사에게,

"이 공장이 왜정 때 일본군을 위해 일한 공장이라는 것을 알고 있소. 이것은 민족의 원수를 도운 반민족적인 행위이니 새로 생긴 우리 민족의 대한민국 정부가 용서할 수 없는 것이오."

라면서 감옥에 집어넣고 두들겨주겠다고 위협하기도 했고, 그러다가도 바로 다음날 다시 연락을 넣어서는,

"일본인이 운영하고 있다가 광복이 되면서 버리고 가서 놀고 있는 섬유 공장, 봉제 공장이 있소. 가장 공장을 잘 운영할 능력이 있는 사람에게 맡기려고 하는데, 이 근처에서는 임 사장만 한 사람이 있겠소?"

라며 유혹하기도 했다.

사장은 위협은 가소롭게 생각했지만 유혹은 귀담아들을 만하다고 생각했다. 사장은 집사를 시켜 무슨 위원장 직함을 갖고 있던 정치꾼 하나를 불러들였다. 일본인 소유의 공장을 나눠주는 정부의 사업에서 '누가 가장 적합한 운영자'인지 판정하는 데 의견을 낼 수 있는 위치에 있는 자였다.

"이 사람 한 사람만 포섭한다고 되겠습니까? 그럴 만큼 높은 자리에 있는 사람은 아닌 것 같습니다."

집사는 의심스러워했지만 사장은 그런 상황을 알면서도 우선 그 위원장을 끌어들이라고만 했다.

위원장은 광복되기 전에 달랑 부하 둘을 데리고 다니면서

자기가 무슨무슨 정치단체의 단장이니 회장이니 떠들어대던 자였다. 자기를 두령으로 모시는 사람들이 굽실거리며 모여 있는 것을 각별히 좋아하는 사람으로 보였다. 사장은 위원장이 좋아하는 것을 주기로 했다.

사장은 학교 하나를 사들인 뒤에 위원장을 그 학교의 이사장으로 앉혔다. 사회에 덕망이 있는 인물이라는 이유를 갖다 붙였다. 온 학교의 학생들과 교사들 수천 명이 그의 앞에 굽실거리는 동시에, 군사부일체 운운하며 임금처럼 떠받들자 위원장은 대단히 좋아하였다. 위원장은 주변에 자랑하고 다녔고 위원장을 부러워하는 다른 정치꾼들이 생겨났다.

고작 위원장 정도의 인물에게도 그만한 대접을 해주는 사람이라고 소문이 나자, 이런저런 돈이 궁한 정치꾼들이 모여들었다. 그 정치꾼들을 이리저리 도와주고 나니, 사장은 '민족 발전에 가장 효율적인 사업을 할 수 있는 섬유 사업을 잘 아는 전문 기업인'이라는 평판을 얻을 수 있었다. 결국 그가 뜻한 대로, 대한민국 정부가 나눠주는 주인 없어진 일본인 섬유 공장 몇 개를 차지할 수 있었다.

새로 얻은 공장의 직원과 장비를 이용해서 사장은 사업을 바꾸었다.

산비탈의 공장을 옷감을 염색하는 공장으로 바꾸었고, 얼마 후에는 옷감에 이런저런 코팅을 하는 공장으로 다시 바꾸었다. 한국전쟁이 터지자 사장은 잠깐 하와이로 건너가 있다가 전쟁이 시들해질 무렵 서울로 돌아왔다. 새로 얻은 공장은 전쟁통에 파괴되어 있었지만 임만섭 때부터 있던 산비탈의 공장은 산자락에 묻혀 있어서인지 고스란히 남아 있었다.

집사는 전쟁으로 부서진 공장들이 아까워 큰일났다며 호들갑을 떨었다. 그렇지만 기계가 망가진 대신에 사람이 넘쳐나는 세상이었다. 전쟁으로 재산을 날린 사람들, 갈 곳 없어진 사람들, 부모나 남편을 잃은 사람들, 군복 한 벌만 받아들고 아무것도 없이 전선에서 제대해 도시로 쏟아진 병사들이 도시에 밀려들었다. 사장은 꼬박꼬박 월급을 챙겨주는 사람이었고, 그런 사람이라면 선지자처럼 섬김을 받았다.

사장이 자리를 만들어준 학교의 이사장이니, 무슨 상사의 사장이니 하던 작은 정치꾼들 중에 다수는 한국전쟁중에 제 재산과 사무실 명패를 끌어안고 머물러 있다가 인민군에게 총살당했다고 했다. 자연히 그 재산도 사장의 손으로 되돌아왔다. 일이 잘되려고 그랬는지, 파괴되어 빈터만 있던 공장조차 점차 땅값이 올랐다. 사장이 제법 거물이 되어 이름이 전국에 알려질 무렵이 되자, 쓸모없이 놀고 있던 그 빈 땅이 사장의 가장 큰 재산으로 변해 있었다.

한 가지 신기한 것은, 사장의 사업이 그와 같이 번창하고 사장이 차지한 많은 토지와 건물들이 끊임없이 늘어나는 가운데에서도 산비탈 공장의 마지막 건물에서는 별달리 사업을 벌이지 않았다는 것이다. 사장이 처음 돌아왔을 때 목격했던 괴상한 모습은 건물에서 말끔히 사라진 것처럼 보였다. 가득 널려 있던 인체와 엮여 있던 검은 실과 머리카락은 태운 뒤에 긁어내 없어진 상태였고, 안에 있던 다른 기구나 장치나 물건도 전부 들어내어 처분해버려서 빈 곳이었다.

그런데도 무슨 이유인지 사장은 그 마지막 공장 건물을 그냥 비워놓은 채로 가만히 둘 뿐이었다. 가끔 젊은 직원들이 급하게 물건을 둘 창고가 필요하다거나 사업을 키우기 위해 그 터에 새 설비를 들여놓자는 의견을 내놓아도 사장은 이유도 설명하지 않고 안 된다고만 할 뿐이었다.

10

사장이 은퇴할 때가 되자 사업은 큰딸이 물려받았다. 딸은 어린 나이에 공장을 둘러본 일이 있었는데, 그 뒤로 사장이 될 때까지 아버지의 일을 지켜보며 자라났다.

이 대목에서 이야기를 듣던 이인선이 물었다.

"그러면 세대가 어떻게 되는 거예요? 이 딸이란 사람, 그러니까 임만섭 손녀가 우리 시대 사람인 거예요?"

"맞습니다. 이 이야기에서 지금 그 회사 주인이자 공장 주인이 그 사람입니다."

"여기서부터는 이야기가 현재 살아 있는 인물하고 연결되어 있는 거네."

"정확하게는 모르겠는데요. 그런 정도로 맞아 들어가기는 합니다."

"그 임만섭 손녀, 지금 회사 사장에 대해서는 상세한 이야기 없어요?"

한규동은 조금 고민하다가 대답했다.

"그 사람이 어릴 때 처음 공장을 돌아봤을 때 뭔가 이상한 눈빛을 보였다더라, 아니면 다른 사람들은 가만히 있는데 빈 공장에서 뭐가 보인다고 했다더라, 그런 이야기가 있기는 했습니다. '아저씨, 그런데 저기 가운데서 빨간 눈으로 보고 있는 아줌마는 누구야?' 그런 소리 하면서 귀신 봤다는 이야기요. 그런데 그게 원래부터 있었던 이야기 같지는 않고요. 그건 그냥 나중에 이야기 지어내던 사람 중에 누가 그렇게 하면 더 무섭겠다고 생각해서 덕지덕지 갖다붙인 내용 같아요."

"괜히 의욕이 앞서서 구차한 소리 갖다붙이는 바람에 더 재미없어지는 이야기 많지, 뭐."

"맞습니다. 어떤 이야기 중에는 그 사건을 일으켰던 그 직원이 딸로 태어났다는 식으로 말을 꾸미는 경우도 있는데요. 그것도 원래 이야기는 아닌 것 같습니다."

"그러네요. 갑자기 환생이니 영혼이 들어가니 어쩌니 하는 완전히 다른 초능력이 나오는 것은 이야기 분위기에 안 맞으니까."

이인선은 수긍했다.

"지금 사장이라는 사람이 별로 중요한 것도 아닙니다. 여기서부터는 사장 집안 이야기는 중심에서 빠지거든요. 지금 그 공장이 잘 알려진 대규모 회사가 되었고, 그게 지금도 있다는 점을 알려주기 위해서 이야기가 여기까지 이어진 거지, 지금부터 그 사장 이야기는 안 나와요."

한규동은 그렇게 말하고는 이야기를 계속했다.

회사를 물려받은 지금 사장도 마지막 공장 건물은 계속 비워둔 채였다. 그러자 사람들 사이에서는 왜 그 공장을 비워놓느냐에 대해 추측하고 상상한 갖가지 이야기들이 나돌았다.

"사실 어떻게 보면, 지금까지 말씀드린 이야기, 그리고 지금부터 말씀드리는 이 이야기 전체도 추측하고 상상한 이야기 가운데 하나일 뿐입니다."

한규동이 설명하자, 이인선은 알고 있다는 듯이 고개를 까닥거렸다.

그 자리가 풍수지리상 터가 나쁘기 때문에 거기에는 뭘 만들면 안 된다는 이야기도 있었고, 광복을 앞두고 세상이 바뀌면 재산을 뺏기고 가문이 망할 것을 걱정해서 임만섭이 그 직전에 거기에 보물을 파묻어놓았다는 이야기도 있었다. 혹시라도 회사가 어려워지면 보물을 파내어 쓰려고 사장이 그곳은 비워놓는다는 소리였다.

그렇지만 예전부터 그곳에 대해 떠돌던 소문을 기억하고 있는 사람이 한둘 있었다.

선대 사장의 집사 주위에 있던 사람들은 잠겨 있던 건물 문을 열었을 때 펼쳐졌던 이상한 모습에 대해서 듣기도 했다. 사람으로서의 한계를 포기해버렸던 그 무리가 어떤 순간에서는 세상의 선을 뛰어넘어버렸다는 식의 이야기가 점차 덧붙여졌다.

그렇게 되자, 그 빈 공장에 대해 호기심을 갖는 사람들이 생겨났다. 몰래 빈 공장에 들어가보는 사람도 나타났고, 들어가지는 못했지만 바깥에서 건물을 보면서 안은 어떻게 생겼을까 혹은 잠긴 문이 열리던 날 안의 모습은 어땠을까 상상하는 사람도 생겼다. 도대체 공장 직원들이 그곳에서 벌인 일이 무엇이었는지 짐작하며 이야기를 하는 사람도 있었다. 취중의 음란한 농담으로 끝나는 경우도 있었고, 갖가지 비틀린 상상을 하며 다른 비슷한 사건의 사례들을 서로 대보며 밤이 깊도록 떠드는 흥밋거리가 되기도 했다.

그러다 보니, 점차 그 빈 공장에서 무엇인가를 봤다거나 찾았다고 하는 사람들의 이야기가 들려왔다.

"지금부터 말씀드리는 게, 그런 이야기 중에서 제가 전해 들은 거고요. 그중 제일 많이 퍼진 이야기일 겁니다."

한규동이 소개한 이야기는 이런 것이었다.

그 공장에서 일하는 키가 큰 여자와 대머리인 남자가 있다. 혹은 공장에서 항상 일하는 사람이 아니라, 서울 역삼동이나 논현동 어디쯤에 있는 사무실에서 일하는 그 회사의 사무직 직원이 어떤 업무 때문에 출장으로 공장에 왔다는 것에서 이야기가 시작된다.

이런 형태의 이야기에서 대머리 남자는 영업 사원인데, 판매하던 물건의 품질에 갑자기 문제가 생겨서 그 문제가 언제 해결될지 궁금해 공장을 찾아와 사정을 묻고 다니는 사람이다. 대머리 남자가 판매하던 옷감에 이상한 까만색 실이 잘못 섞여 든 듯한 모양이 나타난 것이다. 깨끗한 천을 원한 고객은 불량품으로 간주하고 반품하려고 한다. 남자는 난감해하며 늦은 밤에 공장에 찾아온다.

대머리 남자가 만난 키 큰 여자는 공장에서 품질 문제를 담당하는 직원이다. 남자가 늦은 시간 공장에 찾아왔기 때문에 키 큰 여자는 공장에 없다. 대머리 남자가 큰일났다면서 애타게 전화로 호소하자 키 큰 여자는 다시 공장으로 돌아간다. 남자는 여자에게 늦은 시간에 미안하다고 거듭 사죄한다. 여자는 급한 문제라니 어쩔 수 없지 않느냐고 괜찮다는 듯이 말한다. 남자는 거듭 미안하다고 말한다.

남자가 기다리는 가운데, 여자는 문제의 물건이 언제 어떻게 생산된 것인지 찾아본다. 컴퓨터의 기록을 찾아보고, 문서를 엮어놓은 장부를 열어 뒤지기도 한다. 여자는 문제가 생길 만한 곳이 있는지 찾아봐야겠다고 생각하고 직접 공장으로 가본다. 남자는 자기도 따라가겠다고 한다.

공장 돌아가는 것을 잘 알지 못하는 대머리 남자는 키 큰 여자가 가는 대로 같이 따라 걸으며 공장의 통로를 이리저리 헤맨다.

공장에는 강철 덩어리와 녹슨 금속 들이 고대 신전의 거대한 석상처럼 가득 놓여 있다. 그 사이를 어지러운 전선과 기름이 가득찬 관이 연결하고 있어서, 그러한 신전에 이리저리 뻗어 있는 거미줄이나 엉킨 덩굴과 같아 보인다. 야간 근무를 하는 직원들이 있기 때문에 공장 한 켠은 돌아가고 있다. 멀리서 기계 돌아가는 소리가 퍼진다. 그 소리는 마치 골짜기 건너편에서 들려오는 알 수 없는 커다란 짐승의 낮은 숨소리 같다.

지금 걷고 있는 곳에는 아무도 없다. 몇 번 몇십 번 굽이굽이 길을 꺾어가며 걷는 사이에, 어디로 들어왔는지도 알 수 없다. 기계와 천은 계속 이어지며 미로를 형성했고, 그곳을 걷는 동안 마치 기계로만 빽빽이 가득찬 도시의 지하 깊숙한 곳에 들어온 느낌을 받는다. 드문드문 켜진 전등 불빛이 걸음의 방향을 바꿀 때마다 다른 각도로 보여서, 금속의 반사광이 뭔가 스멀스멀 기어다니는 모습으로 보인다.

대머리 남자가 지칠 정도로 기계 사이를 걸었을 때 키 큰 여자는 대머리 남자를 돌아본다. 여자는 아무리 찾아봐도 불량품이 생길 이유는 모르겠다고 한다. 다시 같은 제품을 만들면서 다른 더 뛰어난 기술자들과 함께 하나하나 면밀히 따져보면 혹시 뭐가 나올 수 있겠지만 지금 봐서는 아무 문제가 없다는 생각만 든다. 여자는 잘못된 섬유가 섞이는 불량은 426 절삭기 이상 때문에 생길 수가 있기는 한데, 지금은 그 절삭기에도, 그 절삭기 전후에도 아무 이상이 없기 때문에 그것도 아닐 것 같다는 설명도 덧붙인다. 남자에게는 어차피 무슨 말인지 알아듣지도 못한 설명이다. 그저 불길한 주문처럼 들릴 뿐이다.

대머리 남자는 키 큰 여자에게 다시 호소한다. 뭐가 문제인지라도 말해줄 수 있어야 한다고, 대략 언제면 해결될 문제라고 말해줄 수 있어야 한다고, 안 그러면 큰일난다고 우는소리를 한다. 여자는 남자에게서 얼굴을 돌리고 기계를 한참 쳐다본다. 그러다가 조금 달라진 목소리로 말을 꺼낸다.

키 큰 여자는 그 물건을 잠깐 보관해두었던 창고에 가보자고 제안한다. 대머리 남자가 창고는 공장 맨 앞에 있는데, 이미 둘러본 곳 아니냐고 묻는다. 여자는 그곳이 아니라 다른 곳으로 가야 한다고 말한다. 쌓여 있는 제품이 갑자기 많아져서 창고가 부족해지는 바람에 다른 곳에 잠깐 물건을 쌓아둔 적이 있다고 했다. 그 창고에 물건을 넣어두었을 때, 더러운 것이 어떻게 제품에 튀었든지 뭔가 잘못 섞여 들었든지, 그런 식으로 오염되는 바람에 불량품이 되었을 수도 있지 않겠느냐고 말한다.

대머리 남자는 임시로 제품을 놓아둔 곳이 어디냐고 묻는다. 키 큰 여자는 산기슭 쪽으로 올라간 맨 마지막 건물이라고 설명한다. 남자는 여자의 표정이 바뀐 것 같다고 느낀다. 그렇지만 밤길의 흐릿한 조명 때문에 어떤 표정인지는 정확히 알지 못한다. 두려워하는 얼굴이 되었는지, 멍하게 넋이 나간 얼굴이 되었는지, 그게 아니면 웃는 얼굴로 변했는지도 모른다.

키 큰 여자는 대머리 남자를 이끌고 마지막 건물로 걸어간

다. 건물은 오래전부터 쓰지 않는 곳이라 주변에 빛이 드물었다. 여자가 들고 있는 손전등 불빛으로 시커먼 건물의 윤곽이 부분부분 드러났다. 그것을 제외하면 다른 공장에서 새어 나오는 약한 반사광으로 대략의 형체를 볼 수 있을 뿐이다. 남자는 건물의 겉면이 낡았다고 생각했다. 그에 비해 건물 안쪽은 이상하게도 얼마 전까지 쓰고 있었던 건물 같아 보이기도 한다.

건물의 문은 역시 잠겨 있다. 그렇지만 여는 것이 어렵지는 않았다. 치렁치렁 휘감아놓은 녹슨 쇠사슬이 있었는데 그걸 풀고 나니 문고리에 걸어놓은 빗장이 있었다. 엮이고 끼인 것이 딱딱하여 힘이 들기는 했지만 복잡한 자물쇠가 있다거나 열 수 없게 막아놓은 장치가 있는 것은 아니다. 남자는 그 모양이 누가 이 잠긴 건물 속으로 들어가는 것을 막기보다는, 건물 안에 있는 무엇인가가 튀어나오지 못하도록 막은 것에 가깝다고 느낀다. 그렇지만, 도대체 몇십 년 전에 버려진 것 같은 빈 공장 건물에서 뭐가 튀어나온다는 말인가?

문을 열었을 때 건물 안으로 먼저 들어간 것은 키 큰 여자였다. 건물 안에는 아무런 빛도 없이 깜깜하기만 했다. 아무것도 보이지 않는 어둠이 커다란 공장 건물의 크기만큼 깊게 펼쳐져 있었다. 대머리 남자는 그 속에 무엇이 있을 것 같다는 생각은 들지 않았다. 여자는 손전등으로 공장 안을 비추었다. 어둠이 꿰뚫리면서 건물 벽면이 둥그렇게 드러났다. 먼지가 가득했고, 무엇인가 말라붙은 것도 보이는 것 같았다.

키 큰 여자는 물건을 보관했을 때 제품 속에 잘못 끼어들 수 있는 게 있는지 찬찬히 찾아보자고 했다. 여자는 벽에 연결된 불탄 전선에 불빛을 비추었다. 전등에는 검은 곰팡이가 돌아가며 피어 있었다. 대머리 남자는 이런 게 혹시 제품 위로 떨어지면 검은 실이 잘못 들어간 것처럼 보일 수도 있느냐고 물었다. 여자는 확실히 오염은 되겠지만 이런 곰팡이로는 그런 실 같은 모양은 안 나올 거라고 대답한다. 게다가 이 건물 안에 제품을 잠깐 두었을 때에는 자루에 담고 주둥이를 묶은 채였다. 자루째 보관한 제품 속에 곰팡이가 뚫고 들어가기는 어려워 보였다.

대머리 남자와 키 큰 여자는 공장 구석구석을 비추고 다니며 무엇 때문에 문제가 생겼는지 찾으려고 했다. 밤은 점점 깊어지는 것 같았다. 건물 속으로 점점 더 깊이 들어갈수록 희미하게 들리던 야간 근무의 소음도 들리지 않는 것 같았다. 어느 정도를 넘어서자 소리가 들리는지 안 들리는지 구분을 할 수 없는 정도가 되었다. 아무 소리도 들리지 않는 것 같지만, 또 희미하게 뭔가가 들리는 것 같기도 하고 사각거리는 소리가 아주 약하게 들려오는 것 같기도 했다.

한참을 걷던 대머리 남자는 공장 건물이 생각보다 훨씬 더 넓다는 것을 알게 된다. 작은 전등으로 하나하나 비추어보며 흠을 찾기에는 시간이 너무 오래 걸릴 것 같다는 생각이 든다. 남자는 모든 것을 포기하고 이곳에서 나가면 좋겠다는 생각도 한다. 하지만 자기 입으로 빨리 이 일을 해결하지 않으면 큰일이라고 우는소리를 했기 때문에 그런 말은 먼저 하지 못한다. 키 큰 여자는 말없이 끈질기게 건물 곳곳을 살펴본다. 그러다가 조금이라도 이상한 얼룩이 보이면 가까이 다가가 세심하게 살펴본다. 대개는 죽은 잠자리나 마른 이끼 부스러기 같은 것이다.

대머리 남자는 혹시 죽은 잠자리의 다리나 날갯죽지 부스러기가 휘말려 들어가면 불량품이 될 수 있지 않겠냐고 물어본다. 키 큰 여자는 그럴 수도 있겠다고 대답하지만, 남자가 말한 것처럼 많은 제품에 흠결로 나타나려면 한두 마리의 잠자리로는 불가능할 테니 그게 이유일 가능성은 낮다고 말한다. 남자는 다른 수 없이 그저 여자에게 따라붙어 같이 다니는 수밖에 없다고 생각한다. 점차 몸은 더 피로해지고, 어두운 밤은 끝이 없이 계속될 것만 같다.

그렇게 한참 어두운 건물 속을 단조롭게 헤매다가 누가 먼저 꺼낸 이야기인지 모르게 새로운 이야기가 시작된다. 대머리 남자가 키 큰 여자에게 혹시 이 건물을 왜 안 쓰고 계속 비워놓고 있는지, 진짜 이유를 아느냐고 먼저 물어보았던 것 같기도 하다. 잠결에 깜빡 잠이 들어 꿈속에서 그 말을 한 것인지도 모른다. 남자는 말한다. "어렴풋하게 들은 바로는 무슨 나쁜 일이 있었던 곳이라서 재수없어서 안 쓴다는 것 같기도 하고. 저도 잘 몰라요." 그러자 여자는 거기에 대답했다. 남자는 여자를 본다. 빛이 비치지 않는 곳이었으나 남자는 여자가 언뜻 다시 웃는 것을 본 것 같다고 생각한다.

여자는 남자를 이끌고 건물 안을 걸으며 이야기를 시작한다. 이야기의 내용은 다름 아닌 지금 이 이야기, 한규동이 이인선에게 들려주고 있는 이야기였다.

11

여자는 남자에게 공장의 사업이 시작되었을 때에 어떤 모양이었는지, 어떤 계기로 갑자기 커지기 시작했는지, 그리고 언제 지금 이 건물이 지어졌는지 이야기했다. 그리고 공장 사람들이 어떻게 점점 보통의 상태에서 벗어났는지, 누가 찾아왔고 왜 그 사람들이 이 건물 속에 들어가 문을 걸어 잠그고 다시 나오지 않았는지 설명했다.

한규동이 덧붙여 설명했다.

"나중에 더 자세히 말씀드릴 내용이기는 한데, 이때 정확하게 여자가 남자에게 무슨 이야기를 들려줬는지가 저는 제일 궁금합니다. 사실 이렇게 떠도는 이야기니까 궁금해해봐야 정확한 답도 없는 문제이기는 한데, 그래도 이 내용에 제일 관심이 가요."

이인선이 물었다.

"아까 이야기할 때 나왔던 잘 모르고 넘어간 내용 중에서 더 밝혀지는 게 있을 것 같아서 그러는 거예요? 현재 시대에서 여자가 남자에게 다시 이야기를 요약하는 내용 중에, 공장에서 가장 특이했던 그 직원의 정체가 나온다든가, 나중에 잠긴 건물 문을 열었을 때 보였던 광경에 대해서 더 자세한 묘사가 나온다든가, 그런 게 궁금해서?"

"아니요. 그건 아닙니다."

한규동이 부정하자 이인선의 눈에 잠깐 스쳤던 빛이 나른하게 빠져나갔다. 이인선이 말했다.

"그렇지. 이 이야기는 어차피 그런 알지 못하는 내용은 신비하게, 그야말로 알 수 없게 남겨놓는 게 재미인데, 그게 밝혀지는 걸 기대하면 안 되지."

"예. 저도 그렇게 생각합니다. 이랬을 수도 있고 저랬을 수도 있다, 두 가지 이야기가 내려오는 것이라든가, 나중에 이야기가 퍼지는 과정에서 덧붙인 이야기와 원본 이야기에 가까운 것이 어떤 건가 하는 것에 대해서 조금 더 정보를 얻을 수 있을 것 같기는 한데, 그렇다고 핵심이 드러나지는 않을 겁니다."

"그러면 뭘 더 자세히 알고 싶은데요?"

"알고 싶은 게 뭐냐면, 도대체 여자가 남자에게 이야기를 해줄 때 정확하게 어떤 단어를 선택해서 어떤 문장으로 어느 정도 길이의 내용으로 이야기를 했는지 그게 궁금합니다. 무슨 말로 이야기했는지 딱 그 텍스트 자체가 궁금합니다."

이인선의 눈에 빛이 잠깐 다시 감도는 것 같았다. 이인선이 물었다.

"그렇게 세부적인 게 왜 궁금해요?"

"아까 말씀드렸던 것처럼, 이야기 뒤에 다시 한번 설명하겠습니다. 그런데 제가 궁금해하는 세부 내용도 아까 말씀하신 것처럼 이야기를 신비롭게 하기 위해서 숨겨져 있는 핵심일지도 모르거든요. 그래서 그게 더 아쉽고 마음에 더 남습니다. 그것 때문에 제가 자꾸 이 이야기를 깊게 생각하게 된 거고요."

이인선은 대화를 멈추고 몸을 다시 비스듬히 뉘었다. 뭐가 뭔지 모르겠으니 자장가라도 불러달라는 듯이 편안한 자세인 듯이 보였다. 말없이 들을 테니 다시 이야기를 진행하라는 뜻 같았다. 나중에 한 번 더 하겠다는 설명을 어서 빨리 듣고 싶다는 몸짓으로 보이기도 했다.

한규동은 뒤이어 일어난 일에 대해 설명을 계속했다.

키 큰 여자는 대머리 남자에게 지금까지 이어진 공장에 대한 이야기를 마쳤다. 돌아온 임만섭의 아들이 잠긴 문을 열었을 때 펼쳐진 광경을 설명했다. 도저히 이 세상에서 벌어진 일이 아닌 것 같은 기괴한 건물 안의 모습에 대해서도 이야기했고, 그 모습을 보고 놀란 사람들의 반응과 사장이 어떻게 수습했는지에 대해서도 말했다. 그리고 그후로 사장의 사업이 이렇게 성장하는 동안 계속 이 건물은 비어 있었다는 이야기도 했다.

대머리 남자는 그때부터 본격적으로 무서움을 느꼈다. 처음에는 무섭다는 느낌이 끼어들 틈도 없었다. 불량품 문제를 해결해야 한다는 마음과 깊은 밤인데도 급하게 움직여야겠다는 생각뿐이었다. 그랬기 때문에 공장의 좁은 길을 계속 걷거나 아무도 없는 빈터를 다닐 때에도 다른 생각은 하지 않았다.

그런데 이 마지막 빈 건물 속에서 남자는 무서워지기 시작했다. 남자는 여자의 이야기를 들었지만, 여자의 목소리가 단지 남자의 귓속에 들려올 뿐만 아니라 건물 속의 닫힌 공기 속에서 퍼져나가고 있다는 느낌이었다.

남자는 그때 이 공장에 있던 사람들이 빠져들었던 미친 열기에 대해 상상했고, 과연 그 직원이 누구였을까 하는 것에 대해서도 짐작해보게 되었다. 그 직원은 다른 세계에서 건너온 악마 같은 것이었을까. 모든 것이 인과의 법칙과 자연의 원리에 따라 움직이는 우리 세계의 어느 한구석이 잠깐 어긋나 무너진 틈이 생겼는데, 틈의 모양이 그 직원의 형태가 된 것인가. 그 직원은 정말로 인간이 결코 알 수 없었던 지혜를 모두에게 보여주었을까? 그 기분은 어땠을까?

남자는 왜 자기가 거기에 와 있는지조차 잊었다. 갑자기 여자가 벽면 높은 곳 한쪽을 가리켰다. 처음에는 여자가 불량품의 원인이 되는 무엇인가를 찾아낸 것이라고 생각했다. 폐수가 지나는 오래된 관이 하나 있었는데 거기에 금이 가서 더러운 액체가 뚝뚝 떨어지고 있는 것을 발견했다든가 하고 짐작했다.

그런데 여자의 얼굴이 이상하게 변해 있었다. 남자는 여자가 아주 무서워하고 있음을 알았다. 얼굴을 일그러뜨리고 있거나 소리를 지르지는 않았다. 그러나 눈동자의 홍채는 어떤 빛을 보았을 때와도 어둠을 보았을 때와도 다르게 보였다. 얼굴색은 점점 하얗게 변해서 전등 불빛이 닿는 곳은 얼굴에서 빛이라도 나오고 있는 것 같기도 했다. 방금 전까지 자연스럽게 호흡하며 걸을 때마다 몸 구석구석의 근육이 필요한 대로 움직이던 몸이 뻣뻣해지고 있었다.

"저기에, 저기. 그 머리, 머리."

여자가 말했다. 여자의 목소리는 누가 일부러 입을 풀무처럼 강제로 움직여 소리를 뿜어내게 한 것처럼 어색하다. 점차 커지던 두려움이 갑자기 터져 나왔다. 남자의 다리가 떨렸다.

여자는 공장의 허공에 거꾸로 매달린 여자의 머리통이 보인다고 말했다. 천장 벽면에서 머리가 솟아난 것 같았다. 하지만 그렇게 생각하기에는 머리의 높이가 높지 않은 것 같다고도 했다. 공장 안에 설치된 철 구조물 중의 하나에 그 직원이 이상한 모양으로 거꾸로 걸려 있는데, 깜깜한 어둠 때문에 목 아래로는 보이지 않고 얼굴과 머리만 보이는 것일 수도 있었다.

긴 머리카락이 아주 길다고 했다. 검은 실이 머리에서 돋아난 것처럼 머리카락은 까만 실 같아 보인다고도 했다. 머리카락이 어디까지 펼쳐져 있는지는 주변이 어두워 알 수 없었다. 그 직원의 거꾸로 된 얼굴이 자기를 보고 있다고 말했다. 세상에 흔한 것이 사람의 얼굴인데, 어둠 속에서 거꾸로 튀어나온 미친 눈빛의 그 얼굴이 얼마나 이 세상의 것과 다르게 낯설게 보였는지, 여자는 설명하기 어려워했다.

여자의 설명에 같이 무서워하던 남자는 곧 이상한 점을 알아차렸다. 여자가 가리키는 방향을 남자는 정확히 쳐다보았지만 남자의 눈에는 아무것도 보이지 않는다. 남자에게 보이는 것은 캄캄한 검은색뿐이다. 빛깔을 알 수 없는 어두운 곳에서 언뜻언뜻 뭔가 조금 달라 보이는 듯도 했지만 정확한 형체로 보이는 것은 없었다.

"저는 아무것도 안 보이는데요."

남자가 말했다. 남자는 아무것도 나타나지 않기를 간절히 바라면서도 또 눈을 이리저리 움직이면서 어둠 속에서 보인다는 형체를 찾는다. 아무것도 보이지 않는 와중에 남자가 느끼는 무서움은 스멀스멀 커져간다. 그렇지만 여자가 말한 그 머리는 여전히 보이지 않았다.

여자는 천천히 걸어 움직인다. 문이 있는 방향이었다. 온몸이 마비된 상태에서 겨우겨우 힘을 짜내어 걷는 것처럼 속도는 느리다. 그렇지만 그렇게 부자연스럽게 걷고 있기 때문에 그 걸음걸이는 바람에 날려 유령의 모습이 움직이는 것처럼 보인다. 마치 다리와 발에서 수없이 많은 촉수가 나와서 꿈틀거리며 기어가듯이 여자는 걸어간다.

여자가 건물 밖으로 빠져나가려는 것을 보고 남자도 따라서 도망치려고 한다. 그렇지만 남자는 여자가 말한 형체를 보지 못했기 때문에 나가기 직전까지도 어디에 뭐가 보이는지 찾으려고 한다. 남자는 전등을 휘둘러 건물 곳곳을 비춰본다. 휙 비추어 지나가는 빛에 천장에 매달려 있는 누군가의 시체라도 보일 법하지만 젖은 얼룩 같은 것이 보여 남자를 착각하게 했을 뿐 여전히 보이는 것은 없다.

"안 보이잖아요. 아무것도 없는데요."

남자는 말하면서도 곧 자기 눈앞에도 그 거꾸로 된 머리가 튀어나올까 두려워한다. 조마조마한 가운데 남자가 느끼는 무서움은 가장 커진다.

바로 그때 남자는 목덜미에, 뺨 위에, 가벼운 촉감이 지나가는 것을 느낀다. 아주 작은 감촉이었지만, 그 작은 느낌으로부터 전율이 생겨나 온몸에 바짝 소름이 돋고 몸이 덜덜 떨리게 된다. 남자는 자기의 몸을 본다. 무언가 공중에서 아래로 떨어지고 있었다.

아주 길고 까만 머리카락이다. 남자는 머릿속이 왈칵 뒤집힐 정도로 놀란다. 남자는 소리를 지르며 뛰쳐나갔다. 어디로 가는지도 모르는 채로 무작정 뛰었다. 길고 까만 머리카락이 어디에서 떨어지고 있는 것인지는 보지 못했지만, 그쪽을 바라보면 그 직원의 눈과 마주칠 것 같았다. 남자는 한 번도 보지 못했지만 그 무서운 얼굴을 상상해내고 있었다.

대머리 남자는 공장 바깥으로 나와서도 한참을 뛰었다. 남자는 겁에 질려 불이 켜진 사무실로 뛰어갔다. 남자는 그곳에 있던 경비원에게 잠깐만 여기 있어달라고 말했다. 남자가 숨을 헐떡이는데다 몹시 놀란 것처럼 보였기 때문에 경비원은 관심을 가졌다. 남자는 경비원에게 처음 몇 마디를 입에서 나오는 대로 지껄였는데, 얼마 후 마음이 가라앉자 뭐라고 정리해서 설명해야 할지 마땅치 않다는 생각이 들었다.

"아닙니다. 뭘 잘못 보고 놀란 것 같아요."

남자는 그렇게 말하고 무서운 것이 가라앉을 때까지 기다렸다.

대머리 남자는 어쨌거나 그 마지막 건물이 문제일 거라고 생각하게 되었다. 동이 트려면 시간이 아직 남아 있었다. 남자는 불량품의 원인이 그 건물과 관련 있고, 거기 보관하지 않은 제품을 갖다주면 문제가 해결되리라 판단했다.

날이 밝기 전에 남자는 내용을 설명하는 문서를 적당히 꾸미고, 그 건물에 보관한 적이 없는 것으로 기록되어 있는 제품을 찾아내어 다시 배달해달라는 주문 서류를 만들었다.

해가 뜰 무렵이 되자 대머리 남자는 그날 밤 도대체 무엇을 본 것인지 궁금해졌다. 그렇지만 밤을 새워 피곤했고, 당장 불량품 때문에 생긴 문제에 얽혀 해결해야 하는 일도 잔뜩 남아 있었다. 남자는 일부터 해야겠다고 생각하고 잠시 그 일을 잊기로 했다.

나중에 대머리 남자는 그날 같이 건물 안에 들어갔던 키 큰 여자를 다시 찾아갔다. 여자는 여전히 공장에서 근무하고 있었는데, 다른 직원과 특별히 다를 것도 없어 보였다. 남자를 대하는 태도도 별다를 바 없었다. 다만 남자가 그날 밤에 있었던 일에 대해 말을 꺼낼 기색이 보이자 화제를 애써 피하려는 것 같았다.

남자는 자기도 더이상 묻지 않기로 했다. 남자 역시 잊을 수만 있다면 아무 일도 없었던 것처럼 잊고만 싶은 일이었다.

잊을 수 있다면 말이다.

12

한규동은 잠시 말을 멈추고 맹물이라도 마실 것이 있는지 찾았다. 이인선은 웃었다. 한참 무서운 감정에 대해 이야기하던 한규동은 이인선이 자기 이야기의 가치를 깎아내리기 위해 억지로 비웃는 것은 아닌가 싶어 신경이 쓰였다.

그러나 이인선은 이렇게 말했다.

"방금 그 이야기도 진짜 있었던 것 같다는 감이 드네요."

한규동은 그 말이 반가웠다.

"왜 그렇습니까?"

"아무리 귀신이 무서워도, 밤샘 야근보다는 안 무섭다는 거잖아요."

이인선은 또 웃었다.

"지어낸 이야기라면 귀신인지 뭔지 무서운 걸 본 뒤에 남자는 그 무서운 걸 견디지 못해서 시름시름 앓다가 죽어버렸다든지, 아니면 무서움을 참지 못해서 종교에 귀의했다든지, 그것도 아니면 정신이 나가서 정신병원에 들어갔다든지, 그런 식으로 끝나기 쉬웠을 거거든요."

그러고 보니 한규동의 기억에도 그런 식의 이야기가 많았던 것 같다. 이인선은 거침없이 말했다.

"아니면 다음날 가봤더니 다른 흔적은 없고 머리카락만 있었는데 누구 머리카락이 그냥 버려져 있는 건지 알 수 없었다, 뭐 그런 식으로 끝나든지. 그것도 아니면 그 뒷이야기가 아예 없든지."

"그런 이야기를 더 많이 들어본 것 같기는 하네요."

"그런데 이 남자는 평생 기억에 남을 만큼 무서운 걸 봤다고 하는데, 그래도 당장 내일 닥친 일이 있으니까 하는 수 없이 남아서 일부터 하잖아요. 이게 사실 진짜 그런 일이 닥쳤을 때 회사 직원이 할 만한 일이거든요."

"그렇게까지 확실하게 구분이 되나요?"

한규동은 그런 식으로 이 이야기를 생각해본 적은 없었기에 이인선에게 물었다. 이인선이 대답했다.

"귀신이니 유령이니 해도, 그건 진짜로 뭐가 있는 거는 아니잖아요. 그런 건 진짜는 아니라고요. 그러니까 아무리 그걸 보고 겁을 먹고 놀라고 했어도, 진짜 무슨 문제가 생긴 건 아니거든. 그런데 당장 밤샘을 해서 불량품 문제를 해결해야 하는 거는 그 양반 입장에서는 진짜 큰 문제라고요. 납품해야 되는 물건 있는데 클레임 맞으면 난리 나서 식은땀 바짝바짝 흘리면서 뛰어다니는 거는 딱 그 이야기 속에 보이는 것처럼 분명히 있을 법하거든요."

한규동은 이인선이 하는 말을 잘 이해할 수 없었다. "진짜로 뭐가 있는 거는 아니"라는 말의 분명한 뜻도 알기 어려웠다.

한규동의 얼굴을 보았는지 어땠는지 이인선은 이어서 설명했다.

"그 이야기가 전부 진짜일 가능성은 없겠죠. 그런데 밤중에 공장에 갔다가 이상한 일을 겪은 공장 직원이 있다는 정도는 사실일 것 같다고요. 아마 그 직원이 지금도 서울 어디서 살고 있을 수도 있어요. 아직도 회사를 잘 다니고 있는지, 아니면 또 언제 정리해고나 뭐 그런 걸 당해서 분식집 치킨집 차리겠다고 고민하고 있을 수도 있고."

그 말을 듣자 한규동은 반가운 기색이 되었다.

"그러면 이 뒤에 이어지는 내용도 얼마나 진짜인 것 같은

지 한번 들어보십시오."

"이어지는 이야기가 또 있어요?"

"이야기의 마지막 결론이라고 할 만한 게 남아 있습니다. 그게 제가 처음 이 이야기를 들었을 때, 제일 기억에 남았던 내용이거든요."

한규동이 하는 다음 말에는, 지금까지의 이야기가 소문이 되어 이리저리 퍼졌다는 것이 이어졌다.

그러니까 처음 공장에서 이상한 사건이 생기고 공장 직원들이 모두 한 건물에 들어가 문을 잠갔다는 이야기와, 나중에 그 이야기를 공장의 빈 건물에서 나누었던 대머리 남자와 키 큰 여자가 무시무시한 형체를 보았다는 이야기가 한덩어리로 이어져 하나의 사연으로 퍼져나갔다.

한 사람에서 다른 사람으로 이야기가 퍼지고 이야기를 들은 사람이 기억하고 있다가 한참 후에 또 다른 사람에게 이야기를 퍼뜨리는 사이에 이야기는 조금씩 변형되기도 했다. 이야기하는 도중에 한규동이 의심했던 내용이 새로 지어져 덧붙여지기도 했고, 아마 처음에는 조금 더 세부적인 내용이 남아 있었을 법한 묘사와 서술이 간략하게 줄어들기도 했다.

아마 그러는 중에 이야기에서 굉장히 중요한 핵심이 일그러지거나 별로 중요하지 않았던 대목이 더 중요한 것처럼 남아 비중이 달라졌을지도 모른다. 그렇다면 지금의 이야기는 처음 이 이야기가 생겨난 목적과는 전혀 다른 교훈을 가진 이야기가 되어 퍼지고 있을 수도 있다.

지금에 와서 이 이야기를 듣고 느끼는 감정은 처음 이야기가 생겼을 때 전해 들은 사람과 아주 다른 것일 수도 있었다. 그렇지만, 이렇게 전해지고 전해진 이야기의 맨 마지막 판을 말하고 있는 한규동과 그것을 듣는 이인선으로서는 얼마만큼 어떻게 이야기가 바뀐 것인지, 그것을 상상하는 데 한계가 있었다.

"이야기 앞부분에서 임만섭이 일본군을 도왔다는 사연이 강조된 건 확실히 나중에 좀더 과장된 것 같다는 느낌이 드네. 이런 이야기는 대부분 교훈적으로 변하기가 쉽잖아요. 그러니까 둘 중에 하나겠죠. '친일파 나쁜 놈들이 결국 이렇게 신세 망치는 벌을 받았다'는 쪽이든가, 아니면 반대로 '친일파 나쁜 놈들의 사업이 지금도 이렇게 부유층으로 이어지고 있으니 얼마나 정의롭지 못한 사회인가, 울분이 솟지 않느냐, 우리 힘을 모아 이 사회를 바꾸자' 이런 쪽으로 교훈을 주려는 이야기든가."

이인선의 설명을 듣고 한규동은 잠깐 생각했다.

"그렇게 치면, 초반부에 약물의 역할이 강조된 것도 나중에 교훈적인 느낌을 주려고 비중을 높인 느낌이 듭니다. 약물 잘못 가까이하면 패가망신한다는 교훈이 널리 퍼져 있으니까 이야기가 전해지다가 그런 내용이 점점 선명해지는 식으로 변한 거 아닐까요?"

"그럴 수도 있고, 아니면 원래는 그런 설명이 별로 없었는데 조금 더 이유와 결과가 더 잘 드러나는 그럴싸한 이야기로 꾸미려고 그런 점이 강조됐었을 수도 있겠죠."

이인선은 원래 처음 이야기에서는 별다른 이유 없이 갑자기 어떤 괴상한 직원 하나가 나타났고 다른 직원들을 이끌었고, 그래서 엄청난 일이 벌어졌는데, 그냥 그렇게 막연히 무슨 신비로운 힘이 있어서 그랬다는 식일 수도 있지 않았겠느냐고 설명했다.

"그런데 그렇게만 이야기하면, 요즘 사람들이 듣기에 '그런 게 어딨어'라고 생각하지 않겠어요? 무슨 옛날이야기에 나오는 신통력 있는 무당 이야기, 도사 이야기랑 비슷하다는 거지. 유치하고 그럴듯하지 않았다는 느낌이 들 테니까, 대신에 별로 안 중요했던 이야기지만 다들 약물에 중독되어서 그 꼴이 되었다는 이야기가 점점 덧붙었다는 거지."

"그럴 수도 있겠네요. 그런 생각을 하면, 원래 이야기 형태가 어땠는지 중요하다는 생각이 또 듭니다."

한규동은 이야기를 계속했다.

이 이야기가 퍼져나가자, 사람들은 정말 그 공장의 건물에 가면 지금도 그 괴상한 형체를 볼 수 있는지 관심을 갖게 되었다. 그 공장에서 근무하는 직원들 중에 호기심이 많은 사람부터 그 건물에 괜히 밤중에 찾아가는 사람까지 생겨났다.

이야기가 뚜렷하지 않게 퍼져나가다 보니, 일부러 귀신을 봤다며 헛소리를 지어내는 사람이 생겨났다. 그런 사람 중에는 "우리 엄마도 그렇고 나도 그렇고 평소에 '신기'가 있는데, 그래서 그런 걸 종종 본다"면서 괜히 자기가 특별한 사람임을 뽐내려는 사람도 있었다. 혹은 실제로 정신병이 있어서 환각을 보고는 그게 귀신이라느니 다른 세계로 우리를 인도하는 사자라느니 중얼거리는 사람도 있었다.

그렇지만 그런 경우를 다 제외한다고 해도 꽤 뚜렷하고 선명한 소문도 있었다.

그것은 지금도 그 공장의 그 장소에 가서 그 이야기를 들으면 정말로 그 직원의 얼굴을 보게 된다는 것이었다. 그 직원의 얼굴을 똑바로 보게 되면 너무나 무서워서 심장이 멈추게 된다든가, 감정을 견디지 못해 발광해버린다고 하기도 했고, 그 얼굴이 어른어른 보이는 것 같아서 얼굴 전체를 보기 전에 재빨리 달아났더니 그 정도의 피해는 당하지 않았다는 결말도 있었다.

이야기가 이렇게 알려진 후, 결국 이런 부류의 이야기를 전문적으로 연구하는 사람에게까지 이 공장이 알려졌다. 그렇게 되니 이 분야를 전문적으로 연구하는 대학원생들이 공장에 찾아오게 되었다고 한다. 대학원생들은 나름대로 측정 방법을 만들어 공장에서 밤을 새우면서 정말 공장에 무슨 특징이 있는지 확인하려 들었다고 한다.

모여 있는 대학원생들은 이런 분야에 관심이 많은 사람인 만큼, 개중에는 평소에 귀신 이야기나 무서운 전설에 깊이 빠져 있는 사람이 있었다. 그러니까, 이런 이야기에 잘 빠져들 만한 감성을 가진 사람이 있었다는 것이다. 한편으로는 무수한 헛소문들, 허무맹랑하게 과장되곤 하는 헛소리들을 많이 조사하고 다닌 나머지, 도무지 이런 이야기가 진짜라는 것은 믿지 않는 사람도 있었다고 한다. 이런 사람들이 나름대로 골고루 섞여서, 공장의 무서운 이야기를 더 확실히 알아내려고 했다.

대학원생들은 결국 그날 밤을 온전히 넘기지 못하고 공장 밖으로 도망쳐 나왔다고 한다. 공장에 대한 이야기를 하는 과정에서 처음에 한 사람이 그 얼굴을 보았다고 했고, 아무것도 안 보인다고 한 사람도 얼마 후에는 떨어지는 머리카락과 희미한 형체를 보았다고 했다. 그러다 보니, 그곳에 무엇인가 있다는 사실은 틀림없다고 생각하게 되었다.

그런데 문제는 거기에 귀신이 있다고 생각하면 할수록 정체를 밝혀내는 연구를 하기는 어렵게 된다는 것이었다. 이야기의 특징과 분류에 대해 냉정하게 따져가며 사연을 밝혀내야 할 학자들이, 이야기가 무섭다는 사실에 사고를 방해받았다. 무서운 것이 진짜라는 생각에 압도당하면, 헛소문과 헛소문의 근거가 되는 진짜 사연을 추적해 발라내고 싶은 의욕도 사라지고, 그러기 위한 능력도 없어졌다.

대학원생들이 공장에 대한 연구를 포기하는 것을 보고, 다음으로는 무서운 이야기를 수집하는 인터넷 사이트의 운영자라든가 아니면 텔레비전에 소개될 만한 재밌는 연구를 해보고 싶어 하는 젊은 교수 같은 사람들이 관심을 갖게 되었다.

얼치기 대학원생들이야 아무것도 밝혀내지 못했겠지만 자기라면 충분히 이 무서운 이야기의 본모습을 알아낼 수 있다며 도전하고 싶어 했다.

그런데 그런 사람들조차도 공장에서 무서운 것을 보고 도망쳐 나왔다. 그리고 역시나 한번 그렇게 되고 나서는 다시 똑똑한 정신으로 조사를 계속할 수가 없었다. 공장의 빈 건물에서 무슨 일이 있었고 지금 무슨 일이 생기는지 정밀하고 확실하게 알아낼 수가 없었다. 뭔가가 있다는 정도까지 알게 된 순간 다들 그저 도망쳐 멀어질 수밖에 없었다.

이야기를 듣던 이인선이 말했다.

"이 대목은 어떤 이야기 유형에 들어맞는 느낌인데요. 이야기를 듣고 반쯤 믿고 반쯤은 의심하는데 마지막에 반전으로 정말로 뭐가 있다는 암시가 발견된다는 종류의 이야기들이 몇 가지 있잖아요."

"귀신 이야기를 하면 진짜로 귀신이 나온다, 그런 겁니까?"

"그런 것도 포함되고요."

이인선은 잠시 생각하더니 예를 들어주었다.

"어떤 사람이 깊은 밤에 연못가 옆길에 갔다 왔는데, 누가 연못에서 빠져 죽은 귀신이 들러붙어 따라왔다고 하는 거예요. 그러니까 그 사람이 장난치지 말라고 하면서 거울에 비춰보기도 하고 옆 사람에게 물어보기도 하면서 진짜 귀신이 따라왔는지 확인했대요. 아무것도 안 보여서 그러려니 했는데, 다음날 아침에 나가는 길에 문을 열어보니 문 앞에 물에 젖은 누군가 있다가 간 것 같은 자국이 남아 있더라, 같은 이야기.”

“또 다른 건요?”

“밤에 같이 누워서 잠자리에 든 두 사람이 그 집 근처에 나온다는 귀신 이야기를 하는데, 이야기를 들은 사람은 설마설마하면서 믿지 않고, 이야기한 사람도 그냥 그런 이야기가 있다는 소문만 들었다면서 재미 삼아 넘겼는데, 아침에 일어나 보니 창문에 누가 붙어서 안을 들여다보고 있었던 것처럼 손자국이 나 있었다는 이야기.”

이인선의 설명을 듣고 한규동은 갑자기 뭔가 알아냈다는 듯한 표정을 지었다. 한규동이 말했다.

“그렇게 치면, 이 이야기 중간에 나온 밤에 공장에 들어간 키 큰 여자랑 대머리 남자 이야기도 비슷한 것 아닌가요? 옛날에 거기 직원들이 문을 잠그고 최후를 맞은 이야기를 했는데, 그러고 났더니 머리카락이 떨어져 무서워 도망쳤다더라, 하는 이야기니까요.”

“그렇죠.”

“그러면 하필 이런 부류의 이야기들, 그러니까 귀신 이야기 하면 진짜 귀신이 나온다는 식의 이야기들이 이렇게 여러 가지 형태로 유행한 이유 같은 게 있을까요?”

이인선은 곧바로 대답했다.

"사람들끼리 무서운 이야기를 하고 있으면, 그만큼 괜히 그쪽으로 생각이 굳어지고 자꾸 되뇌이게 되잖아요. 그렇게 이야기하다 보면 세상을 보는 관념이 그쪽에 사로잡히고, 물건을 보고 이해하는 방식도 그쪽으로 기울어진다고요. 그런 상태에서 뭔가 애매한 게 튀어나오면 별것 아닌 것도 괜히 그 무서운 이야기하고 연관 지어서 생각하게 되는 거죠. 그래서 무서운 이야기에 빠져 있다 보면 별것 아닌 것도 무서운 이야기의 증거처럼 보이게 되는 거예요. 왜, 배고플 때 하늘 보면 구름도 빵이나 아이스크림처럼 보인다고 하잖아요."

이인선과 달리 한규동은 다른 비유를 떠올렸다. 연인과 가슴 아픈 이별을 한 뒤에 그리움에 빠지면 길을 걸으면서 조금만 비슷한 사람을 봐도 바로 그 연인인 것 같아 놀랐던 기억이었다.

이인선이 말했다.

"그래서 물귀신 이야기를 하고 나면, 우유 배달하는 사람이 차가운 우유 갖다 놓느라 바닥에 젖은 자국이 생긴 걸 수도 있는데 그게 귀신 발자국처럼 보이는 거고, 귀신 이야기하고 나면 전날 창문에 달라붙은 모기 잡는다고 창문 때릴 때 생긴 손자국도 귀신 손자국처럼 보이는 거죠."

한규동은 맞는다고 대답했다. 그러고 나서 이야기를 시작하는 한규동의 목소리는 이제 떨리고 있었다.

"그렇게 치면, 이런 게 정말 무서운 것 같습니다."

한규동은 마침내 그날 꺼낸 긴 이야기의 결말을 말하기 시작했다.

13

공장의 귀신 이야기가 점차 퍼져나가면서 공장에서 보이는 튀어나온 얼굴이 정말 귀신이라고 생각하는 사람이 늘어났다.

한번 그것을 목격한 사람들은 어두운 허공 속에서 뭔가가 난데없이 튀어나온 신비로운 장면을 영영 잊지 못했다. 사람에 따라서는, 그게 옛날이야기에 나온 귀신이 아니라고 생각하면서도, 그 위치에 이 세상과 다른 세상이 연결되는 통로 같은 것이 있을지도 모른다는 생각을 하게 되었다.

그것은 아마, 옛날 그곳의 사건을 일으켰던 그 이상한 직원이 어떤 한계를 뚫고 나갔고, 그때 뚫린 자국이 아직 남아 있다고 생각했기 때문인 것 같았다. 공장 안을 모두 불태워 치우고, 그후에 세월도 한참 지났지만, 거기에 영영 캄캄하게 펼쳐져 있는 황량하고 아무것도 없는 곳으로 나가는 구멍이 뚫려 있을 것 같다는 느낌이었다. 그래서 거기에 떨어지면, 아무것도 볼 수도 들을 수도 없이 어디가 어느 방향인지 무엇이 끝인지 알지도 못한 채 천년이고 만년이고 끝없이 헤맬 것 같았다.

이 세상의 모든 것에 대해 알게 되는 깨달음의 극치를 지나고 나면, 바로 그곳으로 떨어져 무한히 헤매야 한다.

그런 중에 어떤 사람은 그 이야기와 사람들이 보고 겪은 무서운 장면의 관계를 따져보기 시작했다. 대부분의 소문에서 그 건물을 헤매는 도중에 한 사람이 형체를 본다든가 머리카락을 느낀다든가 하는 경우는 없었다. 다들 이야기가 끝날 무렵, 귀신 같은 존재의 증거를 발견하게 되었다.

"이야기를 재밌게 만들기 위해서 마지막에 팍 하고 강한 이야기를 넣어야 되니까 소문을 전하는 사람들이 중간에 뭘 봤다 어쨌다 하는 이야기는 빼버렸기 때문이 아닐까?"

이인선이 말했다. 한규동은 그럴 수도 있다고 짧게 말하고는 하던 이야기를 이어나갔다.

그래서 이 사건에 관심을 가진 사람 중에는, 옛날 일어난 무서운 그 사건 때문에 형체가 나타나는 것이 아니라, 무서운 이야기 자체가 더 중요하다고 생각하는 사람이 있었다. 그러니까, 실제로 무슨 일이 벌어졌는지 알 수 없는 옛날의 무서운 사건이 핵심이 아니라, 모든 것의 원인은 이야기를 전해주고 듣는 행동 자체에 있다는 것이었다.

이런 생각은 사람의 뇌가 하는 일 중에 많은 부분이 말을 듣고 해석하는 것이라는 점에 근거를 두고 있었다. 그러니까, 말을 듣다 보면 머릿속에서 언어를 판단하고 거기에서 감정을 느끼는 와중에 뇌가 강한 영향을 받을 수 있다고 본 것이다.

만약에 아주 절묘하게 조율된 단어와 말을 사람에게 들려주어 뇌의 작용을 특정하게 움직일 수 있다면, 경우에 따라서는 뇌신경의 한 지점을 엉키게 하거나 망가뜨릴 수 있을지도 모른다고 여겼다.

"그게 어떤 거냐면, 인터넷 웹사이트 해킹하는 방법 중에 혹시 SQL 인젝션이라고 아십니까?"

"뭐, 대강은."

모르는데 짐짓 아는 체를 하는 것 아닌가 싶어 보이기도 했다. 그런데 이인선의 얼굴만 봐서는 그런지 아닌지 조금도 상상할 수 없었다. 자신감 있게 정직한 말을 하고 있다고 확신하는 것은 전혀 아니었지만, 그렇다고 허풍을 떨고 있다고 멋대로 짐작해서도 안 될 것 같은 표정이었다.

"SQL 인젝션이 뭐냐면, 인터넷 사이트에서 글 올릴 때나 비밀번호 입력할 때 평소에 잘 안 쓰는 특수문자를 절묘하게 입력해 넣으면, 그걸 처리하다가 프로그램이 착각해서 단순한 글 내용으로 처리하지 않고 프로그램의 동작을 지시하는 내용으로 오해를 해버리거든요. 프로그램을 대충 만들면 그런 오류가 생기기 쉬운데 그걸 노리고 일부러 그런 착각을 유도해서 해킹을 하는 거죠."

"비밀번호 입력하는 칸에 괜히 따옴표 같은 거 입력하고 그 뒤로 조건 입력해 넣고 그런 거."

"예, 맞죠. 그런 거죠."

이인선은 알고 있었다. 한규동은 흥이 났다.

"사람 뇌에도 그런 식으로 뭔가가 있을 거라고 생각한 겁니다. 그러니까 그걸 사람한테 적용하면, 머릿속에 들어가서 처리되다가 오류를 일으킬 수 있는 종류의 말도 있을 거라고 생각한 겁니다. 타이핑해서 프로그램 속에 입력하듯이, 말로 사람 뇌 속에 집어넣는 해킹인 겁니다."

"설마, 그런 게 진짜 있을까?"

한규동은 단순히 말 몇 마디로는 사람을 마음대로 조종하는 것은 어렵겠지만 비슷한 현상은 있을 수 있다고 말했다.

말소리만 듣고 뇌가 타격을 받는 경우는 많지 않겠지만, 아주 잔혹하고 놀라운 장면을 보고 사람이 미쳐버리는 사례를 보면 입력을 감당하지 못해 뇌가 망가진 것으로 볼 수 있는 것 아니겠냐고 했다. 혹은 슬프고 절망적인 소식을 전해 듣고 실어증이 생겨 말을 하지 못하게 되는 상태도 비슷하다고 말했다. 어릴 때 들은 무서운 이야기나 깜짝 놀란 경험 때문에 그 비슷한 것도 심하게 싫어하게 되는 스트레스 장애 현상도 맥락은 비슷하다고 예를 들었다.

"아까 설명하신대로, 무서운 이야기를 많이 하고 나면 사소한 일도 무서운 사건과 연관되어 생각되는 것 역시도, 정도는 약하지만 사람의 말로 뇌를 살짝 망가뜨리는 일 아니겠습니까?"

이인선은 여전히 의심스러워했다.

"그래도 그건 너무 가짜 같은데. 정해진 주문을 외우면 마법 같은 일이 일어난다거나 무슨 말에 영적인 힘이 있다느니 어쩌니 하면서 지어낸 전설이랑 비슷하잖아."

"주문이라기보다는 오히려 최면술사가 특정한 말을 천천히 반복해서 사람을 반쯤만 재우는 행위와 비슷하다고 저는 생각하고 있습니다."

이인선은 의심을 거두지 않은 채 생각하고 있었다. 한규동은 덧붙여 말했다.

"그리고 뭐, 이편으로 좀 기대어 생각해보면, 마법사가 쓰는 주문이라는 것도, 옛날옛날 우연히 누가 발견해낸, 사람 신경을 망가뜨릴 수 있는 말들의 조합인지도 모르죠."

한규동은 그리고 다음 부분을 들려주었다.

결국 조사 결과, 바로 그 공장에 대한 옛날이야기가 그런 식으로 사람의 머릿속에 들어오면 이상하게 뇌신경을 헤집어 사람에게 환각과 착시를 불러오고 두려움과 경이감이라는 감정 역시 증폭시키는 작용을 하는 것임이 밝혀졌다. 단어의 특별한 사용과 반복, 이야기의 길이와 구조, 그리고 이야기를 들려주는 공장의 어둠과 고요함, 먼 곳의 소음이 어울리게 되면, 효과가 확실해진다고 했다. 언어와 언어를 처리하는 뇌의 구조상 이 이야기를 뇌 속에서 처리하려고 하면 뇌신경이 일정한 형태로 망가져버린다는 것이다.

그렇게 해서 공장에 깃든 괴상한 현상의 정체가 반쯤은 밝혀졌다. 다른 세상에 있는 마귀가 머리를 내밀고 있는 곳은 아니었다. 대신에 알 수 없는 무서운 존재에 대한 이야기 그 자체가 두뇌가 감당할 수 없는 것이었다. 그래서 그 이야기를 그 장소에서 누군가 듣게 되면, 마주쳐서는 안 되는 것과 접한 듯한 환상을 주는 것이다.

무서움을 견딜 수 없어 정신과 치료를 받고 있는 한 학자가 이런 결론을 전해 들었다. 그러자 학자는, 그런 이야기가 세상에 있다는 자체가 무서운 일이라고 말했다. 옛날이야기 속의 이상한 직원은 무서운 이야기의 형태로 세상에 나와 있으며, 정말 무서운 것이 세상을 나와 이 사람의 입에서 저 사람의 귀로 영영 돌아다니고 있는 거라고 말했다고 한다.

"뇌를 망가뜨리는 이야기가 이 이야기인데, 이 이야기를 알게 되면 환각으로 무서운 게 보이고 그런다는 거예요?"

이인선이 물었다. 한규동은 그렇다고 대답했다.

"저는 제일 무서운 게, 그렇게 말 몇 마디로 사람을 돌아버리게 만들 수 있다는 거거든요. 그런 말이 세상에 있을 수가 있고, 어쩌다가 우연히라도 그런 말을 듣거나 읽으면 사람이 이상해진다는 게 진짜 섬찟한 이야기 같습니다."

한규동은 이러한 사연이 영영 밝혀지지 못할 뻔했다는 이야기를 했다. 왜냐하면 이 이야기를 조사하기 위해서 이야기를 접한 학자들조차도 그 과정에서 뇌에 손상을 입었기 때문이다.

"그렇지. 그게 모순이네."

이인선이 말했다. 이인선은 그 답을 기다렸다. 한규동은 대답하기 위해 벼르고 있었다.

"그런 연유로, 이 사실을 밝혀낸 학자는 한국에 유학 온 외국 출신 유학생이었다고 합니다."

그 나라에서 인기 있는 언어인 한국어를 공부하기 위해 한국으로 온 방글라데시 출신의 외국인 유학생은 한국인인 남편을 통해 이 이야기를 처음 접했다고 한다. 남편은 "조사하다 보면 정신병 걸리는 이야기가 있다더라"면서 단순히 자극적인 재밋거리로 들려주었다.

유학생은 이 이야기에 진지한 관심을 갖고 자세한 내용을 조사했다. 그 유학생은 한국어를 보통 한국 사람처럼 듣고 바로 이해하고 해석하는 것이 아니라, 머릿속에서 단어의 의미와 문법을 자기 나라의 말로 바꾸어 번역해서 이해했다. 덕분에 그 유학생은 이야기를 세세히 조사하면서도 이야기가 갖고 있는, 뇌를 공격하는 특성을 피해갈 수 있었다. 한국어로 되어 있는 이 이야기는 사람 두뇌의 약한 점을 건드리기 위해 해당 언어 특성에 들어맞게 작용해서 사람을 미치게 만들었는데, 한국어가 모국어가 아니었던 유학생에게는 소용이 없었던 것이다.

유학생의 조사로 구조와 특징이 드러난 이 이야기는 현재 널리 공개되지는 못하고 폐쇄적으로 연구되고 있다고 한다. 정확한 자료가 공개되면 사람들이 타인을 괴롭히는 위험한 용도로 쓸 수 있기 때문이다. 너무 위험하니 학자 간의 합의로 이 이야기의 존재를 영원히 묻어버리자고 했다는 설도 있고, 정부 기관이나 비밀 연구를 하는 거대한 기업의 지원으로 비밀리에 좀더 상세한 사항을 확인하는 작업을 하고 있다는 설도 있다.

그렇게 해서, 단어의 어느 부분이 어떤 역할을 하고 그것이 어떤 과정을 거쳐서 뇌의 신경을 돌아다니며 처리되는지 밝혀내고 있는 중이라는 것이다. 그것이 밝혀지면 인간의 생각에 대해 많은 것이 밝혀질 거라고 한다. 멀쩡한 사람을 대화나 방송으로 망가뜨리는 무기로 사용하거나 사람을 세뇌하는 기술을 발달시킬 수도 있을 것이다.

14

"좋네. 좋네."

이야기를 마지막까지 들은 이인선은 기뻐했다. 이인선은 드디어 자리에서 일어섰다. 한규동이 면접을 보러 찾아온 후로 일어선 것은 처음이었다.

한규동은 긴 이야기를 마친 후의 성취감으로 왠지 뿌듯했다. 그래서 이인선이 좋다고 하자, 저도 모르게 덩달아 기뻐했다. 그러나 이인선이 갑자기 일어나며 활기차게 움직이자 그는 어리벙벙한 느낌이 더 컸다.

"긴 이야기 하시느라 수고하셨고요, 좋네. 한규동 씨는 내일부터 나와서 근무하도록 하죠. 괜찮죠?"

이인선의 말을 듣고서야, 한규동은 자기가 오늘 구직 면접을 보러 왔다는 사실을 기억해냈다. 이 긴 이야기가 면접 활동의 일부였다는 점도 그제야 기억났다.

한규동은 놀랐다. 이야기를 하느라 잊고 있긴 했지만 이인선이 자기를 뽑을 생각은커녕 뭐가 되었든 사업을 하고 있기는 한지 의심하고 있었다. 그런데 이인선이 자기를 채용하겠으며 내일부터 일을 같이 하자는 것이다.

이인선은 어디로 가려는지 성큼성큼 걸어가 외투를 챙겨 입으려고 했다. 한규동이 물었다.

"합격한 겁니까? 죄송합니다만, 어디가 좋았습니까?"

이인선이 대답했다.

"이야기가 그만하면 신기하고 결말도 특이하네요. 그리고 무서운 이야기, 신기한 떠도는 소문, 뭐 이런 게 비싼 값은 안 되지만 항상 팔리는 이야기잖아요. 이번에는 이거 한번 파서 장사해보지, 뭐."

이인선은 사무실에서 나가려고 하는 것 같았다. 한규동은 그때까지도 그냥 앉아 있었다. 이러다가는 혼자 빈 사무실에 남을 것 같았다.

한규동이 나가는 이인선에게 물었다.

"장사는, 무슨, 뭐, 장사요?"

이인선이 대답했다.

"그거 우리가 캘 거라고요. 거기에 정말 귀신이 나오는지, 안 나오는지, 이게 다 뭔지, 우리가, 나랑 한규동 씨가 캐내서 팔아야죠."

풀이편

15

그날 저녁 사무실이라는 곳에서 돌아오는 길만 해도, 나는 집에 가면 이메일을 보내 이런 회사에 입사할 생각은 없다고 말하려고 했다. 길을 걸으며 뭐라고 써 보낼까 문구까지 생각해보았다. '입사 면접시험을 보러 갔더니, 면접 볼 회사 대표라는 사람이 자다가 일어난다니, 좀 심하지 않습니까? 거기다가 시간은 엄청 끌었지만 면접 질문이라는 게 무서운 이야기를 해보라는 것 하나였습니다. 이런 것은 사람 뽑는 데 정확한 방법을 쓰려고 애쓰는 회사의 모양은 아닌 것 같습니다' 정도의 내용이 전해지도록 비난하는 말을 쓰면 어떨까 싶었다.

이전까지는 어찌되었든 구직은 해야겠으니 한 톨의 진심도 없이 회사 비위를 맞춰주면서 최대한 진심인 것처럼 보이도록 꾸며대야 하는 신세였다. 그런데 이번만큼은 그럴 필요가 없었다. 생각해볼수록 그곳은 오라고 해도 이쪽에서 가고 싶지 않은 회사였다. 그래서 이번에는 저쪽을 후련하게 비난해주고 싶다는 생각을 했다. 지금껏 구직을 하며 받은 갖가지 수모를 되갚아주겠다는 마음까지 생겨났다.

이제껏 직장 구한답시고 노는 동안, 누가 봐도 결코 좋지도 않은 직장을 두고도 정말 꼭 합격하고 싶다며 애절한 말들을 입사 원서에 적어 내려갔던 것이 도대체 몇천 자, 몇만 자였던가? 부모 형제, 내가 일생을 살면서 가장 사랑했던 연인에게라도, 사랑의 편지를 이만큼 길게 써본 일이 있었나? 그런데 사랑보다 불경기 때문에 이렇게 긴긴 글을 수없이 적게 될 줄이야 어찌 알았겠나?

나는 드디어 멋지게 비웃는 말로 내가 우위에 서서 면접 보는 쪽을 내려다볼 기회가 왔다고 생각했다. 지금껏 내가 비굴하고 안타까웠던 만큼, 이번에는 통쾌한 말 몇 마디로 저쪽을 부끄럽게 해주자, 저쪽 속이 터져서 팔짝팔짝 뛰고 싶을 정도로 열받게 하는 말을 해주자 싶어 문구도 여러 가지 생각해냈다.

다만, 구체적으로 거절하려는 말을 짜내다 보니 후련한 말이 별로 없었다. 도대체 뭐가 뭔지도 모르고 갔던 회사였고, 거기 가서도 뭐가 뭔지 모를 말만 했기 때문에 구체적으로 조롱할 점을 잘 떠올릴 수 없었다.

예를 들어, 지난 직장에 들어가기도 전에 본 어떤 면접에서는 "피부에 뭐가 많이 났는데, 아무리 남자라지만 자기 관리 능력이 너무 떨어지는 것 아니에요? 연예인 누구누구가 어제 무슨무슨 TV 쇼에 나와서 그랬잖아요. '피부는 정직하다. 관리하는 만큼, 노력하는 만큼 좋아진다'고. 어떻게 생각하세요?"라는 말을 들은 적이 있었다.

그때 같았다면, '대뜸 사람 외모를 조롱하고 얼마나 발끈하는지 반응 보는 걸로 유능한 사람인지 알아내려고 하시는 거라면 그런 건 옛날 전설에 나오는 도사가 제자에게 도술 가르쳐주기 전에 하는 테스트 같은 데 재밌으라고 삽입하는 이야기지, 전자 회사 연구원을 뽑는 방법이 아닙니다'라고 딱 찍어서 따졌을 것이다. 물론 그때야 그런 대답을 할 처지가 아니어서, 나는 "자기 관리란 것은, 플레밍의 왼손 법칙에 따르면 전기를 이용해서 관리해야 할 텐데, 요즘 전력 사정이 안 좋다 보니 쉽지 않았습니다. 으허허허허" 하고 대답했을 뿐이다.

무덤에 누워 있던 플레밍 본인도 귀를 막고 싶어 할 그런 농담은 이번 회사에서는 할 필요가 없었다. 그냥 하고 싶은 대로 놀려주면 된다.

그런데 막상 그동안 맺힌 것을 담아 말하려니 떠오르는 말들이 적절하지 않았다. 실망스럽고 기분 나쁜 것이 없지는 않았다. 어느 때보다도 많았다. 그런데 털어놓으면 맺힌 것이 풀릴 만한 것이 별로 없었다. '탕수육을 왜 지저분하게 계속 안 치우고 구석에 쌓아놨다가 사흘 나흘을 두고 먹나요?'라든가 '왜 집에서 안 자고 사무실에서 책상 붙여놓고 자고 있어요? 거지예요?' 이런 말이 떠올랐지만, 그런 말을 그 사장에게 해봤자 이제껏 실직자로 지내며 고달팠던 내 신세를 달래는 데 별 도움이 될 것 같지 않았다.

게다가 내가 들은 무서운 이야기 중에 가장 인상 깊었던 긴 이야기를 하나도 빼놓지 않고 길게 다 하고 난 지금, 어째 그 한심한 사장이 친근하게 느껴지기도 했다.

보통 무서운 이야기를 할 기회가 있다고 해도 간단하게 줄거리만 짚어 말하는 경우가 많았다. 잘해봐야 이야기를 들은 쪽이 같이 무서워하는 것이 반응의 전부였다. 그나마 조금만 여럿이 모여 있으면 그 이야기를 듣고도 "그게 뭐?" 하고 피식 웃으며 넘어가거나, 제딴은 재치 있는 말이라고 생각하는지 '귀신 얼굴이 예뻤으면 도망 안 가고 사귀자고 했을 텐데' 따위로 대답하며 웃는 비슷비슷한 사람들만 매번 보았다.

그런데 그 사장과는 무서운 이야기에서 어디가 왜 무서운지 같이 생각하고 고민했다. 평소에 그 이야기를 생각하면서 궁금했던 점과, 처음 그 이야기를 들었을 때 놀랐던 점에 대해서 같이 의견을 나눌 수 있었다. 사장의 태도가 존경스럽다거나 사람을 빨려들게 한다거나 그러지는 않았고, 정말로 얼마나 진지했는가에 대해서도 그때는 의심스럽기만 했다. 하지만 감정과 기억에 대해서 길게 같이 이야기를 나누고 나니 어떤 방향인지는 모르겠어도 어떤 면에서는 정이라면 정이 든 것 같았다.

이렇다 보니, 집에 도착할 무렵이 되자 딴소리 말고 곱게 '죄송합니다. 다른 곳에 일자리가 생기게 되어 입사가 어렵게 되었습니다' 정도로 예의를 지키는 간단한 거절의 말을 보내야겠다는 것으로 생각이 바뀌었다.

집에 와서 컴퓨터를 켜니 '창조 기술'이라는 회사에서 온 이메일이 있었다. 제목은 "최종 면접 결과 통보"였다. 그런데 메일 제목을 읽고 일순 다른 생각이 싹 사라졌다. 한참 전에 한번 면접을 본 회사였는데, 내가 합격했는지 아닌지 결과를 알려주겠다는 메일이었다.

그곳은 얼토당토않은 무서운 이야기 면접을 보기 오래전에 마지막으로 면접을 본 곳이었다. 그때만 해도 그 회사는 규모도 작고 별로 전망도 좋지 않은데다가 면접장에서 만난 회사의 중역이 하나같이 답답하고 가까이 가고 싶지 않은 사람 같아서 합격해도 안 가겠다고 생각하기도 했다. 그러나 입사 원서를 작성해 내고 면접을 하고 기다리는 며칠 동안 점차 생각이 들썩였다.

처음에는 '합격해도 가지 말아야지, 면접 본 것은 그냥 연습하고 경험한 걸로 쳐야지'라고 생각하다가, 다음번엔 '왜 그 회사에 가지 말아야 하는가?'를 생각하게 되었고, 그러면서도 '전망이 나쁘니까' 하는 답을 생각하면 '그래, 그 회사는 이 년 안에 망할 것 같으니까 가지 말아야지' 하고 마음을 다지게 되었다. 그런데 그렇게 마음을 다지는 동안 오히려 스멀스멀 '그러면 이 년간만이라도 월급 받으면서 다니면 안 되겠나' 싶었다. 집에서 밥값, 수도, 전기, 공과금만 축내면서 하루 이틀 십 원 한 푼 벌지 못하는 시간만 보낼 바에야 멍하니 있는 시간에 사무실에 나가 월급이나 챙기면 안 되나 싶었다.

점점 그렇게 생각이 바뀌어 막상 결과 통보 메일을 볼 무렵에는 처음에는 가도 그만 안 가도 그만이라고 생각했던 회사가 간절히 가고 싶어졌다. 답답해 보였던 회사 중역들도 그만

하면 대한민국 중장년 평균은 되니 어디 날건달 같은 인간이 사장이랍시고 앉아 있는 회사보다 낫다고 판단하게 되었다. 회사의 작은 규모조차, 그 작은 규모 때문에 이참에 다른 업무를 배워서 경력을 바꾸기에 좋은 기회가 되지 않을까 하는 희망처럼 느껴질 정도였다.

꿀직장 뺄직장 따질 형편이 아니었다. 오늘 면접을 보고 온 해괴한 정체불명의 인간에 비하면 그래도 그 회사는 회사의 꼴은 갖춘 곳이었다. 심지어 수많은 직장에 내가 계속 불합격한 이유는 바로 이 작은 회사에 합격할 운명이기 때문 아닐까 하는 생각이 다시 들었다. 그 회사가 없어질 위기를 돌파하는 대모험을 하고, 회사를 크게 성장시킬 영웅이 될 숙명이라도 기다리고 있기 때문에, 그래서 여기까지 온 것 같았다. 지금이 불경기인 까닭조차도, 전 직장에서 쫓겨나 규모가 작은 중소기업에 관심을 갖게 하려는 세상의 오묘한 이치가 아닌가 하는 망상까지 생길 정도였다.

"최종 면접 결과 통보"라는 제목에서 '최종'이라는 말은 내 인생의 마지막 운명을 일컫는 것처럼 육중하게 느껴졌다.

이메일을 읽기 위해 마우스 포인터를 옮기는데, 이 회사에 합격하면 얼마나 좋을까, 다시 매일 아침 출근을 하고, 직장 사람들과 얼굴을 보며 일을 하고, 세상에 가치 있는 일을 하고, 매달 내 손에 들어오는 돈이 생겨나 백 원씩이라도 저축액이 늘어나면 얼마나 행복하고 즐거울까, 애타게 바라게 되었다. 제발, 제발, 합격이겠지. 합격했으면 좋겠다. 꼭, 제발. 속으로 빌었다.

이메일을 열어보았다. 결과는 불합격이었다.

16

한규동은 이제까지 살아온 삶 중에서 가장 길고 크게 한숨을 쉬었다. 한숨을 측정하는 기계로 일일이 잰 적은 없었지만 단연 가장 큰 한숨이었다고 장담할 수 있었다. 한규동은 이메일을 지우고 웃긴 이야기와 만화 웹사이트에 들어갔다. 웃긴 만화 몇 개를 봤는데, 눈으로는 만화를 보면서도 뭐가 웃긴지도 모르고 있었다. 머릿속에서는 “불합격” “불” “합” “격” “부울하압겨억” 하는 말만 계속 굴러다녔다.

한규동은 괜히 메일함에 들어가서 지운 메일을 확인해 그 메일을 또 읽어보기도 했다. 왜 이걸 다시 열어보는 걸까. 혹시 잘못 봤을까 싶어 그러는 걸까. 그럴 리가 없었다. 그런데도 또 메일을 열어본다. 역시 "귀하는 안타깝게도 불합격하셨습니다"라고 적혀 있었다. 불합격이라는 글자는 비참하게도 빨간색 굵은 글씨였다. 친절한 글꼴 선택이었고, 안타깝다는 말도 예의 있었지만, 비참했다.

한규동은 의자에서 내려와 자리에 털썩 주저앉았다. 얼굴을 팔로 가리는 듯이 했다가 몸을 뒤틀고 고개를 젖히며 탄식하는 소리를 냈다.

별수없었다. 다음날 아침 한규동은 이인선이 말해준 대로 이제 새 직장이 된 흉가 같은 사무실로 출근했다.

사무실 건물의 겉모습은 이전과 다를 바가 없었다. 이제는 이 회사의 직원으로 출근하고 있는 것이라는, 골병이 든 것 같은 한규동의 마음만 달랐다. 한규동은 이 회사의 직원인데도, 이 회사의 규모가 어느 정도인지, 전망이 있는지, 회사의 중역이 어떤 사람인지 전혀 몰랐다. 중역이 따로 있는지 없는지조차 모르고 있었다. 대체 뭘 하는 회사인지까지도 알지 못했다.

상가 건물을 올라 사무실로 갈 때 계단의 각진 모서리마다 이십 년 전 밟혀 죽은 바퀴벌레의 유전자가 여전히 남아 있을 법한 묵은 먼지가 보였다. 1층의 식당과 복도의 쓰레기통에서 나는 냄새가 섞여 있는데 짙은 향수를 뿌린 누군가의 흔적까지 뒤섞여 기분을 가라앉게 만들었다.

마지막으로 사무실 문을 밀고 들어가기 직전, '이거 아닌 것 같은데, 지금이라도 그냥 돌아가자' 하는 생각이 번뜩 들었다. 그래서 발걸음을 돌리려는데 문 앞에 붙여놓은 쪽지가 보였다.

"탕수육 옆에 있는 서류 보세요."

이인선이 써놓은 듯한 글씨였다.

한규동은 처음에 탕수육 배달 온 사람에게 하는 말 아닌가 싶었다. 그런데 종이 상자에 배달해주는 탕수육을 두고 저런 말을 할 이유는 없고, 게다가 그릇을 가져가라는 것도 아니고 서류를 가져가라는 말을 할 이유는 없다고 생각했다. 그러고 보니 그 쪽지는 사장이 한규동을 보고 하는 말 같았다. 한규동은 엉겁결에 사무실로 들어가서 탕수육 곁에 놓인 서류까지 이끌려 가게 되었다. 어제 한규동이 본 이인선의 첫인상과는 다르게 글씨가 상당히 아름답고 믿음직스러워 보였다는 것 역시, 자신은 알지 못했지만 한규동을 사무실 안으로 걸어 들어가게 한 이유였다.

여전히 책상은 난잡하게 어질러져 있었다. 이인선이 침구로 사용하던 쳐다보기도 싫을 정도로 재미없는 디자인의 담요와 쿠션 따위가 이리저리 내던져져 있었다. 그 모습을 보면 담요나 쿠션이 스스로 날아다닐 수 있는 능력이 있어서 방을 떠돌아다니다가 잠시 잠들기 위해 착륙한 것처럼 보였다. 그 와중에도 탕수육은 어제 먹던 그 자리에 꼼짝도 하지 않고 놓여 있었다.

탕수육 상자 안에 뭐가 있는지 주위에 초파리 몇 마리가 짜증스럽게 나돌고 있었다. 그 옆에는 컴퓨터 프린터로 인쇄된 종이 몇 장이 있었고, 그 위에 또 쪽지가 붙어 있었다.

"읽어보고 맨 뒷장에 사인. 그리고 공장에 찾아가기 위해 필요한 것이 있으므로, 옛날 노량진 수산 시장으로 와서 연락 바람."

그 아래에는 전화번호가 적혀 있었다. 이인선의 휴대전화인 것 같았다.

한규동은 사인하라는 서류부터 펴보았다. 고용계약서였다. 일하기 전에 고용계약서부터 차분히 챙겨 쓰고 시작하라는 것은 회사의 몰골을 볼 때 이상할 정도였다.

한국 소기업들이 언제 이렇게 고용계약서를 잘 챙겼나 싶었다. 한규동은 노량진 수산 시장으로 지하철을 타고 가는 중에 고용계약서를 한 자 한 자 똑똑히 읽고 또 읽겠다고 결심했다. 혹시나 이 알 수 없는 회사가 무슨 수작을 부리는 것은 아닌지 의심스러웠다. 사람을 노예로 만들어 팔아넘기려는 것인지, 아니면 뇌나 간을 적출해 무슨 실험이라도 하는 데 동의하라는 식의 속임수가 있는 것은 아닌가 싶었다.

사무실을 떠나기 전에 한규동은 말라비틀어진데다 상했든 안 상했든 인간이라면 먹어서는 안 될 상태의 탕수육을 잘 싸서 쓰레기통에 버렸다. 한규동이 이 회사에 입사해서 한 첫 번째 업무였다.

17

옛 노량진 수산 시장에 도착해서 이인선에게 전화를 걸자, 이인선은 자기가 있는 곳으로 오라면서 길을 가르쳐줬다.

"지금 있는 데서 정확하게 팔십이 미터를 직진해. 그 위치에서 10시 방향으로 조금 걸어가면, 상자 쌓아놓은 데가 있는데 그걸 넘어. 그러면 길이 나오는데 그 길로 계속 걸어가면서 오른편에 있는 서른네번 째 골목으로 꺾어. 거기에 가게가 아홉 개가 있는데 그중에서 파란색 간판이 세 개가 있어. 그중에 간판 글자체가 제일 명조체처럼 생긴 데, 거기예요. 거기로 오세요."

한규동은 혹시 이인선이 지금껏 자신이 상상하지 못한 종류의 변태인가 싶었다. 한규동이 말했다.

"그러지 마시고 그냥 가게 이름이 뭔지 알려주시면 안 돼요? 휴대전화로 지도 보고 찾아가겠습니다."

"그런 인터넷 지도 같은 데 등록이 안 되어 있는 가게예요. 여기 재개발을 한다 만다 하다가 건물하고 길이 완전히 엉켰거든. 그러니까 제 말대로 하라니까요. 일단 직진 팔십이 미터, 10시 방향, 상자 돌파. 여기까지만 하고요, 그다음에 다시 전화 또 하든지."

"위도하고 경도를 전화로 확인한 뒤에 그 숫자를 문자메시지로 알려주시면 제가 GPS 기능 이용해서 어떻게든 찾아가겠습니다."

"여기 지하라서 GPS가 잘 안 잡히는데. 알았어. 잠깐만."

이인선의 전화가 끊겼다. 지하에서 지상으로 나오려는 모양이었다.

어디로 가야 할지 알지 못하는 한규동은 그 자리에 서서 기다리는 수밖에 없었다. 길 가는 사람들에게 손짓하고 소리치며 자기 가게로 들어오라고 이끄는 횟집 상인들의 목소리가 들렸다. 상인들은 한자리에 가만히 서 있기만 하는 한규동을 쳐다보았다. 들어오라고 이끌어야 할지 이미 지나친 손님으로 포기해야 할지 구분하기 애매하게 여기는 것 같았다. 어째 그 눈길이 어서 한쪽으로 결정하라고 압력을 넣는 것처럼 보이기도 했다.

얼마 후 이인선에게서 문자메시지가 왔다. 위도와 경도가 보였다. 그리고 문자메시지가 덧붙어 있었다.

"꼭 거기로 오세요."

위도와 경도를 입력해보니 위치가 대서양 한가운데였다. 아무래도 아닌 것 같아서 다시 물었다.

"여기가 거기 맞아요?"

"맞아."

"어떻게 생겼는데요?"

"뭐, 딱 그렇게 생겼지. 생선 많고 비린내 나고."

한규동은 뭔가 얼떨떨해서, 순간 정말 대서양 한가운데에 이인선이 가 있나 싶었다. 이리저리 구불구불한 작은 노량진 시장의 상점가를 헤치고 나아가다 보면 공간이 이상하게 꼬인 나머지, 머나먼 대서양 바닷속으로 통하는 지점이 있는 것인가.

"사장님, 혹시 위도랑 경도 바꿔서 써주신 거 아니에요?"

한규동은 곧 신비한 환상 대신에 간단하지만 분명한 실수로 설명할 수 있는 이유를 찾아냈다.

이인선은 미안하다고 했다.

"아, 어제 일이 너무 많아서. 제가 자꾸 오락가락해요. 규동 씨가 준 이력서에 분명히 전화번호가 있을 텐데, 어디 뒀는지 모르겠더라고요. 그래서 출근하면 보라고 쪽지에다가 여기로 오라고 하고 내 전화번호를 써놓고 그런 건데. 아, 그 공장이 어딘지 찾아낸다고 그것만 생각하다 보니깐 생각이 자꾸 오락가락해."

이인선의 말을 듣는 동안, 한규동은 버린 탕수육을 덮어놓았던 알 수 없는 이면지가 바로 자신의 이력서인 것 같다는 생각이 들었다. 한규동은 또 한숨을 쉬려고 했다. 그런데 위도와 경도를 검색할 때부터 이미 계속 한숨을 쉬는 중이어서 뭘 더 어떻게 할 것도 없었다.

뭐하는 줄도 모르는 회사에 들어와서 귀신 나온다는 공장을 찾아가려고 하는데, 지금은 오락가락하는 사장을 찾아 노량진 수산 시장 한가운데에 있다니, 이게 도대체 무슨 짓인가 싶었다.

한규동은 지도에서 새로 위도와 경도를 찾아보고 큰길을 찾아 이인선이 말한 가게까지 갔다. 확실히 이인선이 말한 길이 지름길이긴 했다. 제대로 된 길로 빙 돌아가자니 한참 더 손짓하는 상인들 사이를 헤치고 다녀야 했다.

노량진이면 얼마 안 되지 않나 싶어 출발한 거리치고는 한참이 지나서 한규동은 이인선이 말한 가게에 도착했다. 가게는 허름해 보였지만 이인선과 한규동의 사무실에 비하면 매우 멀쩡했다. 무엇보다도 생선을 파는 곳이라는 뚜렷하고 명확한 사업 방식을 잘 알 수 있었다.

그런데 한규동은 이인선을 가게에서 찾을 수가 없었다. 손님이 한둘 있기는 한데 다들 여의도 쪽에서 온 좋은 회사의 좋은 일자리를 가진 사람들이 더 좋은 자리에 앉아 있는 사람을 대접하기 위해 점심거리를 찾는 것 같은 분위기였다.

한규동은 넓지도 않은 가게를 이리저리 기웃거리기만 했다. 그를 부르는 소리가 들렸다.

"규동 씨, 왜 이렇게 오래 걸렸어."

소리가 나는 쪽으로 고개를 돌려보자, 그곳에는 사람, 그것도 매우 멀쩡한 사람이 서 있었다. 한규동은 잠시 동안 누구인지 알아차리지 못했다. 오래전에 만났던 사람, 예를 들면 중학교 동창 같은 사람이 있는데, 그 사람이 고관대작으로 성공하여 우연히 시장에 왔다가 거기서 만났는데, 나는 실직하고 망해서 뭐하는지도 모르는 판에서 나뒹굴고 있는데도 그 친구는 알아보고 굳이 자기 자랑을 하려고 부르는, 그런 상황 아닌가 할 정도였다.

"아, 예."

자세히 보니 다름 아닌 이인선이었다.

이인선이 정장을 멀쩡하게 잘 차려입으니 전혀 어제 본 이인선 같지 않았다. 본래 틀이 잘 잡혀 있고 큼직큼직한 사람이라서 그런지 옷을 이렇게 차려입고 있으니 슬쩍 위압감 같은 것도 느껴지는 것이 정말 언론사의 간부직 기자나 큰 기업의 젊은 임원, 높은 공무원 아니면 청년 정치인 비슷한 느낌도 났다. 그게 아니면 벤처 기업의 CEO쯤 되는 인상도 났는데, 뭐, CEO라면 CEO이기는 했다.

"죄송합니다. 지름길을 잘 몰라서요."

"첫날부터 수고했고. 민물고기 종류가 나온 게 있는지 한번 잘 봐요."

이인선이 말했다. 한규동은 임금 생활자의 무조건 반사와도 같이, "아, 예" 하며 또 긍정으로 대답하고 저절로 몸이 먼저 움직여 시킨 대로 민물고기를 찾기 시작했다.

한규동은 이인선을 잠깐 바라보았다. 이인선의 외관은 어제 본 것과 크게 바뀐 것이 없었다. 생각해보니, 어제 처음 이인선을 보았을 때는 이인선이라는 한 사람만을 본 것이 아니었다. 비어 있는 낡은 학원 건물과 널브러진 집기들과 남은 탕수육의 인상이 뒤섞여 이인선이라는 한 명의 사람에게 응축된 형상으로 본 것이었다.

그러니, 이인선이 그와는 전혀 상관없는 옷차림에 탕수육이나 줄이 비뚤어진 책상이 없는 공간에 있으니 전혀 다른 인상을 받은 것이다.

한규동은 그 다른 인상이라는 것에 눌려 생각도 없이 '메기, 메기면 민물고기인가?' 하는 생각만 하며 생선을 찾았다. 그러기를 몇 분 갑자기 지금 자기가 왜 메기를 찾고 있는지 의아해졌다.

이 회사에서 귀신이 나온다는 공장의 정체를 왜 파헤치려고 하는지, 그걸로 이 회사가 어떻게 돈을 벌 수 있는지는 둘째 치고, 공장에 나오는 귀신에 대해서 알아내려고 하는데 왜 노량진 시장에서 민물고기를 찾아야 하는지 이유를 알 수 없었다.

무서운 이야기 중에 개는 귀신을 알아본다든가 하는 이야기는 있었지만, 민물고기 중에 귀신을 알아보는 물고기가 있다는 말을 들은 적은 없었다. 설령 귀신을 알아보는 물고기가 있다고 해도 귀신을 알아보고 죽은 생선이 강아지처럼 짖기를 할 것인가, 꼬리를 치며 뛰기를 할 것인가?

"저, 사장님, 그런데 죄송합니다만, 여기서 왜 민물고기를 찾는 겁니까?"

한규동이 물었다. 그러자 이인선이 대답했다.

“아, 요즘은 노량진에서도 생선이 다양하게 나오는 데가 많지가 않아요. 잘 찾으면 사람들이 많이 사 먹는 거, 그러니까 광어나 점성어 같은 건 좋은 게 있기는 할 텐데. 우리 마음에 드는 게 여러 가지 다양하게 있는 데는 잘 없거든요. 특히 민물고기까지 있는 집은 잘해야 이 집 정도지.”

이인선은 이 집에 생선이 다양하다는 설명만 늘어놓았다.

“노량진, 노량진 하면서 무슨 관광지처럼 유명해지다 보니까 이제는 회식하려고 온 사람들, 데이트하려고 온 사람들이 우글우글 몰려든다고. 그리고 그런 사람들이 이것저것 안 따지고 돈을 팍팍 잘 쓰잖아. 자연히 여기 상인들도 어쩔 수 없이 그쪽으로 맞춰서 장사를 하게 된다고. 그러니까 가끔 한 번씩 ‘생선이 뭔가 한번 구경해보자’ 하고 놀러오는 그냥 그런 사람들을 상대로 장사하는 셈이지. 그 사람들은 오면 만날 광어회밖에 안 먹잖아요.”

한규동은 이인선의 말을 도중에 멈추게 하고 좀더 정확하게 자기가 아는 바를 묻고 싶었다. 그러나 이인선은 쇠락해가는 생선 가게가 진심으로 안타까운지 쉼 없이 노량진 수산 시장의 변화에 대해 떠들었다.

그러면서도 한편으로는 부지런히 생선의 모양을 관찰하고 있었다.

“옛날처럼 구하기 어려운 생선을 여러 가지 갖춰서 팔고 뭐 그래봐야 누가 그렇게 찾나요? 그러니까 장사하는 사람들도 너도나도 광어, 우럭, 돔에 제철 생선이니 하는 것만 팔잖아. 이런 가게 잘 없어요. 더군다나 여기 건너편에 새 노량진 시장 지을 때 한번 다 뒤집히고 나서는, 뭐.”

이인선의 말이 거기서 잠시 멈추었다. 한규동은 바로 끼어들었다.

“사장님, 저, 그런데, 저는 여기서 좋은 생선을 사는 게 도대체 우리가 하는 사업하고 어떻게 연결되어 있는지 그게 궁금해서요. 아무래도 오늘 처음 일하는 거고 하니까, 제가 아는 게 워낙 없어서…….”

한규동이 묻자, 이인선은 한쪽으로는 웃는 것 같기도 하고 한쪽으로는 심각한 표정을 짓는 것 같기도 한 얼굴이 되었다.

“우리가 지금 공장으로 가서 조사를 할 거거든요. 그런 공장에 갈 때는 좋은 물고기를 구해서 가는 게 제일 중요해요.”

“예? 공장에 물고기를 들고 간다고요?”

“잠깐만, 어…… 이거 좋아 보이네.”

한규동이 더 물어보려고 하는데, 이인선은 어떤 생선 앞에서 멈추었다. 이인선은 이리저리 움직이고 고개를 돌려가며 생선의 모습을 살펴보았다. 이인선은 가까이서 보기도 하고 멀리서 보기도 했다.

"여기, 이거 싸주세요. 야아, 좋네."

이인선은 가게 주인이 생선을 들어올리자 모양을 보며 감탄했다. 한규동은 여전히 영문을 알 수 없었다.

"사장님, 그러면 이 생선으로 뭘 어떻게 하는 겁니까."

"그게 또 기술인데, 들고 다닐 때 어디에 넣어 다니느냐, 하는 게 엄청 중요하거든요."

이인선은 대답하고 나서 방수 스티로폼 상자에 생선과 얼음 몇 덩이를 담았다. 그리고 한규동에게 말했다.

"이제, 가죠."

"어디로 갑니까?"

걸어나가는 이인선에게 한규동이 물었다. 이인선은 한규동의 표정을 흉내내는 듯이 자기가 의아한 표정을 지어 보였다.

"공장에 가야지. 이번에 우리 건수가 그 귀신 나오는 공장이라고 어제 이야기했잖아요."

"그 공장이 어딘지 아십니까?"

한규동은 놀라서 물었다. 이인선은 당연한 걸 왜 묻느냐는 눈으로 한규동을 쳐다보았다. 그러다가 곧 얼굴이 바뀌었다. 이인선은 고개를 끄덕였다.

"아, 그렇지. 어제 전화번호를 몰라서 연락을 따로 못 해줬죠. 그래서 모를 수도 있겠네. 공장 어딘지 알아냈다니까요."

"그 이야기 속에 나오는 공장이 진짜로 있기는 있는 겁니까?"

"진짜로 있는지는 모르는데, 하여간 그 공장이라고 할 만한 데를 찾았어요. 그러니까 가서 보고, 대충 그 이야기 속의 공장이라고 치고 말을 만들어낼 만한 데는 맞아요."

한규동은 여전히 상황을 잘 알 수가 없었다. 그 공장을 조사해서 어떻게 돈을 번다는 것인지 모르니까 더 이해하기 어려웠다.

이인선은 좁은 시장의 숨겨진 좁은 골목과 그 아래에 숨겨진 계단을 걸어나갔다. 한규동은 이인선의 뒤를 부지런히 따라갔다. 한규동은 이인선에게 다시 물었다.

"그러면 임만섭이라는 사람이 정말로 있는 사람이었습니까? 그 사람 소유의 공장을 무슨 공장 목록 웹사이트 같은 데서 찾아내신 건가요?"

"주식회사 전자 공시가 시작된 게 몇 년이나 된다고. 광복 전 기록인데 그걸 인터넷에서 찾으면 안 나오죠. 거기다가 임만섭이라는 이름이나 일제시대 배경이나 이런 거는 꾸며낸 이야기일 수도 있고. 이야기 자체가 전부 꾸며낸 것일 가능성도 있지만, 그래도."

"그러면 어떻게요?"

"서울 근처가 배경이고, 그 공장이 오래 이어져오고 있고, 입지는 산비탈에 걸쳐 있고. 대강 그 정도까지는 사실 같더라고. 그래서 땅 소유 분할 표시해놓은 기록을 뒤져서 산에 걸쳐 있는 땅 중에서 1970년부터 계속 공업용으로 잡혀 있는 데를 찾아봤죠."

"서울에 공장이 몇 개인데. 그렇게 한다고 해서 바로 찾을 수 있을까요?"

"서울이잖아요. 터만 있으면 다 부수고 아파트 짓고, 또 부수고 아파트 짓고, 또 부수고 아파트 짓고 했으니까 의외로 공장 중에 산비탈에 걸치고 계속 한 군데 버티고 있으면서 오래오래 남아 있는 거는 많지 않더라고요. 대충 이야기 배경에 어울릴 만한 크기가 되는 공장은 더 없지."

이인선은 지하로 통하는 계단에 발을 디뎠다. 어두운 지하와 바깥 사이의 공기가 서로 다른 층 같았다. 비릿한 생선 냄새가 음침한 의식을 위해 피운 향의 연기처럼 퍼져 있었다. 한규동은 이인선을 따라가면서도 으슥해 보여 불안했다.

이인선은 계속해서 말했다.

"딱 두 군데 있는데, 한 군데는 진짜 유명한 대기업 소유 공장이라서 그 집안에 그런 이상한 이야기가 있을 거 같지는 않고. 거기도 친일파는 친일파지만 다들 부드럽게 잘 적응해서 별 사연이 없고요. 남은 건 딱 한 군데지요. 그래서 거기로 가는 거예요."

이인선의 뒤를 따라 한규동은 좁고 젖은 시멘트 바닥 길을 걸어 몇십 미터 갔다. 바닥에는 검은 액체가 드문드문 조금씩 고여 있었다. 무슨 액체인지는 알고 싶지 않았다. 좁은 길을 지나자 허연 형광등 불빛이 멀리서 퍼져 나오는 넓은 공간이 나왔다. 한규동이 살펴보니 주차장이었다.

이인선은 갑자기 뚝 멈춰 서더니 가만히 서서 고개를 좌에서 우로 움직였다. 시선을 움직이는 것이 마치 등대 같았다. 그러더니 다시 또 부지런히 걸었다. 그렇게 걷는 방향에 낡은 자동차가 한 대 있었다.

생산된 지는 오래된 것 같지도 않아 보이는 차종이었는데, 낡은 정도는 놀라울 정도였다. 삼국시대나 고려시대에 자동차를 만들 기술이 있었다면, 천마총에서 파낸 것이라고 해도 믿을 만해 보였다. 특히 차의 색깔이 매우 이상했다. 불타버린 차를 산 뒤에 칠을 다시 한 것인지, 유치원생이 색칠 공부하는 책에 크레파스로 멋대로 칠한 것 같은 색이 입혀져 있었다.

"차 안 가져왔죠?"

"아, 제 차요?"

한규동은 그 차가 타기 싫어서 자기도 차를 가져왔다고 거짓말하고, 재빨리 어디서 차를 빌리기라도 해야겠다고 속으로 생각했다.

그러고 있는데, 갑자기 두 사람 사이로 한 형체가 튀어나왔다.

"이 사장님!"

한규동은 그 형체와 소리를 듣고 놀라서 이인선의 뒤로 숨었다. 어제부터 계속 무서운 이야기 생각만 하다 보니, 더 놀랄 만했다. 그런데 귀신이 사람에게 "사장님"이라고 부르며 접근해 오는 것은 이상하다 싶었다. 이인선의 뒤에서 나와 보니, 운동복이나 작업복과 비슷한 느낌의 평상복을 입은 한 젊은 여자였다.

이인선이 그 사람에게 말했다.

"깜짝 놀랐잖아. 왜 그렇게 확 튀어나오고 그래?"

"죄송합니다. 이 사장님, 이번에는 꼭 부탁드립니다. 사장님이 만날 도망가시고 그러니까 제가 어쩔 수 없이 갑자기 튀어나오는 수밖에 없었습니다."

"김 기자는 기자인데 어휘 선택이 '도망가시고'가 뭐예요. 도망간다는 말이 높임말이랑 안 어울리잖아. '피하시고'라든가, '안 만나주시고'라든가 그렇게 해도 되잖아."

"예, 이 사장님. 이번에는 피하지 마시고 제발 부탁드립니다."

이인선에게 말을 건 김 기자라는 사람은 말을 하다가 곁에 있는 한규동의 얼굴을 보았다. 그러자 그 사람은 대뜸 갑자기 한규동을 향해 허리를 깊게 숙이며 인사를 했다.

"안녕하십니까? 처음 뵙겠습니다. 김 기자입니다."

기자는 한규동에게 자기 명함을 내밀었다. 꽤 이름 있는 언론사의 이름이 적혀 있었다. 직함은 그냥 기자였다. 한규동은 상황을 잘 알 수 없었지만 무심코 자기도 인사를 했다.

"저는 오늘이 입사 첫날이라 아직 명함이 없습니다."

"예? 그러면 이 사장님 회사 신입 직원이십니까?"

기자는 반가워하며 손을 내밀어 악수를 청했다. 한규동은 끌려가듯이 손을 붙들려 악수를 했다. 김 기자에게 이인선이 말했다.

"우리 직원 구워삶아서 정보 빼돌리려고 하지 마. 어차피 우리 직원한테도 물고기 고르는 법은 가르쳐주지도 않았어."

"아니요, 아닙니다. 그냥 저는 친하게 지내려고, 인사드리려고 한 겁니다. 그게 오늘 사신 물고기입니까? 그거 한번 보여만 주시면 안 되겠습니까? 저도 기자 정신이 있는데 아무것도 없이는 돌아갈 수 없습니다."

김 기자는 이인선이 들고 가는 스티로폼 상자를 보았다. 이인선은 김 기자의 시선에서 멀어지도록 상자를 뒤로 숨겼다. 이인선은 상자를 나에게 넘겼다.

"규동 씨, 이거 들고 차에 먼저 타요."

한규동은 상자를 받아들고 이인선의 차를 바라보았다. 귀신이 정말 있다면, 도로를 굴러다니는 저 차가 아닐까 싶었다.

차에서는 비린내와는 또 다른 이상한 냄새가 나고, 그 냄새가 생선 비린내에 섞이는 것 같아 타기 싫었다. 하지만 이인선은 한규동에게 한층 강한 눈빛을 보냈다. 한규동은 차에 탈 수밖에 없었다.

차에 타보니, 안에 널려 있는 것은 냄새 이상으로 혼란스러웠다. 외투나 가방, 서류 쪼가리야 어느 누구의 지저분한 차 안에서 흔히 볼 수 있는 것이었지만, 이 차 안에는 녹슨 휴대용 가스레인지와 휴대용 연료, 냄비며 도마, 칼까지 있었다. 사람이 앉아야 할 자리에 길고 짧은 젓가락과 숟가락이 경쾌하게 이리저리 팽개쳐져 있었다. 한규동은 이인선이 차 안에서 한 사나흘 바깥으로 나오지 않은 적이 있는 것 아닌가 생각했다.

깔고 앉은 숟가락 하나를 치우고 있을 때 이인선이 기자한테 말했다.

"이거는 우리 회사 핵심 기술인데 안 되지. 그러고 보면, 오현명 차장이 참 나빠. 오 차장은 왜 수습기자가 들어오면 취재하고 기사 쓰는 건 똑바로 안 가르치려고 하고, 나 따라다니면서 남의 회사 기술을 왜 배워 오라고 시킨대."

"사장님, 오 차장님께서 저에게 당부하셨습니다. 저도 기자 정신에 위배되는 일을 하려는 것은 아닙니다. 그저, 그냥, 선의로, 제발 조금만 알려주시면 안 될까요? 제가 오늘 사장님 만나 뵈려고 주차장에서 몇 시간을 기다렸습니다만, 조금만 알려주신다면 기다린 것은 하나도 아깝지 않습니다."

"오 차장, 그 양반이 나쁘네. 수습기자 오면 꼭 이렇게 안 될 거 같은 일에 괜히 찔러 넣어서 하여튼 무조건 매달려보라는 식으로 시키죠? 오 차장 요즘도 그래요? '기자는 얼굴에 철판도 깔 줄 알고, 기다리면서 깔고 있을 줄도 알아야 된다.'"

이인선은 누군가의 목소리를 성대모사하는 듯이 말했다. 한규동이 김 기자의 눈치를 보니, 이인선이 흉내내는 말 그대로 들어본 적 있는 것 같았다. 김 기자는 살짝 당황한 듯했다.

"사장님, 그래도 오 차장님이 정말 제일 좋은 선배십니다. 억지로 사쓰마와리다, 하리꼬미다 하면서 이상한 것 시키시는 일도 없고요."

김 기자는 꽤 열정적으로 말하고 있었다. 그러나 이인선은 전혀 관심 없다는 투로 고개를 돌리고 있었다. 김 기자는 다시 이인선 앞으로 얼굴을 들이밀었다.

"오 차장님이 직접 오시려고 했는데, 워낙 중요한 건이 있어서 그랬습니다."

"뭐요? 또 어디 연예인 노출 드레스 보여주는 행사 열렸어요?"

"그 정도만 해도 오 차장님이 포기하고 오셨을 텐데요, 오늘은 무슨 여대 학생회 행사가 있는데 거기 학생이 예쁘다고 소문났다고 하더라고요."

"그런 게 먹혀요?"

"여대 어쩌고 하는 제목으로 해서 사진 얄궂게 찍어 걸면, 인터넷 포털에서는 워낙 클릭 수를 많이 받아먹으니까요. 그래서 다들 그쪽으로 갔는데 저는 그래도 빠지고 사장님 뵈려고 여기 와서 기다린 겁니다."

"말 꾸미는 것만 오 차장한테 배웠나 보네. 뭘 날 보려고 여기로 빠지나. 아직 수습이니까 안 끼워주고 '이인선이한테 또 찾아가 매달려봐라' 하니까 온 거지."

"아니요, 진짜 아닙니다, 진짜. 그런 거면 제가 여기서 그렇게 오래 기다렸겠습니까. 사장님, 오늘은 좀 도와주십시오."

애걸하는 김 기자의 시선은 한규동이 들고 있는 상자를 향하고 있었다. 한규동은 자신이 들고 있는 상자를 보았다. 저 기자라는 사람은 도대체 왜 이 상자 안의 물고기를 애절하게 알고 싶어 하는 것인지 궁금했다.

최고의 미식가들은, 생선 요리 하나 회 한 조각에도 많은 돈을 쓴다는 말을 들은 적이 있었다. 이인선은 아주 높은 가치가 있는 최고 품질의 생선을 고르는 안목이 있을 수도 있다. 많은 사람들이 그 기술을 전수받고 싶어 하는 것이다.

그렇지만 맛있는 생선을 고르는 기술이 공장을 찾아가는데 왜 필요한 것인지, 또 기자라는 사람이 왜 그걸 배우러 다니는지는 알 수 없었다. 그러고 보면 이인선의 기술이라는 것이 단순히 맛있는 생선을 선택하는 것은 아닌 듯했다.

한규동은 가만히 상자를 열어보았다. 상자 안에는 얼음과 생선이 있었다. 이미 생선 비린내가 옅게 퍼진 자동차 안이었지만 상자가 열리자 젖은 생선 냄새가 더 확 풍겼다. 생선은 한규동의 눈에는 그렇게 신선해 보이지도, 그렇게 맛있어 보이지도 않았다. 오히려 맛없고 시들시들해 보였다.

"어어, 그거 열면 안 돼."

이인선이 말했다. 이인선은 한규동을 말리려고 차 안으로 들어갔다. 한규동은 상자를 닫았다. 이인선이 한규동에게 말했다.

"꼭 닫아놔야 돼. 이게 뭐랄까, 숙성된다고 할까, 그런 것도 중요한데 닫아놓는 게 좋더라고요."

한규동은 닫은 상자를 다시 끌어안고 "예" 하고 말하며 고개를 끄덕거렸다. 이인선은 운전석에 앉자 바로 안전벨트를 매고 시동을 걸었다. 떠나려는 이인선을 김 기자는 만류했다.

"이 사장님! 이 사장님, 한번 보여만 주십시오. 제가 사진도 안 찍고 눈으로 보기만 하겠습니다. 카메라 숨겨놓은 거 진짜 없습니다. 진짜입니다. 눈으로만 보겠습니다."

그렇지만 이인선은 김 기자의 청에는 대답하지 않았다.

"다음에는 좀더 밝고 명랑한 상황에서 만나자고. 남의 회사 기술을 공짜로 배우려고 하면 되겠어요?"

이인선은 자동차를 출발시켰다. 낡디낡은 자동차의 엔진 소리는 자동차의 모습만큼이나 이상하게 들렸다. 마치 보닛 아래에 숨겨놓은 동물이 바퀴를 굴리는 것처럼 차가 움직였다.

"글로브 박스 열어보세요. 그 안에 파나 양념 같은 거 있어요? 찌개 끓일 재료 될 만한 거.”

한규동은 글로브 박스를 열어보았다. 조심스레 열었지만 안에 있는 양념통 하나가 굴러 나오며 매캐한 고춧가루가 날렸다. 보지 않아도 아는지 이인선은 자동차 기어를 조작하던 손을 홱 뻗어 떨어지려던 양념통을 붙잡았다. 덕택에 고춧가루가 다 쏟아지지는 않았다.

“있어요, 없어요?”

이인선이 말했다. 한규동이 살펴보니 파가 상했는지 어쨌는지 잘 모르겠다는 문제를 제외하면, 어지간한 재료는 준비되어 있는 듯 보였다.

“예, 대충 찌개는 끓일 수 있을 것 같습니다.”

이인선은 만족스러운 표정으로 자동차의 속력을 높였다.

18

시장통의 좁은 길을 헤치고 나올 때에도 이인선은 차의 속도를 줄이지 않았다. 벽면에 차가 긁히거나 쌓아놓은 상자를 칠 것 같은 아슬아슬한 때가 많았다. 그때마다 한규동은 놀라서 "으워" "어어휴" 하는 소리를 냈지만 이인선은 화려하게 운전대를 꺾어댈 뿐이었다. 팔이 아파 보일 정도로 운전대를 막 잡아 돌리는 것이 운전보다는 약수터 앞에 있는 둥그런 쇳덩이 돌리는 운동을 하는 것 같아 보일 지경이었다. 그러나 솜씨는 대단해서 차는 정중 걸음을 걷듯 좁은 길을 빠져나갔다.

이인선의 재빠른 운전이 한참 이어졌다. 강변의 큰길로 나오자 다른 차들도 많아져서 차의 속도도 같이 느려졌다. 이인선이 중얼거렸다.

"아, 여기는 만날 이상하게 쓸데없이 막히네. 여기 걸릴 줄 알았으면 아까 거기서 조금 더 속도를 내는 건데."

그보다 어떻게 더 속도를 낼 수 있다는 것인지 궁금했다. 일부러 나를 겁주려고 이러는 건가? 한규동은 이인선의 눈치를 힐끗 보았다. 이인선은 싱긋이 웃고 있었다. 농담인가? 그러나 농담이라고 믿고 '하하, 다음부터는 벽을 뚫고 다니죠, 뭐' 하고 맞장구를 치자니 어쩐지 두려웠다.

한참 이인선의 눈치를 보았다. 둘이 나란히 앉아 있는데 아무 말도 없으니 점차 어색해졌다. 한규동은 보통 이럴 때 무슨 이야기를 하는지 생각해보았다. 아까 만난 그 김 기자가 누구인지 물어볼까. 아니면 지금 우리가 어디로 가고 있는 것인지 물어볼까. 이 물고기에 대해서 더 알아보기 위해 '이 물고기 상자는 이렇게 붙들고 있으면 되나요?' 하고 말을 꺼내볼까?

그런저런 생각을 하며 망설이다가 시간이 흘렀다. 그러는 사이에 난폭하게 운전을 하며 위협하거나 자기가 운전을 잘 못해놓고 되레 욕을 하는 운전자가 지나갔다.

그때마다 이인선은 "왜, 이 자식아" "뭐, 이 썩을 놈아?" 하고 창밖을 향해 꼬박꼬박 소리를 쳐주었다. 그 태도가 상당히 위협적이어서, 한규동은 의미 없는 말로 사교적인 대화를 하기가 힘들어졌다.

"아, 참. 요즘에도 여자가 운전하는 차 보면 괜히 더 괴롭히는, 이 순…… 사회의 찌꺼기 같은 놈들이 있네."

이인선은 분노를 털어버리겠다는 듯이 머리카락을 흔들었다. 이인선의 까만 머리칼이 찰랑거리며 흔들렸다. 오전 햇빛에 광택이 같이 따라 움직였다.

한규동은 다시 뭔가 말을 꺼낼 시점을 놓쳐버렸다. 험하게 운전하는 운전자를 같이 욕하면서 대화를 끌어갈까 생각도 했다. 그런데 마침 이인선이,

"아, 미안해요. 이제 옆에 직원도 있는데 이렇게 험하게 말하면 안 되지. 잊자고, 잊자고. 그 자식 언제 길에서 또 만나겠어."

라고 말했다. 한규동은 말할 순간을 또 놓치고 말았다.

한참 말없이 이상한 시간이 계속되었다. 지루하다기보다는 불편해서 일분일초가 더디게 가는 것 같았다. 한규동은 그때그때마다 뭐라고 말을 꺼내볼까 말까 궁리를 하고 있어서 괴상하게 마음이 조마조마했다.

한규동은 너무 아무 소리 없이 가면 안 되겠다고 생각하고,

라디오라도 켜려고 했다. 한규동이 자동차 콘솔을 보며 상자를 한 손으로 들면서 다른 한 손을 뻗었다. 그러자 이인선이 말했다.

“라디오 안 돼요. 고장 났어.”

“아? 예…….”

한규동은 대화 없는 공허한 시간을 막을 마지막 수단마저 날아갔다는 것을 알았다.

19

한참 동안 말없이 도로를 헤매는 동안 한규동은 계속 생각했다. 도대체 이인선이라는 사람은 뭘 하는 사람일까. 나는 뭘 하는 회사에 입사한 것일까. 조심스럽고 미숙한 태도를 보이는 것이 좋을까. 어차피 자신만만하고 헐렁한 태도를 보이는 것이 좋을까. 회사가 구인 광고에 낸 정보 통신 어쩌고는 어떻게 연결되어 있는 것일까. 왜 사장은 대뜸 나한테 무서운 이야기를 해보라고 물었을까.

한규동은 여러 이야기를 이리저리 연결해보며 어떤 사정인지 나름대로 상상해보았다. 그렇지만 상상만 하고 말 일은 아니었다. 도대체 우리 회사가 뭐하는 회사인지는 반드시 한 번은 물어봐야 했다. 보통 면접시험을 보고 나면, 면접관이 '마지막으로 궁금한 것 있으십니까?' 하고 물어보지 않는가. 한규동은 만약에 이인선도 그랬다면, '예, 저는 도대체 여기가 뭐하자는 회사인지가 궁금합니다'라고 물어봤을 것이다. 그런데 이인선이 면접 마지막에 한 말은 곧바로 "내일 공장의 정체를 파헤치러 가자"는 것이었다.

차가 큰 도로에서 빠져나가 언덕배기로 올라가며 점차 좁은 길로 들어섰다. 인적이 드문 곳으로, 좀 위험한 곳으로 가고 있다는 직감이 들었다. 이제 한규동은 대화가 어색한 상황이 중요한 것이 아니라 분명히 물어봐야겠다고 생각했다. 한규동은 '저기요. 그런데요, 사장님' 하면서 말을 꺼내려고 했다.

그런데 지읒 발음을 채 못 꺼냈을 때 이인선이 먼저 말을 꺼냈다.

"라디오 고치는 데 몇 푼이나 하겠어요? 그런데 워낙 요즘에 건수가 없으니까, 여유가 없어서 이런 데 쓸 돈도 없는 거지. 그래도 이번에 이 귀신 나오는 공장 건이 몇 주일 팔아먹을 건수는 될 것 같은데. 이번 건은 꼭 팔아야지."

그 말을 들은 한규동은 겁에 질린 표정이 되었다. 한규동이 이인선에게 물었다.

"그러면 우리는 귀신을 붙잡아서 파는 일을 하는 회사입니까?"

우리가 고스트 버스터즈입니까, 하고 묻는 한규동의 말을 듣고 이인선은 차 안의 거울로 한규동을 쳐다보았다. 이인선의 표정은 오늘 아침 내다버린 탕수육처럼 짜부라져 있었다. 이인선이 말했다.

"우리가 귀신을 왜 잡아요?"

한규동은 이인선의 기세에 압도당했다. '아, 예. 그렇죠. 하하' 하고 웃으며 공기를 가라앉힌 뒤에 다시 주눅든 얼굴로 아무 말도 안하고 있을 뻔했다. 그래도 이렇게 말이 나온 이상, 이번에는 물어봐야겠다는 생각이 들었다.

"그러면 저…… 그…… 우리 회사의, 그…… 뭐죠?"

"뭐지요?"

"그…… 뭐라고 해야 하나…… 그러니까, 수익 모델은 어떻게 되어 있는 겁니까?"

한규동은 '도대체 당신은 뭐하려고 회사를 차렸느냐?'는 질문을 공손하게 표현했다.

차가 산길로 올라가면서 주변 풍경이 점점 낯설어지자 괜히 무슨 무시무시한 범죄에라도 연루된 불법 단체는 아니겠지, 하는 생각까지 들었다. 살인 청부업자나 밀수업자 같은 단어가 깜빡깜빡 머릿속에서 지나갔다. 한규동은 그럴 리 없다는 증거를 머릿속으로 찾았다. 살인 청부업자가 이렇게 낡은 차를 타고 다닐 리가 있겠는가, 밀수업자가 이렇게 번듯하게 차려입고 물건을 빼돌리러 가겠는가.

답을 조마조마하게 기다리는 한규동에게 이인선이 대답했다.

“이번에는 귀신 나오는 공장 이야기를 잘 써서 신문사나 방송사에 팔아야지. 포털 사이트에 바로 팔 수 있는 건수가 있으면 좋은데, 그런 데서는 우리를 아마추어 취급을 해서 돈을 별로 안 줘요.”

“공장을 취재해서 그 이야기를 신문사에 판다고요? 취재는 신문사에서 기자들이 하는 거 아닌가요?”

“요즘 기자들이 바쁜데 취재할 시간이 어딨어. 기삿거리 여기저기서 주면 그거 받아서 적당히 편집한 뒤에 포털 사이트에 올리기만 하는 거지.”

“기자들이 취재를 안 하면 뭣 때문에 바쁩니까?”

“신문사들이 휘청휘청해서 월급도 얼마 못 주는데 그 월급 받고 일하는 데 한계가 있잖아.”

이인선의 말이 질문에 대답이 되는지 어떤지 알 수가 없었다. 한규동은 그래도 이인선의 기세에 또 눌려 그런가 보다

하다가 다시 정신을 차리고 되물었다.

"그럼 우리는 기자입니까?"

"규동 씨, 기자증 있어요?"

"아니요."

"없어요?"

"예."

그러자 이인선은 한쪽 눈을 괜히 찡긋했다. 왜 그러는지 알 수 없었다. 이인선이 말했다.

"아쉽네. 기자증 어디서 만들어 왔으면 좋았을 텐데. 그러면 기자는 아니지."

산길이 굽이치고 있었다. 길을 잘못 들어섰는지 이인선은 차를 몇 번 돌려 나가기도 했다.

"기자가 아니면, 우리가 뭐길래 기사를 만들어서 기자에게 줍니까?"

"우리는 차세대 인터넷 미디어 벤처잖아. 그러니까 인터넷에 뭘 나오게 하는 거랑 관계된 일을 하는 거죠."

한규동은 더욱 알 수가 없어서 이인선에게 다시 물었다.

"죄송한데요. 사장님, 제가 이쪽 일에 경험이 음…… 그러니까 많지는 않아서요."

한규동은 이력서에 써둔 자신의 화려한 경력과 경험이 문득 생각나서 말을 더듬었다.

"사장님, 혹시 예를 들어주실 수 있으실까요? 최근에 어떤 식으로 성공한 수익 모델이 있었는지, 아니 있으셨는지, 아, 수익 모델이 계셨는지."

말을 더듬지 않는 척하다 보니 높임말이 뒤엉켰다. 이인선이 대답했다.

"얼마 전에 무슨 건강 음료 회사 술자리에서 들었는데 한 방울씩만 몰래 타면 안에 있는 알코올 성분이 삭아 없어지는 약을 만들었다고 했거든. 그걸 신문에서 기사로 만들어서 보여주면 광고도 되고 좋잖아요. 그럴 때 우리가 끼어들어서 건강 음료 회사 홍보팀이나 영업팀 사람들 만나 이것저것 알아보고, 몇 가지 조사도 하고 그래서 기사로 올리기 좋게 그럴싸하게 만들어요. 그러면 그걸 신문사나 방송사나 포털이나 아니면 인터넷에 무슨 정보 올리고 돈 벌겠다고 투자금 챙겨온 멋모르는 사람들한테 주는 거지."

"아……. 객원 취재기자, 프리랜서 기고가 그런 건가요?"

"아니지. 그러면 신문사나 방송사에서 돈을 받아야 되는데 그때는 건강 음료 회사에서 돈을 받았으니까."

"그러면, 보자, 음, 홍보 대행사 같은 역할을 하는 겁니까?"

"그럴 때도 있는데, 돈 먹고 기사 썼다는 것처럼 보이면 안 되니까 어떤 때는 신문사 쪽에서 돈을 받을 때도 있기는 있죠."

"신문사에서는 순순히 돈을 주나요?"

"그럴 리가 있나. 기자들은 그럼 뭐 먹고 살아? 대신에 그것보다 더 비싼 광고를 하나 신문사 쪽에 실어줘서 갚는 거지."

"광고 낼 돈은 어디서 나서요?"

"우리는 대가로 건강 음료 회사에 투자를 받지. 그 돈으로 광고를 내는 거죠. 왜, 규동 씨도 봤잖아. 우리 회사 광고."

한규동은 "아……" 하고 깨달음의 탄성을 나직하게 내질렀다. 그제야 왜 이런 회사가 그렇게 멀쩡해 보이는 구인 광고를 신문 지면에 실을 수 있었는지 알 수 있었다.

'차세대 인터넷 미디어 벤처' 회사라면서 서류 가방을 들고 활기차게 어딘가로 걸어가고 있는 남녀 두 명. 그 광고를 볼 때에도 그 사진은 실제 회사 사람들이 아니라 사진 회사에서 구입했음이 분명한 모델이라고 짐작은 했다. 그렇지만 정말로 회사 직원이 자기까지 합쳐 두 명일 줄은 몰랐다. 그리고 그 광고를 보고 이런 회사에까지 지원해야 하나 생각했을 때에는 회사에서 하는 첫 번째 일이 귀신 나오는 공장에 찾아가는 일인지도 전혀 상상하지 못했다.

20

공장의 담장 뒤편에 도착할 때쯤 한규동은 몇 차례의 문답을 통해 회사가 대강 어떻게 돌아가는지 이해할 수 있었다.

"어떤 내용이 제일 잘 팔립니까?"

"제일 잘 팔리는 건, 몸매 좋은 여자 사진이 포함되어 있으면서 제목에는 그런 티 안 나는 그런 거거든요. 예를 들어서 무슨 여대에서 등록금 인상 반대 시위를 하는데, 시위하는 학생 몸매가 확 드러나게 보이게 찍은 사진이라든가."

"우리도 그런 사진 찍으러 다니나요?"

"내가 인물 사진에 이상하게 약해요. 아, 왜 그런지 모르겠어."

이인선이 말했다. 한규동은 전자 회사에서 카메라 개발 일을 하는 동안 사진 촬영을 익힌 일이 있었다. 그중에서도 취미는 사람 얼굴을 찍는 쪽이었다. 그런 사진을 많이 찍다 보니, 얼굴을 잘 알아보고 잘 기억하는 편이기도 했다. 그렇지만 아무 말도 하지 않았다. 모르는 척했다. 이인선은 계속해서 말했다.

"거기다가 그쪽은 너무 몰리거든요. 워낙 다들 잘된다고 생각하고 있으니까. 무슨무슨 여대생, 이런 사진이 황제예요, 황제. 아무리 열심히 취재를 하고 무슨 한국 경제의 미래를 밝히는 글을 만들어내고, 공무원들의 검은 비리가 생길 수밖에 없는 구조를 파헤치는 기사를 열심히 연구해서 이야기로 꾸며도, 인터넷에 올려놓으면 클릭 수 가져가는 거는 몸매 사진 한 장을 못 당해내잖아요. 그렇잖아요?"

한규동은 그렇다고 대답해야 할지 몰라 우물쭈물했다. 이인선이 말했다.

"그래서 그쪽은 너도나도 달려들어서 너무 치열하거든. 사진도 잘 못 찍는 우리가 달려들어봤자 잘될 리가 없고. 그래서 우리는 무서운 이야기나, 무슨 남들이 쉽게 돈 번 이야기 쪽으로 주로 한다고. 왜 사람들이 되게 쉽게 성공한 사람 있다고 하면 배 아파 하면서도 열심히 보잖아. 그것도 저것도 안 되면, 또 뭘 조사하더라. 무서운 이야기, 돈 번 이야기 말고 하나 더 있는데."

"바람난 이야기요."

한규동은 면접 때 이인선이 물었던 질문이 생각나서 대답했다.

"그렇지. 바람난 이야기. 맞아요, 맞아."

이인선이 거기까지 말했을 때 차가 멈췄다.

이야기 속의 건물 쪽에 가까운 공장 바깥쪽으로 온 것 같은데 울타리와 벽이 튼튼하게 쳐 있을 뿐 안으로 들어갈 수가 없었다. 도로가 있으니 문이 하나쯤은 있을 법한데, 철망으로 막혀 있어서 안으로 들어설 수는 없었다. 그 너머로 네모난 시멘트 건물이 한둘 보였는데 모두 낡고 인적이 없어 보였다. 저 중에 하나가 무시무시한 일이 일어난 건물인가 생각하니 한규동은 뭔가 몸을 스쳐지나가는 것처럼 으스스했다.

"할 수 없네. 돌아가야겠네."

이인선은 차를 돌려 산길을 다시 내려갔다. 그리고 공장을 완전히 빙 돌아서 정반대 방향에 있는 공장 정문을 향해 나아갔다.

공장 정문은 다행히 열려 있었다. 그런데 그곳의 풍경은 두 사람 모두 한 번도 본 적이 없는 놀라운 모습이었다.

21

“도대체 여기는 왜 이런 집들이 있는 겁니까?”

한규동이 말했다. 한규동의 눈앞에는 누더기와 재활용 방수포와 깨진 항아리 따위로 만들어놓은 수많은 집들이 있었다.

그렇게 임시로 지은 집과 판잣집이 줄지어 있었다. 딸기나 토마토 대신 사람이 들어가 살도록 비닐하우스 비슷하게 만들어놓은 집들도 산비탈을 따라 계속 보였다. 한두 채가 아니었다. 그런 괴상한 집들이 산 한쪽을 거의 다 덮을 정도로 수십 수백 채가 촘촘히 박혀 있었다. 산등성이로 높이 올라가는 즈음까지 집이 들어차 있는 것 같았는데, 산너머가 잘 보이지 않았기 때문에 언뜻 보면 산 뒤로 온 세상이 이 조잡한 구조물로 덮여 있는 것처럼 보였다.

지구가 핵전쟁으로 멸망한 뒤에 살아남은 다치고 병든 소수의 사람들이 이전 문명이 남긴 쓰레기를 모아 건설한 도시 같아 보였다. 좁고 무너질 것 같은 비슷한 구조물 사이에는 갖가지 잡동사니가 쌓여 있었다. 찢어진 비닐 장판 조각, 시멘트 벽돌 덩어리, 깨진 화분, 부서진 자전거, 우유팩, 음료수병 따위가 벽면에 놓여 있었는데, 집을 만들거나 고치기 위해 쓰는 재료인지 아니면 진짜 쓰레기인지 구분할 수도 없었다.

멀리서는 연기가 솔솔 피어오르는 집도 있고, 매캐한 냄새와 뭔지 모를 이상한 악취가 희미하게 섞여 구조물 사이를 오가고 있었다. 사람은 이상하게 거의 보이지 않았다. 한두 사람만이 무슨 생각을 하는지 알 수 없는 표정으로 장승처럼 가만히 서서 이쪽을 쳐다보았다. 나머지 구조물에는 아무도 없는 것 같았다. 핵전쟁 뒤에 남은 사람들이 도시를 만든 것이 이곳이라면, 파괴된 세상에서 결국 살아남지 못하고 인류가 완전히 멸망하고 난 뒤 남은 유적이라고 할 만했다.

이인선이 말했다.

“여기에도 이런 동네가 있었나? 지도에서는 못 봤는데.”

그 지역의 모습은 볼수록 기괴하였다. 언뜻, 정말 위험하고 악한 것이 그곳의 중심에 있어서, 사람들을 몽유병자처럼 끌어들여 사라지게 만드는 것 아닌가 싶을 정도였다.

뒤돌아보니 저 아래로 높은 빌딩이 빽빽하게 들어찬 산 아래 도시가 보였다. 땅이 높아 멀리까지 잘 보였다. 이곳의 판자 조각과 비닐하우스 덩어리들과는 너무 다른 화려한 도시의 풍경이라 마치 신기루 같아 보일 정도였다. 멀지 않은 곳에 건물 위로 커다랗게 솟은 전광판 화면이 번쩍이고 있어서 풍경은 더 요란해 보였다. 전광판에는 아파트값 떨어지는 것을 걱정하는 신문 기사가 출력되고 있었다. "국토부 발표, 아파트값을 떠받치다 보면 정부 파산할지도…… 쓸 수 있는 방책이 없어…… 지방 아파트가 문제" 위급하게 나와 번쩍이는 글자는 과연 핵전쟁을 경고하는 것 같았다.

이 쓰레기로 만든 도시 가운데에 커다란 낡은 공장 터가 있었다. 낡은 공장이라고는 했지만 주변의 판잣집이나 비닐하우스들에 비해서는 비할 바 없이 번듯한 모습이었다. 터가 넓어서 건물과 건물 사이는 훤하게 떨어져 있었고, 건물들도 네모반듯하게 높고 크게 지은 시멘트 건물이었다.

이인선이 차를 탄 채로 공장 안으로 들어가려고 하자 정문을 지키는 경비원이 손짓으로 차를 돌리라고 표시했다. 경비원은 손으로 비탈길 옆의 개천 방향을 가리켰다. 개천 주변에는 공터가 있었다. 그곳에 차를 세우고 들어오라는 것 같았다.

이인선과 한규동은 개천 옆 공터에 차를 세우고 내렸다. 개천은 공장에서 나오는 배수관과 합류한 곳으로, 주변 풍경에 비해서는 놀랍게도 맑아 보였다. 녹색 물이끼와 물풀들에서 지저분하고 비릿한 냄새도 났지만 역겨울 정도는 아니었다. 뭔지 모를 새카만 물고기들도 몇 마리 오락가락하고 있었다.

비탈길을 걸어 공장 쪽으로 걸어가자니 사람 키만 한 표지판이 하나 보였다.

"산마을 주민 최종 명단 – 절대 훼손하지 마시오."

금속 표지판에는 사람의 이름과 주민등록번호가 씌어 있었다.

마치 새로 지은 강당이나 문화회관 따위에, 그곳을 짓는 데 기부한 부자들의 이름을 붙여놓고 기념하는 것처럼 작은 글씨로 빼곡하게 사람 이름을 써놓았다. 금방 눈에 뜨이는 자리인데다 금속판에 새긴 글씨라 함부로 고치거나 바꿀 수 없어 보였다. 왜 주민등록번호까지 써서 길 입구에 세워놓았는지 알 수 없었다.

한규동이 표지판을 멀뚱히 보고 있다가 이인선에게 물었다.

"이게 뭐죠? 이 동네는 왜 이렇죠?"

이인선은 곁에 없었다. 성큼성큼 걸어 이미 비탈길을 한참 올라가고 있었다. 한규동이 두리번거리다가 이인선을 찾았을 때, 이인선도 한규동을 돌아봤다.

"규동 씨, 지금은 그 박스 필요 없어요. 차에 두고 오세요. 지금만 필요 없는 게 아니라 계속 필요 없으면 제일 편하겠지만."

한규동이 품에 스티로폼 박스를 고이 안고 있는 것을 보고 이인선이 말했다. 이인선은 다시 공장 정문으로 향했다. 한규동이 차로 가서 박스를 두고 오니 이인선은 벌써 공장 정문 앞에 서서 경비원과 대화를 하고 있었다. 한규동은 빠른 걸음으로 서둘러 갔다.

이인선은 정문 옆 경비 초소에 놓여 있는 전화기를 들고 있었다.

"에이, 부장님, 왜 그러세요. 저희 무슨 별일이 있는 게 아니라 공장 구경만 하려고 그런다니까요."

이인선은 공장 안에 있는 누군가와 통화를 하고 있는 듯했다. 이인선은 전화기에다 대고 무엇인가를 설명했다.

"맨 뒤에 있는 빈 건물요. 무슨 사연이 있는 건물이라고 하더라고요. 예? 아니에요. 진짜 그런 거 아니라니까요. 무슨 전설이 있는 건물이래요. 귀신 나온다고 하고, 그런 정도예요. 노동자가 산업재해로 사망해서 원혼이 떠돌고 있다는 이야기면 제가 그렇다고 이야기를 하고 부탁을 하겠죠. 진짜 그런 거 아니고요. 엄청 옛날부터 전해 내려오는 전설이라니까요."

이인선은 끈질기게 말을 계속하고 있지만 원하는 대답은 못 듣고 있는 것 같았다. 공장에 들어가기 위해 허락을 받으려고 하지만, 공장의 '부장'이라는 사람이 거절하는 듯했다.

한규동이 바깥에서 들여다보니 공장 안에는 사람이 거의 없는 것처럼 보였다. 넓이에 비해서 인기척은 드물어서 멀리 걷고 있는 사람의 윤곽이 드문드문 보이는 정도였다. 물건을 실어나르는 트럭도 보이지 않았다.

이곳이 이야기 속에 나왔던 그 모든 일들이 벌어졌던 곳일지도 모른다고 생각하자, 사람이 드문 이런 모습에서 뭔가 다른 게 느껴지는 듯했다.

실제로 이야기 속의 배경이 이곳이라는 정확한 증거가 있는 상황은 아니라고 되새겼다. 설령 여기가 이야기 속 공장이라고 해도, 이야기에는 재미로 지어낸 내용이 많이 들어갔을 뿐 사실은 얼마 되지 않을 거라고 일부러 속으로 말해보기도 했다. 이인선이 말했던 것처럼, 이야기 속에서 사실인 것은 공장이 오래된 곳이고, 공장을 물려받을 때쯤 이상한 소문이 돌았고, 조금 이상한 것을 보았다는 것뿐일 수도 있다. 그렇게 이해하고 그것만으로 끝내려고 애썼지만 기분은 뜻대로 되는 것이 아니었다.

"아, 참 쉽게 안 넘어가네."

이인선이 정문 앞에서 뒤돌아섰다. 한규동에게 손짓해 차로 돌아가자고 했다. 공장 안으로 들어가는 것을 포기한 것인가 싶었다. 한규동은 공장에 안 들어가도 된다고 생각하자 갑자기 기뻐졌다.

"이제 어떻게 하죠? 일단 내려가서 어디서든 점심이라도 드실까요?"

한규동은 공장에 들어가는 것은 포기한다는 대답을 명확히 듣고 싶어서 그렇게 물었다. 그런데 차로 돌아온 이인선은 기대와는 다른 대답을 했다.

"별수없네. 가스레인지랑, 냄비랑, 파랑 대충 꺼내주세요. 나는 개울물 옆에 가서 자리 한번 볼게요."

그러더니 생선을 담아 온 스티로폼 박스를 차에서 꺼냈다.

"예?"

한규동은 뭐하려고 하는 건지 물으려고 했지만 이인선은 벌써 차 세워놓은 곳 근처에 있는 개울가를 걷고 있었다.

22

한규동은 점심을 먹자고 했다고 여기서 생선으로 찌개를 끓여 먹는 건가 싶었다.

설마 점심 사 먹을 돈도 없는 회사라서 이러는 건가 의아해하다가도 그것은 또 아닌 것 같았다. 분식집에서 김밥이나 라면을 먹는 것이, 고르고 골라서 사 온 저 생선값보다야 훨씬 쌀 것이다. 게다가 왜 공장과 판잣집으로 겹겹이 둘러싸인 비린내 나는 개천 옆에서 직접 찌개를 끓이는 이상한 수고까지 한단 말인가?

그래도 시키는 대로 주섬주섬 물건을 챙겨 들고 이인선 옆으로 내려가보니 이인선은 스티로폼 상자에서 생선을 꺼내

들고 있었다. 이인선은 생선을 개천의 돌 위에 올려놓았다. 그리고 품안에서 작은 카메라를 하나 꺼내더니 카메라 액정 화면으로 생선을 보았다.

"햇빛 방향이 좀 안 좋네."

그러더니 방향을 바꿔 서서 생선을 다른 돌 위에 올려놓았다. 이인선은 카메라 화면을 보더니 또 생선을 조금 움직였다. 지느러미와 꼬리를 조금씩 매만지기도 하고 옆에 있는 흙을 살짝 집어 생선에 뿌리기도 했다. 그러고는 몇 발짝 물러서서 카메라 화면을 보기도 하고, 또 조금 다가가서 화면을 보기도 했다.

이인선은 한참 동안이나 생선을 조금씩 매만지고 나서야 사진을 찍었다. 처음에는 무표정하더니 한 번 더 사진을 찍고는 얼굴에 만족감이 퍼지는 것이 보였다.

이인선이 말했다.

"규동 씨, 우리 회사 직원이니까 내가 작업하는 거 보여준 거라고. 어디 다른 데 가서 우리가 어떻게 작업하는지 조금이라도 절대 말하면 안 돼."

한규동은 이인선의 당부를 듣자 자기가 뭘 봤으며 뭘 말하면 안 되는지 궁금해졌다. '작업'하는 걸 다른 데 가서 말하지 말라고 하는데, 도대체 무슨 작업을 한 것인가.

"무슨 이야기를 하면 안 되는 겁니까?"

이인선은 알 수 없는 미소 비슷한 표정을 짓더니 카메라에 찍힌 사진을 보여주었다. 사진에는 개울가에 아침에 사 온 생선이 널브러져 있는 모습이 보였다.

물고기 사진을 보니, 한규동은 아침에 뭔 기자라는 사람이 나타나서 생선을 한 번만 보자고, 물고기 고르는 법을 알려달라고 조르던 일이 떠올랐다. 그렇다면 이 사진이, 혹은 이 사진 속의 생선이 김 기자가 간곡히 알고 싶어 했던 '물고기 고르는 법'과 관계가 있을 것 같다는 생각이 들었다. 한규동은 뭔가 깨달을 듯 말 듯했다. 이 모든 일의 영문을 컥 하면서 갑자기 알 수 있을 듯도 했지만 얇은 막 뒤에 가려진 것처럼 아슬아슬하게 뭔지 알 수 없다는 느낌이었다.

한편 이인선은 생선을 손질하기 시작했다. 정말 찌개를 끓이려는 것 같았는데 자연스럽고 능숙했다. 일을 하면서 이인선이 말했다.

"무슨 공장이든지 공장 돌아가면서 연기 나오고 폐수 나오고 하면, 그게 혹시 몸에 나쁜 거 아닌가, 사람들이 신경 많이 쓰잖아. 어쩌면 암 걸린다, 폐병 걸린다, 피부병 걸린다, 이런 소리 하는 무슨 단체니 사설 연구소니 이런 데도 참 많잖아? 그러니까 공장치고 오염이 심각하다는 소식 좋아하는 데가 없지."

한규동은 이인선과 물고기 사진을 번갈아 보았다. 이인선이 계속 말했다.

"특히 뭐가 골치 아프냐면, 신문이나 방송, 아니면 인터넷 어디 그런 데 나오잖아. 그게 대충 묻히면 괜찮은데 분위기를 타면 정치인들이 관심을 가지거든. 왜냐하면 '공장에 오염이 이렇게 심해서 주민들이 암 걸릴 판인데 관공서에서 똑바로 단속을 안 한다'며 욕하기가 좋다고. 지역 의원 같은 사람들이 이런 거 아니면 언제 반대 당 구청장, 시장을 공격해보겠어."

이인선은 한규동에게 파를 건넸다. 찌개에 넣을 파를 손질하라는 뜻 같았다. 그러면서 말을 이어나갔다.

"자, 그러면 관공서에서는 공격을 안 당하려면 어떻게 해야겠어? 뭔가 꺼림칙한 소식이 돈다 싶으면 하여튼 그 공장에 가서 단속을 하고 처벌도 하고 지도도 하고 지시도 하고 난리를 쳐야 돼. 그런데 우리나라에 법도 많고 규정도 한둘 아니잖아? 공장 하나 만들려면 허가를 받아야 하는 것만 113개거든. 뭐가 뭔지 다 알기도 어려워. 담당 공무원들도 작정하고 펼쳐보기 전에는 잘 모를 만큼 엄청 복잡하고 많거든. 그러니까 공장 하나 괴롭히겠다고 찍어서 몰려가 캐고 들면 뭐든 두

서너 건은 위반한 사실이 걸린다고. 작든 크든 몇 건은 걸리기가 쉬워요. 그러면 공장에서 그거 담당하는 직원은 엄청 난처해지거든."

이인선은 생선을 토막 냈다. 그리고 자랑스럽게 말했다.

"그래서 이런 공장에 그런 거 담당하는 직원들은, 어떻게든 애초에 눈에 안 띄고 이야기 안 나가게 하려고 무진장 애를 쓰는 거예요. 그런 사람들 입장에서 공장 때문에 물이 오염된 사진이 나가면 골치 아프거든."

한규동은 사진을 다시 쳐다보았다.

사진 속의 물고기는 방금 전까지 개천에서 자연 속에 어울려 놀고 있었던 것처럼 보였다. 그랬던 물고기가 점점 물이 탁해지면서 알 수 없는 독극물 성분으로 점차 온몸을 뒤틀며 괴로워하다가 서서히 죽어간 것처럼 보였다. 살짝 물이 간 생선의 눈빛은 인간의 탐욕과 기술의 오만이 순박하고 평화로울 줄 밖에 모르는 자연을 어떻게 사악하게 압살했는지, 슬픈 음악의 제일 슬픈 절정에 이른 것처럼 들려주고 있었다.

과연 이인선이 물고기를 고르는 능력이란 것이 무엇인지 알 수 있었다.

23

파를 다듬던 한규동은 한심함, 경멸, 괴로움, 탄식, 자기혐오, 인생무상 다 집어치우고 뛰어 내려가고 싶다는 심경이 팔월의 폭풍우처럼 마음속에서 뒤섞였다. 한규동은 이인선의 말에 놀라 말을 하려다 말고, 또 하려다 말기를 반복했다.

마침내 한규동이 물었다.

"그게 먹힙니까?"

"신문이나 방송에 물고기가 오염되어 죽었다면서 사진 나왔을 때, 그 물고기가 늙어 죽은 건지, 뭐랑 싸우다 죽은 건지, 수온이 안 맞아서 죽은 건지, 아니면 정말 근처 공장에서 나온 폐수 때문에 죽은 건지 의심해본 적 있어요?"

"예?"

"없잖아. 누가 그런 거 생각해? 좀 더러워 보이는 물이 있고, 물고기가 죽어 있고, 그런 거 보면, 다들 근처 공장 때문에 그렇게 된 거 같이 느낀다고. 꼭 그렇게 집어서 말을 해줄 필요도 없어요. 보여주면 그렇겠거니 한다니까."

한규동은 마음속에 휘몰아치는 감정을 진정시켜보려고 노력했다. 한규동은 태연하게 찌개를 만들고 있는 이인선을 보면서 도대체 저 사람은 어떤 가치관과 어떤 인생의 목적을 갖고 사는지 추측해보기도 했다.

잠시 후, 한규동은 용기를 내기로 했다. 이 상황에 대해 이인선에게 곧장 물어보고 그 대답에 따라 행동하기로 했다. 대답에 문제가 있다면, 아무리 구직이 안 되는 형편에 실업으로 고생하고 있는 처지라고 해도 모든 것이 망한 것 같은 산동네에서 당장 뛰쳐나가기로 결심했다.

"저, 죄송합니다만, 이거 누가 보면 공갈 협박이라고 하지 않을까요?"

한규동은 말을 마치자 가슴이 두근거렸다. 조심스럽게 말했지만 그래도 이인선 사장이 벌컥 화라도 내지 않을까 걱정스러웠다. 이인선이 이러고 사는 만큼 한편으로는 폭력배니 협잡꾼하고도 어울려 살고 있기 때문에, 욱하면 칼부림이라도 하는 것은 아닌가 싶었다.

그러나 이인선은 동요하지 않았다. 아무 변함 없이, 한규동이 다듬어 썰어놓은 파를 집어 가면서 대답했다.

"하기야. 옛날에는 무슨 기자니 어쩌니 하면서 조그맣게 뭐 차려놓고 말이야. 지방에 이 공장 저 공장 다니면서 공장 근처에 물고기 죽은 사진 보여주면서, 은근히 공장 담당자한테 연락하는 사람들이 꽤 있었지. 체면 좀 차리는 친구들은 그렇게 위협해서 공장더러 자기 신문에 광고 내라고 해서 돈 벌었고. 좀…… 그러니까 직설적인 친구들은 그냥 이거 어쩌냐고 하면서 들러붙어서 술도 얻어먹고 용돈도 받아먹고 막 그랬지. 소문에는 그런 친구들이 사진 찍는 용도로 죽은 물고기를 갖고 다닌다는 이야기도 있었어요."

한규동은 그 소문 속의 악당이 바로 당신 아니냐고 묻고 싶었다. 이인선은 묻지도 않은 질문에 대해서도 대답했다.

"그런데 그런 식으로 하면 진짜 공갈 협박이잖아? 우리가 사업을 하는 뜻이 있는데 그럴 수는 없잖아요. 그래서 우리는 그렇게 돈을 요구하지는 않아요. 공장 안에 들어가서 조사만 할 수 있게 해달라고 하는 걸로 끝내는 거지. 요즘에는 옛날처럼 그런 짓 하는 사람들은 거의 없기도 하고. 요새 신문사니 뭐니 힘이 있나? 없잖아요. 인터넷 시대에 신문사가 무슨 힘이 있어. 신문사도 을이고, 병인데. 너무 떼쓰고 위협하고 그러면 진짜 큰일나지."

"아무리 그래도 해서는 안 되는 일 같은 느낌이 드는데요."

"그래서 우리는 뭐냐면, 죽은 물고기 사진 찍는 것조차도 안 해요."

한규동은 이미 사진을 찍었는데 그게 무슨 소리인가 싶었다. 그런데 이인선은 준비하고 있는 생선과 요리하고 있는 찌개의 사진도 찍었다.

"우리가 찍는 사진은 개울가에서 생선 손질해서 찌개 끓여 먹는 과정이라고. 그 사진 중의 한 장이 폐수에 오염되어 죽은 물고기 같아 보이기는 하지만 그것도 사실은 재료 사진 찍어놓은 거지."

이인선은 찍은 사진을 자기가 운영하고 있는 인터넷 페이지에 올렸다. 어디 야외에 가서 음식 해 먹은 내용을 모아놓는 사이트 같았다.

"우리가 이 사진 찍은 걸, 방금 그 공장에서 통화했던 대외협력팀 부장이라는 사람하고 공유했거든. 그 양반에게 보여주는 건 생선찌개 끓이는 장면이라고. 이건 죄가 아니지."

찌개를 한번 휘젓더니 말을 덧붙였다.

"거기다가 우리가 무슨 악덕 기자야. 우리는 애초에 기자도 아니잖아."

한규동은 이인선이 행동을 설명하면서 '우리'라고 말을 안 했으면 좋겠다고 생각했다. 한규동이 생각하기에는 아무래도 죄 같았다.

"정말로, 그냥 이렇게 사진만 봐도, 물가에 생선 놓여 있는 것만 보고 그렇게 겁을 먹을까요?"

이인선은 끓는 찌개의 간을 보고 있었다. 그런데 한규동이 그렇게 묻자, 먹던 것을 멈추고 정면으로 쳐다보았다. 이인선의 눈은 진지해 보였다. 정장을 차려입은 모습에 그런 표정까지 더해지자 중대한 작전 사항을 발표하는 군사 지휘관의 모습 같았다.

이인선은 또박또박 말했다.

"분명히 우리한테 들어오라고 곧 연락이 올 거예요."

한규동은 다시 사진을 보았다. 과연 잘 찍은 사진이었다. 오늘 아침의 기자는 훌륭한 물고기를 고르는 능력이 중요한 것처럼 말했지만 그게 다는 아닌 것 같았다. 사진도 묘하게 잘 찍었다. 왼쪽으로 치우친 물고기와 그 뒤로 펼쳐진 개울물과 공장이 한 사진에 나오게 되어 있었다. 물고기는 불쌍하게 죽어 있었고, 왜 죽었지, 라는 생각이 들면 자연히 그다음에는 물이 더러워서 죽었다는 생각을 하게 했다. 그러면 왜 물이 더러워졌지,라는 생각이 들고 그러면 자연히 시선이 옮겨가며, 저 공장 때문에 물이 더러워졌다는 느낌이 쏟아지도록 배치되어 있었다.

물론 생선을 고른 솜씨도 기가 막혔다. 너무 싱싱한 느낌이 아니면서도 언젠가는 살아서 움직이던 물고기라서 마치 지금 생명력을 갖고 살아 있는 나 자신의 건강과 생명을 생각하게 만들었다. 동시에 너무 썩고 상한 느낌은 아니었지만 적절하게 썩은 느낌이 나서, 비참하게 죽었으며 병마 속에서 희생당했다는 상상을 하게 만들어, 저 더러운 물이 나에게 왈칵 덮쳐 올 것 같아 보였다.

도대체 얼마나 무슨 짓을 하고 다녔기에, 죽은 물고기 나오는 개천 사진 찍은 기술로 알려져서 그걸 배우겠다고 따라다니는 사람까지 있을 정도인가. 한규동은 궁금증이 생겼다. 점점 더 이인선은 알 수 없는 사람이라는 생각만 들었다.

얼마 후 이인선의 전화가 울렸다. 공장으로 들어오라는 전화였다.

24

한규동은 이인선과 함께 공장 안을 걸으면서도 계속해서 스스로에게 질문하고 고민했다. '이게 말이 되는 짓인가?' '이런 일에 내가 계속 발을 담그고 있어도 되는가?' '차라리 그냥 좀더 놀면서 말이 되는 직장을 알아보는 게 낫지 않나?' 한규동의 표정은 점차 심각해졌는데 이인선은 전혀 관심을 두는 것 같지 않았다. 이인선은 그저 오늘도 자신의 솜씨가 맞아떨어져서 이렇게 일이 진행되고 있다는 것이 기쁜 듯 보였다. 삶의 고뇌와 가치관의 갈등을 느끼는 한규동의 얼굴에 비하면 이인선의 얼굴은 흉겹게 보일 정도였다.

"예? 그런 거 진짜 하나도 모르고요. 하여튼 우리 공장 이름은 절대 나가면 안 됩니다."

두 사람을 만난 공장의 대외협력팀 부장은 귀신 나오는 건물에 대해서는 반복해서 아는 것이 없다고만 했고, 공장 이름이 직접 인터넷이나 신문 기사에 나오는 것만 금지하고 있었다.

"그건 걱정 마시고요. 저희가 조사 내용 쓰면 쓴 걸 다른 데 뿌리기 전에 부장님께 먼저 보여드릴게요. 사전에 입맛에 맞으신지 어떤지 한번 좌악 보시라니까요. 이렇게 저희를 도와주시는데, 이걸 갚아드리지는 못할망정 폐를 끼치면 안 되죠."

이인선이 말했다. 말하는 것은 너무 부드럽고 능숙해서, 뇌에서 사고를 하고 그에 따라 혀와 성대를 움직여서 말하는 것이 아니라 오징어나 문어 같은 연체동물이 온몸을 움직여 헤엄을 치는 동작과 같이 자연스럽게 입주변이 움직이면서 말소리가 줄줄 나오는 것처럼 보였다.

"그런데 여기저기 알려진 이야기 같은데, 어떻게 공장에서 일하시는 분이…… 정말 전혀 모르십니까? 바쁘신데 여러 가지로 대답해주실 필요는 없고요, 대충 비슷한 이야기 들어본 적 있다 없다만 이야기해주시면 되는데요."

"사장님, 저는 진짜 이야기는 아는 게 없고요. 그 건물에 잘 들어가지도 않아요."

이인선의 눈썹이 꿈틀했다.

"잠깐만요. 그러면 무슨 이야기가 있을 거 같은 건물이 있기는 있나 보네요?"

"예?"

부장은 머뭇거렸다. 말을 잘못했나 싶어 후회하는 눈치였다. 한규동이 보기에는 여기서 더 허점을 파고들어서 캐고 물으면 부장이 실토하겠다 싶었다. 그런데 이인선은 의외로 호호 하고 괜히 웃음을 보이며 편하게 말했다.

"아이고, 아닙니다. 부장님. 시간을 너무 많이 뺏었네요. 그 건물이 어딘지나 알려주십시오."

"아니요, 아니고요. 저는 진짜 이야기는 아는 게 없어요. 일하는 사람들 사이에 안 쓰는 건물에 귀신 나온다, 거꾸로 된 귀신 머리가 나온다, 뭐 그런 소문을 한번 들은 적만 있고요. 진짜 그런지, 그 사연이 뭔지는 전혀 모릅니다. 저는 그 건물 안에 들어가본 적도 없고요. 제가 이 회사에서 일하지만 소속이 이 회사 직원이 아니라, 외주 파견 업체 소속이라서 일주일에 두 번만 여기로 출근하는 것뿐이거든요. 그래서 사정 아는 데 한계가 있어요."

그러고 나서 부장은 다시 한번 공장 이름은 아무데도 노출

시키지 말라고 계속 당부했다. 이인선은 그러겠다고 했다. 이인선은 비슷한 귀신 소문을 다른 사람도 알고 있다는 사실에 이미 기뻐하고 있는 듯했다.

사무실에서 나오자 이인선은 한규동에게 말했다.

"확실히 여기가 맞기는 맞나 보네. 건물 위치까지 이야기 속에 나온 거랑 딱 맞잖아. 맨 뒤쪽에 산비탈에서 제일 높은 쪽에 있는 빈 건물. 야, 이거 신기하지 않아요?"

이인선은 좋아했지만 한규동의 표정은 여전히 밝지 않았다. 그래도 말을 걸기에 대답을 하지 않을 수는 없어서 말을 했다.

"부장이라는 분 캐물으면 더 알아낼 수도 있었을 것 같지 않습니까?"

"아니야. 그렇게 뭔가 약점 잡힌 거 같다고 캐물으면 진짜 무슨 기자 같잖아. 취조하는 것 같고. 우리 방향은 그런 건 아니죠. 물어봤자 더 아는 것도 없었을 거라고. 파견직이라잖아요. 그런데 요즘 이런 데서는 부장급도 파견직으로 사람을 쓰나?"

한규동은 그 '우리' 방향이라는 게 어떤 건지 여전히 혼란스러웠다. '우리'라는 말만 더 안 하면 좋겠다 싶었다. 한규동은 일이 잘못되어서 어딘가에 잡혀서 진짜 취조를 당하게 되면, '저는 오늘부터 일하게 된 직원이고 어떤 일 하는 회사인지 전혀 몰랐고, 저 사람이 시키는 대로 단순한 심부름만 했다'고 변명하는 자신의 모습을 상상했다.

"건물 근처에서 일하고 있는 사람들에게 물어보자고."

이인선은 앞서 걸어갔다. 한규동도 뒤를 따르기로 했다.

그러나 이인선의 생각은 거기서부터 엇나가기 시작했다. 공장 안에도 사람이 거의 없었다. 어디선가 희미하게 기계 돌아가는 소리가 나고 있는 것 같기는 했지만 다른 소리는 별로 들리지 않았다. 회색 시멘트로 포장된 길과 공터만 넓게 펼쳐져 있었고, 창문이 거의 없는 철벽으로 된 건물만 드문드문 보일 뿐 안쪽으로 들어가봐도 사람이 보이지는 않았다.

"아예 아무도 없는 것 같지는 않은데."

알아들을 수 없는 떠드는 소리 같은 것이 잠깐잠깐 들리기는 했다. 사람이 아니라 다른 것이 중얼거리고 있는 건가 싶어 왈칵 겁이 나기도 했다. 그래서 한규동은 주변을 돌아보고, 하늘을 보면서 지금은 아침이고 이런 시간에 귀신을 두려워하는 사람은 없다, 스스로에게 말을 해보았다.

끝에서 하나 앞에 있는 건물을 지나치자 드디어 마지막 건물, 귀신이 나온다는 건물, 이야기 속의 배경이 되는 건물이 나타났다. 지나가는 사람 한둘이 시야에 들어왔다. 이인선은 반가워하며 다가가 '귀신 이야기 아세요?' 하고 물어보려고 했다. 그렇지만 그 사람들은 외국인 노동자로 보였다. 얼굴로 봐서는 인도나 방글라데시 같은 나라 사람인 듯싶었다.

이인선은 잠깐 주저했다. 하지만 포기하지 않고 빠른 걸음으로 그들에게 다가갔다.

"안녕하세요. 혹시, 이 건물에서 귀신, 귀신 나온다는 소문 들어보셨어요?"

이인선은 외국인 노동자들에게 설명하기 위해 말을 천천히 했다. 큰 몸동작으로 건물을 손가락으로 가리켰고, 귀신이라는 것을 몸으로 표현하기 위해서 머리를 옆으로 숙여가며 거꾸로 튀어나온 모습을 나타내려고도 하는 것 같았다. 먼지와 기름으로 더러워진 옷을 입은 그 사람들은 그곳에 어울리지 않는 이인선의 매끈한 정장 차림이 인상적이었는지 관심 있게 말을 들으려고 하는 것처럼 보였다.

이인선이 대화를 시도하는 동안 한규동은 다시 주변을 돌아보았다.

눈앞의 공장 건물은 확실히 낡아 보였다. 그렇지만 육십 년씩이나 된 것 같지는 않았다. 그래도 건물 속에서 흉측한 광경을 본 뒤 그 안을 완전히 태워 없앴고, 그 뒤에도 비슷한 식으로 몇 차례 고쳤다면 이런 모습이 될 것 같기도 했다. 크기가 큰 건물은 아니었다. 다른 공장 건물에 비하면 오히려 작은 편이라서 길가의 단독주택 중에도 이보다 큰 부지가 꽤 있지 않을까 싶은 크기였다.

분명, 쓰지 않는 건물 같아 보이긴 했다. 건물 문은 낡은 쇠사슬로 잠겨 있었다. 창문이라도 돌을 맞아 깨어져 있으면 어울릴 법한 모습이었는데, 그걸 걱정했는지 창문은 꼭꼭 막혀 있었다. 안에 무엇이 있는지는 전혀 알 수 없었다.

"안 되겠네. 말이 안 통하네요."

이인선은 근처에서 만난 사람들로부터 정보를 얻는 것에 실패하고 돌아왔다. 한규동이 말했다.

"이거 쇠사슬에 걸린 자물쇠가 너무 낡아서요. 열쇠가 돌아가겠습니까? 안 돌아갈 것 같은데요."

이 말을 하면서, 한규동은 쇠사슬을 푸는 데 실패하고 지금이라도 이 일을 그만두고 돌아가면 좋겠다고 바랐다.

"모양이 안 좋기는 한데……."

이인선이 부장에게 받은 열쇠를 돌리려고 했다. 자물쇠는 열리지 않았다. 역시 안 열리는구나 싶었다. 그때 한규동은 자물쇠가 안 열리는 걸 자기가 기뻐하고 있다는 점을 깨달았다. 그러자 자기 마음속 한 켠에서 울리던 소리를 이제 확실히 알게 되었다. 나는 이 짓에서 빠져나가고 싶다, 이 일이 실패하고 발을 빼고 나가서 조금이라도 더 말이 되는 일을 하면 좋겠다는 생각이 분명해졌다.

그러자 한규동은 제발 열리지 마라, 열리지 마라 하고 이제는 손이라도 모으고 비는 심정이 되었다.

"할 수 없네. 나도 이거 할 때, 어디 영화나 소설에 나오는 것처럼 옆에 있는 사람한테 '머리핀 좀 잠깐 빌릴게요' 하면서 여유로운 척하고 싶은데. 설마 머리핀 없죠?"

이인선은 한규동의 대답을 기다리지도 않고 자기 머리에서 머리핀 하나를 빼냈다. 머리카락이 삐져나왔다.

"머리 이상하게 헝클어졌죠?"

한규동이 그렇다고 하자, 이인선은 머리 모양을 다시 매만져보려고 하다가, "에에이이" 하는 소리를 내더니 결국 머리핀을 전부 다 뽑아 풀어 내렸다. 그러더니 고무줄로 말총머리 모양으로 묶었다. 손에는 머리핀이 한 움큼이나 있었다.

"왜 머리핀을 빌린다고 하는지 모르겠어. 빌리면 갚아줘야 할 것 아니야. 내 경험으로는 이걸 한번 하면 머리핀이 완전 망가지거든. 똑같은 머리핀을 하나 사서 나중에 갚아준다는 건가."

이인선은 중얼중얼하면서 머리핀을 자물쇠에 밀어넣었다.

몸을 숙이고 자물쇠에 머리핀을 밀어넣기에는 차려입은 치맛자락이 불편해 보였다. 하지만 이인선은 그런 것은 전혀 따지지 않고 자물쇠 입구를 노려보며 집중하고 있는 것 같아 보였다. 손놀림이 서툰 기색 없이 재빨랐다.

"됐네요."

마침내 자물쇠가 열렸다. 한규동은 속으로 안타까워했다.

이인선은 문을 천천히 열기 시작했다. 오랫동안 닫혀 있던 굳은 문이 열리면서 삐걱거리는 소리와 녹이 부스러지는 소리, 모래나 먼지가 긁히고 문질러지는 불쾌한 소리가 났다.

"들어가죠."

열린 문 안쪽은 캄캄했다. 시커먼 어둠뿐 아무것도 보이지 않았다. 이인선은 안으로 걸음을 옮겼다. 한규동은 걸음을 떼려다 망설였다. 하지만 이인선이 거침없이 들어가는 통에 한 걸음만 옮기나, 마나, 정말 들어가나, 정말, 하는 사이에 따라 들어갔다.

시간이 한참 지난 후에도 한규동은 그 순간을 기억할 때가 있었다. 그리고 그때마다 그 순간이 안으로 들어가지 않고 돌아설 수 있는 마지막 기회였다고 생각했다.

25

건물 안이 깜깜했기 때문에 이인선은 카메라의 플래시를 켜서 안을 비추었다. 건물 안은 역시 넓지 않아 보였다. 제품에 문제가 생겨 깊은 밤에 이곳으로 찾아왔다는 키 큰 여자와 대머리 남자의 이야기를 떠올리며 상상한 것에 비해서는 확실히 좁아 보였다. 이야기에 나오는 것처럼 오랫동안 이곳 저곳을 살피고 의심하며 걸어다닐 공간이 있을지 의심스러웠다.

두 사람 모두 아무 말도 하지 않고 있었으므로 주변은 극히 조용했다. 어딘가에서 똑똑 물방울이 떨어지는 소리나 정체를 알 수 없는 사각거리는 작은 소음이 귀에 선명하게 들려왔다. 사각거리는 소리는 쥐가 기어다니는 소리일지도 모른다.

살아 있는 것은 아무것도 없는 것 같은 조용함만큼, 한규동의 머릿속에는 갖가지 상상이 자리를 잡았다. 한규동은 쓸데없는 생각을 하지 않으려고 노력했다. 속으로 '아무것도 생각하지 말자' '아무것도 생각하지 말자' 하며 계속 중얼거려볼까 생각했다.

"아무리 봐도 대한민국 정부 수립 이전에 지어진 것 같지는 않죠?"

조용한 가운데에 소리친 사람은 이인선이었다.

"그 시대 건물이면 여기 이런 모서리 같은 데가 목조로 되어 있을 것 같기도 한데. 이런 거 지을 때 흔히 쓰는 시멘트 구조잖아요."

이인선은 그쪽을 보라는 듯이 불빛을 공장 건물 한구석으로 비추며 아래위로 흔들었다. 흔들릴 때마다 어른거리는 불빛 사이에 무슨 형체가 언뜻언뜻 나타나는 것 같기도 해서 한규동은 정신이 어지러웠다.

"요즘 건물 같으면 돈 아낀다고 샌드위치 패널로 뚝딱 지었을 텐데, 시멘트 벽으로 이렇게 쌓아놓은 걸 보면 20세기에 지은 것 같기는 하고. 어쨌거나 그 이야기대로 귀신이 붙어 있는 건물이 있다고 해도 이제 원래의 건물은 완전히 없어진 거니까 걱정할 필요는 없을 거 같고요."

이인선은 불빛을 홱홱 움직이며 내키는 대로 성큼성큼 움직였다. 한규동이 보기에는 그런 모습이 너무 부주의해 보였다. 한규동이 말했다.

"뭐가 붙어 있는 게 꼭 건물이라는 법은 없잖아요. 건축용 내외장재에 귀신이 연결되어 있지는 않을 테니까. 이 장소 자체에 귀신이 붙어 있을 수도 있지 않을까요."

"장소?"

"예, 그러니까, 이 공간요."

한규동이 대답했다. 이인선은 한규동을 쳐다보았다.

"이 공간이 우리가 보기에는 항상 딱 여기 멈춰 있는 자리처럼 보이지만, 이 공간이라는 게 이 자리에 가만히 있는 게 아니라고. 이 공간에 가만 붙어 있는 것도 쉬운 게 아니라니까."

이인선은 한규동의 표정을 보고 웃었다. 이인선이 말했다.

"지구가 돌잖아. 지구가 스스로 도는 속도가 시속 1600킬로, 지구가 태양을 도는 속도가 시속 10만 킬로미터. 사실 이 공간은 가만히 있는 게 아니라 시속 10만 킬로미터로 계속 움직이고 있는 거죠. 뭐, 태양계 자체도 움직이고 있고. 그러니까 이 위치를 계속 따라다니려면 귀신이 엄청난 속도로 지구를 따라서 같이 움직여야 된다고."

"우리처럼 여기에 가만히 서 있으면 이 공간에 있는 것 아닌가요."

"사람이나 건물처럼 질량이 있고 무게가 있는 거는 중력을 받고 관성이 있으니까 이 자리에 가만히 서 있어도 지구에 딱 달라붙어서 지구랑 같이 움직이는 거지. 그런데 귀신이 질량이 있고 무게가 있고 그럴까? 아닐 것 같잖아. 뭔가 '다른 차원의 존재' 어쩌고 막 그렇게 말하잖아. 전기나 빛만 해도 질량이 없으니까 번쩍하고 내뿜으면 한자리에 안 머물러 있고 막 멀리멀리 나가잖아요. 그런데 완전히 다른 세계에서 온 뭐가 굳이 중력에, 땅에, 지구에, 달라붙어 있을 이유가 뭐가 있겠어. 그렇게 붙어 있을 힘도 없지."

한규동은 이인선이 하는 말이 농담인지 진지하게 따져보려고 하는 말인지 가늠할 수 없었다. 이인선의 웃는 표정에 막연한 반감이 들어 괜히 찝찝한 표정을 지었다.

건물의 반대편 벽까지 걸어간 이인선은 건물 천장 쪽을 살펴보는 것 같더니 이내 바닥에 불빛을 비추었다. 그 때문에 주변이 다시 갑자기 어두워졌다.

아무것도 없는 어둠이 있는 구석이 보였다. 새까만 검은색이라서 그곳에 뭐가 있는지 알 수 없었다. 한규동은 어두운 곳으로 몇 발짝만 걸어가면 벽이 나오고 다시 출구가 나오는 것을 알고 있었지만, 그 어두운 것을 보고 있으면, 공장의 벽이나 바닥이 있는 것이 아니라 영원히 알 수 없는 세계로 통하는 머나먼 공간이 끝없이 펼쳐져 있을 것 같다는 상상이 들었다.

불빛이 비춰지다가 없어지면서 어두워지는 것이 반복되었다. 눈이 빨리 적응하지 못해 어른거리는 허상이 잠깐씩 생겼다 사라지는 듯하기도 했다. 그 형체 중에 혹시 자신을 노려보는 무서운 것이 있지는 않을까 무섭기도 했다.

한규동은 오랫동안 말없이 있으니 오히려 더 불안해졌다. 한규동이 이인선에게 물었다.

"그러면 사장님께서는 귀신은 없고 이야기 말미에 나오는 어떤 특정한 말이 뇌 속에 들어가면 오류를 일으켜서 귀신을 보게 한다는 게 더 가능성이 높다고 생각하시는 겁니까?"

"설마. 그렇게 멋진 게 있겠어요. 무서운 이야기가 사람들 사이에서 컴퓨터 바이러스나 악성 코드처럼 퍼지고, 그걸 들은 사람의 뇌는 그것에 감염된 컴퓨터처럼 오작동을 한다니, 진짜라고 하기에는 너무 신기하잖아."

이인선은 이제 살펴볼 것은 대강 다 봤다는 듯이 불빛을 출구 쪽으로 비추었다. 그 때문에 뒤에서 따라오던 한규동이 비쳤다. 한규동의 표정이 밝지 않은 것을 보고 이인선은 뭐라고 말을 해줘야겠다고 생각했다.

"그게 사실이라고 해도 걱정할 필요 없어요. 그 이야기에 보면, 바로 이 장소에서 그 이야기를 할 때만 귀신이 보이게 뇌를 망가뜨렸잖아요. 그건 이 장소에 무슨 이상한 특징이 있다는 이야기거든요. 예를 들어서, 이곳의 모습이나 온도나 습도나 뭐 이런 게 피부 감각이나 시각에도 절묘하게 자극을 같이 주기 때문에 귀에 들린 말하고 딱 맞아떨어지는 상승 작용을 일으켜서 사람을 돌게 만든다, 그런 이야기였거든. 어디 그렇게 모든 조건이 딱 맞아떨어지기가 쉬운가. 그렇지는 않을 거라고."

이인선이 웃으며 말했지만 한규동은 조금이라도 빨리 나가고 싶은지 서서히 나가는 문 쪽으로 걸음을 움직였다. 이인선은 한규동을 말렸다.

"그래도 여기까지 왔으니까 하려고 했던 것은 다 해봐야지. 그 이야기, 한번 여기서 해보죠. 그리고 어떻게 되는지 봅시다. 아무 일도 없겠지만 그래도 '이야기를 하는 긴장감만으로 피가 얼어붙는 듯 무섭더라'라든가 '털이 거꾸로 곤두서는 공포감을 느꼈다' 같은 말이라도 한마디 써보려면 이야기는 해봐야죠."

한규동은 "예", "음" 하는 소리만 내면서 서 있었다. 이인선이 재촉했다.

"규동 씨가 처음부터 다시 한번 이야기해보세요."

"제가요? 이야기 속에서는 여자가 남자한테 이야기를 했는데요."

"남자 여자가 뭐 중요하겠어요. 이야기를 좀더 아는 사람이 조금이라도 덜 아는 사람에게 해야지."

"남자와 여자의 뇌 구조의 차이가 있을 수도 있잖아요. 여자는 감성적인 언어를 쓰고 공감을 더 잘하고, 남자는 이성적인 언어를 쓰고 문제 해결에 더 능숙하고, 그렇다던데요."

"무슨, 남자하고 여자하고 뇌 구조 차이가 뭐가 있어. 그냥 여자가 상냥하게 말하는 걸 예전부터 남자들이 좋아했으니까 괜히 남자들이 그딴 식으로 말하는 거지. 남자와 여자의 뇌 구조 차이보다는 사장과 직원의 뇌 구조 차이가 훨씬 크지."

한규동은 이인선의 마지막 말이 이 상황에서 무슨 설득력을 갖는지 모른다고 생각했다.

"이제 사장님도 내용은 다 아시잖아요. 사장님이 해보시죠."

"아, 왜 자꾸 뒷걸음질을 쳐. 알았어. 알았어. 알았어요. 내가 할게."

이인선은 한규동의 팔목을 붙잡아 당기며 건물 중앙으로 끌었다.

그리고 한규동이 불안해하지 않도록 한규동 등뒤의 출구 쪽으로 불빛을 비추고는 잠깐 이야기를 어떻게 할지 생각했다. 곧 말하기 시작했다.

"옛날에, 이 자리에 공장이 있었는데요. 옷 같은 걸 만드는 공장이었대요."

말을 딱 한마디를 했을 뿐인데 한규동의 눈이 갑자기 확 커졌다.

한규동의 눈은 이인선을 보고 있지 않았다. 이인선 뒤, 더 높은 곳을 보고 있었다.

한규동은 뭐라고 말을 하려는 것 같았다. 그런데 말을 하지 못했다. 말이 아니라, 뭐라고 벌컥 소리라도 지르려고 하는 것 같았다. 그렇지만 소리도 지르지 못했다. 한규동의 얼굴이 무너져 내리는 것처럼 이상한 모양으로 일그러졌다. 눈은 금방 눈물을 쏟을 것 같았다. 입은 벌어지려는 것을 힘을 주어 다물고 있는 것 같기도 했고, 누가 입을 강제로 틀어막았을 때의 입모양 같기도 했다.

이인선은 한규동이 보는 방향을 향해 뒤돌아보았다.

허공에 형체가 보였다.

그 모습은 어렴풋한 흰색과 갈색이 엇갈린 모양이었다. 희미했지만 형체를 뚜렷이 알아볼 수 있었다. 갈색인 곳은 사람의 머리칼 같았고 흰색인 곳은 사람의 얼굴 같았다. 눈과 코를 알아볼 수 있었다. 입이 보였다. 그 얼굴은 살갗이 거친 비늘이나 이리저리 갈라지고 일어난 것처럼 흉측했다. 분명히 사람의 얼굴 모양이었다. 그리고 거꾸로였다.

거꾸로 된 얼굴은 입을 벌리고 뭐라고 말을 할 것 같았다. 입이 움직였다. 빨간 입안이 보였다. 웃는 얼굴이었다.

26

두 사람은 소리를 지르며 뛰쳐나왔다. 누가 앞서는지 뒤서는지 알아차릴 새도 없이 정신없이 뛰었다. 뒤돌아서서 나오기 직전에 뭐가 왈칵 튀어나오는 것 같기도 했고, 누군가 부르는 소리가 나는 것 같기도 했다. 하지만 뭔지 알아볼 틈은 없었다. 두 사람 모두 돌아서서 뛰기만 했다.

한 사람이 지르는 높은 소리 때문에 옆에 있는 사람은 더 흥분했고, 그 때문에 소리를 지르면 그 소리에 다른 사람은 다시 흥분해 더욱 소리를 지르게 되었다. 누가 먼저 뛰기 시작했는지, 누가 먼저 소리를 지르기 시작했는지도 모를 정도로 발작하듯이 도망친 것이었는데, 차이가 있다면 한규동은 길게 이어지는 소리로 비명을 질렀고 이인선은 여러 번 끊어서 소리를 연달아 계속 질렀다.

겁을 먹고 두려워서 떨며 내는 소리였기에 크지는 않았다. 하지만 두 사람의 다리는 맹렬하게 움직였다. 위험에서 피하려는 본능이 몸을 평소의 몇 배로 강하게 움직이게 하면서도 힘든지 숨이 차는지도 모르게 만드는 것 같았다.

두 사람이 조금이라도 진정한 것은 숨이 차고 피로도가 심해져서 몸을 더 움직이기 힘들어졌을 때였다. 처음 치고 나가 달리는 속도는 한규동이 빨랐지만 오랫동안 쉼 없이 뛸 수 있는 쪽은 이인선이었다.

한규동은 무서워 뛰기 시작한 초반에 너무 심하게 온몸을 움직였다. 가능한 한 최고의 속도로 움직이기 위해 땅을 박차는 다리의 힘이 조절되지 않을 정도로 거세어서, 딛고 올라오는 무릎이 가슴에 거의 닿을 것 같았다. 뛰는 모양도 엉망이었다. 그러니 공장을 벗어날 즈음이 되자 온몸의 근육이 뒤틀리고 막혔던 숨이 폐로 확 몰아쳤다.

한규동의 뛰는 속도는 느려졌다. 그렇지만 이인선은 계속 뛰어 공장 문에 가까운 쪽까지 뛰었다. 차가 세워져 있는 개울가까지 가서 차 문을 열 때까지 멈추지 않고 달려갔다.

한규동은 혹시 이인선이 자기를 이곳에 버리고 혼자 차를 타고 도망가려나 싶어서 불러 세우려고 했다. 그렇지만 숨이 차서 목소리가 나오지 않았다. 한규동은 말을 제대로 못 하고 이상한 소리만 내다가 손짓을 했다. 가지 말라고 기다려달라는 생각으로 손을 휘저었다. 그러면서 조금이라도 공장에서 멀리 떨어지기 위해 남아 있는 힘을 짜내어 어떻게든 더 뛰려고 했다.

"귀신, 귀신……."

한규동은 이인선이 시동을 거는 동안 차에 잽싸게 올라탔다. 뭐라고 말을 하고 싶었는데 전혀 말이 정리가 되지 않아 단어 한두 개와 숨소리에 섞인 거친 소리를 냈을 뿐이다.

이인선도 숨을 헐떡이면서 자동차 기어를 움직이는데 손이 떨리고 혼란스러워서 클러치 조작이 자꾸 엇나갔다. 잠깐 동안이지만 한규동은, 여느 무서운 이야기에 나오는 것처럼 마침 이럴 때에 시동이 잘 걸리지 않아 머뭇거리는 동안 자동차 옆 창문에 철퍼덕하고 악마가 튀어나오지는 않을까 생각했다. 한규동은 눈을 꼭 감았다.

다행히 이인선은 차를 움직이는 데 성공했고, 재빨리 산에서 달려 내려왔다. 어디로 가는지도 알 수 없었지만 일단 공장에서 멀어지는 방향 같기는 해서 한규동은 묻지도 않았다. 이인선 역시 길이 보이는 대로 달릴 뿐이었다.

잠시 시간이 지나자 널찍한 도로가 나타났다. 과속 단속용 카메라와 신호 위반 단속 카메라가 서 있는 길이었다. 이인선은 단속 카메라를 보니 안심이 되었다. 이제는 접해서는 안 되는 위험한 것이나, 넘어서면 안 되는 숨은 경계가 있는 희미하고 알려지지 않는 지역이 아니라, 범칙금과 벌점과 그걸 피하기 위한 GPS 기계의 영리한 안내 음성이 필요한 세계에 와 있다는 증표와 같았다. 동그란 제한 속도 표지판은 '여기서부터 신경쓰셔야 할 것은 쫓아오는 악령이 아니라 제한 속도입니다'라고 말해주고 있었다.

한참 동안 차 안에는 두 사람의 헐떡거리는 숨소리만 들렸다. 그리고 얼마 후 한규동의 귀에 이인선의 말이 들려왔다.

"이거 괜찮네. 확실히 팔릴 건수가 되겠네."

한규동은 아직도 눈을 꼭 감고 있었다. 이제 괜찮겠지 방심하고 살짝 눈을 뜨면 눈앞에 무서운 것이 얼굴을 들이밀고 있는 것은 아닌가 싶어 눈을 못 뜨고 있었다. 눈을 감은 채로 한규동이 말했다.

"뭘 팔아요, 뭘요?"

"이런 거 그럴듯하게 적당히 분위기 잡아서 쓰면 괜찮지. 우리가 직접 느낀 게 있으니까 이야기할 건수도 많고. 꽤 팔 수 있을 거라고."

"뭐라고 쓰는데요?"

"일단 더 조사를 해봐야겠지."

"아, 그건 좀 아니지 않나요."

한규동은 눈을 감은 채로 대화하고 있었다. 이인선이 거울로 그 모습을 보았다.

"규동 씨 이제 눈은 뜨죠. 벌써 한강 지나고 있는데."

"아니요."

이인선이 보기에 한규동은 눈을 뜨라는 말조차도 어떤 마귀의 유혹이 아닐까 의심하는 것 같았다. 이인선이 말했다.

"종교 믿는 거 없어요? 본인이 안 믿으면 부모님이 믿으시는 종교라도 없어요? 나무아미타불 관세음보살 이런 거라도 외워요. 그리고 눈 뜨면 되잖아."

그 말이 그럴듯하게 들렸는지 한규동은 잠시 궁리하는 듯하더니 조용히 주기도문을 외웠다. 그리고 천천히 눈을 떴다. 희미한 세상 바깥과 함께 눈앞에 커다랗게 무언가 덮쳐 오는 것이 보였다.

한규동은 깜짝 놀라서 또 소리를 내다가 멈췄다. 다시 보니 그것은 앞에 서 있는 트럭에 그려져 있는 프라이드치킨 광고였다. 닭튀김 가게에 납품하는 차량이었다.

"치킨 광고 그려진 차를 보고 왜 무서워해요?"

"아, 갑자기 무섭더라고요. 살을 팔팔 끓는 기름에 튀긴다는 게 이상하게 무섭고……."

한규동은 이인선을 쳐다보았다. 태연한 척하는 것으로 보였다. 이인선이 말했다.

"그걸 뭐라고 설명해야 그럴듯해 보일까."

"귀신…… 아닌가요? 딱 거꾸로 머리만 튀어나온 귀신이던데요."

한규동은 그제야 자기가 본 것을 이인선도 그대로 보았는지 궁금했다. 같이 소리를 지르며 뛰어나오기는 했지만 이인선의 머릿속에 들어가본 것이 아니니 본 것이 정확히 같은지는 그때까지도 확실히 알 수 없었다.

"그런 모양이기는 했지. 여자 같았고."

"거꾸로고요. 머리카락 길고. 웃고 있고. 맞죠? 웃는 것 같았죠?"

"웃는 느낌이 있었지. 전체적으로 희미하기는 한데. 웃는 게 맞았지. 웃는 것 같았지."

이인선은 차분하게 말하려고 했다. 그런데 말끝이 떨렸다. 한규동은 이인선이 억지로 안 무서운 척하고 농담하면서 자기는 더 강하고 여유 있는 사람인 척한다는 것을 엿볼 수 있었다. 분명히 무서운 것을 억지로 참고 있는 표정이었다.

"그 이야기에 나온 귀신 아니에요? 딱 맞던데."

"이야기대로라면, 뭐가 실제로 튀어나오는 게 아니라 거기서 이야기를 들으면 정신병에 걸리면서 귀신이 보이기 시작한다는 거잖아."

"그러면 우리가 미친 거예요?"

"그건 아니지. 미친 것 같지는 않잖아."

"원래 미친 사람이 자기가 미쳤다고 하지는 않잖아요."

"그렇다고 자기가 미쳤다고 하는 사람을 제정신이라고 쳐야 되는 것도 아니잖아."

"미쳤다고 해도 미친 거고, 안 미쳤다고 해도 미친 건가요? 무조건 미치는 건가."

한규동은 무슨 말을 하는 줄도 모르고 주절거렸다. 이인선이 한규동을 진정시키려고 했다.

"다른 사람이 봐주고 판단하자는 거지. 규동 씨, 자기 생각에 자기가 미친 것 같아요?"

"아니요."

"내가 보기에도 그런 것 같지는 않거든. 그러면 나는? 나는 어때요?"

한규동은 '사실 100% 정상은 아닐 수도 있지 않을까 의심은 하고 있습니다만, 그래도 완전히 미쳤다고 말할 정도는 아닐 가능성이 높은 것 같아서'라는 말을 하고 싶었다. 그렇지만 잠깐 망설이다가 덧붙는 말은 생략하고 짧게 대답했다.

"아니요. 사장님도 안 미치신 것 같은데요."

"그러면 우리가 미친 것은 아닐 거거든. 그러니까, 미쳐서 그런 게 보인 건 아닐 거라고."

"만약에 우리가 동시에 미쳤으면 서로 확인해주는 게 믿을 만한가요?"

"일단은 그렇다는 거지. 게다가 아무리 그래도 정신병 때문에 엉뚱한 게 보인다고 한다면 이렇게 정확히 똑같은 게 보이겠어요?"

"그 이야기랑 장소가 워낙 절묘해서 누구한테나 비슷한 환각을 보이게 하는 걸 수도 있잖아요."

"설령 그렇다고 해도, 보이는 시간까지 정확히 똑같다는 건 이상하지. 하다못해 사람이 잠을 잘 때도 서로 잠드는 시간이 다르고, 최면을 걸어도 잘 걸리는 사람 잘 안 걸리는 사람이 있잖아요. 일이 분도 차이 안 나고 동시에 이상한 게 보일 수가 있나? 두 사람 뇌가 그렇게 똑같을 리는 없죠."

한규동은 같이 무서워서 뛰었지만 자기보다 이인선이 훨씬 더 잘 뛰었던 것이 기억났다. 그리고 어쨌거나 이인선이 그걸 보고 나서도 지금 덜 무서워하고 있고, 최소한 무섭지 않은 척 더 잘 억누르고 있다는 사실도 깨달았다. 그러므로 두 사람은 분명히 차이가 났다. 그렇다면, 아무리 놀라운 이야기의 힘이 있다고 해도, 두 사람의 뇌가 손상되는 속도에 차이가 있어서라도 똑같은 순간에 환각을 보기는 어려울 것이다. 그 말은 그럴듯하게 들렸다.

"뭔가 있기는 있었다는 이야기인데."

한규동은 아까 본 얼굴을 떠올렸다.

머릿속에 두드려 박은 듯이 그 모습이 또렷하게 기억났다. 흐릿했지만 분명히 얼굴 같은 형체였다. 어렴풋이 목 아래 부분도 회색으로 뭔가 보이는 것 같았지만 얼굴만 보고 도망쳤기 때문에 다른 부분을 자세히 보지는 못했다. 하얀 얼굴, 긴 머리카락, 새빨간 입. 세상 모든 사람을 가소롭게 여기듯 웃는 표정. 그런 게 꿈이나 환각이 아니라 그 자리에 있었다. 그래서 두 사람이 동시에 보았던 것이다.

"뭐가 그렇게 보인 거지."

이인선도 한규동이 한 말을 받아서 중얼거렸다.

"귀신요?"

"아, 귀신 아니라니까."

"정말 그 모습이 보였잖아요. 저도 귀신 잘 믿고 그러지 않거든요. 어디 무당한테 돈 주면서 붙은 귀신 떼어달라고 하고 그런 적도 없고요. 그런데 그 형상이 보이니까 악령이나 그곳을 맴도는 유령 그런 게 제일 먼저 생각날 수밖에 없잖습니까."

한규동의 말에 이인선이 대답했다.

"이상한 게 보였다고 갑자기 귀신이라는 전혀 말도 안 되는 걸로 이야기가 건너뛰면 안 되죠."

"그러면요? 뭐가 보인 겁니까?"

"하여튼 귀신은 아니지. 뭐가 보였다는 거는 눈에 보이는 빛이 있었다는 거고, 눈에 보이는 빛이라는 거는 가시광선이라는 거고. 확실한 거는 거기에 가시광선, 그러니까 400에서 700나노미터 정도 길이 파장의 광자가 있었다는 것이지. 뭐가 됐든."

그 말을 하고 나서 이인선은 스스로 느끼는 바가 있었는지 갑자기 힘찬 말투가 되었다. 한규동은 그 말투에도 역시 일부러 농담으로 무서움을 잊고 싶어 하는 기색이 뚜렷하다고 생각했다.

이인선이 말했다.

"귀신이라는 게 있어서 눈에 보인다면 보인다는 자체도 구구하지 않아요? 완전히 이 세상과는 다른 차원의 신비로운 뭔가가 귀신인데, 그 귀신이라는 것이 굳이 사람 눈에 무섭게 보이려고 하필이면 400에서 700나노미터 사이의 전자기파를 발산한다고? 억지 같잖아."

"그러면 그게 뭐란 말입니까?"

한규동은 말을 하면 할수록 머릿속에서 그 얼굴이 점점 더 또렷해지는 것 같았다. 얼른 잊고 싶은데 '잊어야 된다'는 다짐을 할수록 왜 잊어야 하는가 하는 생각과 저절로 연결되면서 그게 얼마나 무서운 모습이었는지 다시 강하게 인식됐다.

이인선은 곰곰 궁리하는 것 같았다. 고개를 이쪽저쪽으로 돌리더니 몇 차례 입맛을 다시듯이 혀를 움직였다. 그런 것을 몇 번 반복한 끝에 이인선은 한규동에게 다시 물었다.

"규동 씨, 규동 씨는 애초에 그 이야기를 누구한테 들었어요?"

한규동은 바로 대답을 하지 못하고 머뭇거렸다. 이인선은 그 머뭇거림을 놓치지 않고 거울로 보았다.

"아는 사람한테요."

"제대로 알려줘. 설마 모르는 사람이겠어요? 모르는 사람이 왜 갑자기 붙잡고 무서운 이야기를 해주겠어. 짧지도 않은 이야기를."

"뭐 이런 이야기를 자주 길게 한 친구는 아니고, 한 번 봤는데 그것도 너무 오래돼서요."

"그 사람 찾아가서 이야기를 더 캐보자고."

이인선의 말을 듣자 한규동은 안색이 바뀌었다.

"어, 그건 안 될 듯한 예감인데요……."

"왜요? 싸운 적 있는 사람이에요? 잘 모르는 사람이라면서?"

"모르는 사람은 맞는데요. 하여튼 별로 만나면 안 될 거 같은 예감이라서요."

"아, 뭘. 괜찮아. 연락처나 주소만 알려주면 내가 연락하고 알아보고 말도 내가 다 할게. 규동 씨는 누군지만 알려주면 돼요."

"그냥 인터넷에서 비슷한 이야기가 얼마나 퍼져 있는지 찾아보면 안 될까요?"

"규동 씨, 뭘 그렇게 수줍어하고 그래. 내가 안 부끄럽게 알아서 한다니까. 부모님 원수야? 아니면 옛날 여자친구야?"

이인선은 말을 마치고 방긋 웃으려고 했는데, 마지막 말을 했을 때 한규동의 얼굴이 벌게지는 것을 보았다. 이인선은 하필이면 옛날 여자친구가 맞았다는 걸 직감했다. 난감했다. 그런데 그래도 웃으려고 하다가 갑자기 안 웃으면 눈치챘다는 사실이 들통날 것 같아서 안 웃을 수도 없었다. 이인선은 억지로 웃었다.

"아, 뭐, 하여튼, 그래, 뭐."

이인선은 이어갈 말을 찾지 못하고 헤맸다. 어떻게든 말이 이어지도록 추슬러야겠다고 생각한 이인선은 자기도 비슷한 말을 꺼내야겠다고 생각했다.

"내가 사실은 오늘 아침에 만났던 김 기자 상사라는 오 차장하고 옛날에 사귄 적이 있는데요."

말을 하고 보니, 이인선은 이런 이야기를 떠들어봐야 소용없을 것 같았다. 내가 흙탕물에 뛰어든다고 해도 상대방 옷이 깨끗해지지는 않는다. 이인선은 다시 하하 웃었다.

"그렇죠. 회사에서 괜히 이런 사생활 이야기를 쓸데없이 할 필요가 없지. 그렇지 않아요? 뭐. 하여간, 하여튼, 뭐. 그런데 정말 아, 궁금하네. 뭐였을까."

한규동은 고개를 숙여서 눈을 피하고 있었다. 어떻게든 얼굴에 힘을 주어 식혀보려고 했는데, 얼굴을 차갑게 만드는 힘이 있을 리 없었다. 계속해서 얼굴은 뜨거웠다.

한규동은 지금만큼은 그 무서운 얼굴에 대해서도 공장에 얽힌 이야기에 대해서도 잠깐 잊게 되었다는 것을 깨달았다. 한규동은 한숨을 쉬었다. 아직까지 예전 여자친구에게 연연하고 있었던 것이다. 다른 무슨 생각을 하는 동안에도 먼저 생각나는 사연이 있고, 그게 아직도 잊지 못한 사람에 관한 일이라는 것이 분명해졌다.

한규동은 한숨 쉬는 것을 마치고 말없이 있었다. 그리고 자동차가 다음 신호에 멈춰 섰을 때, 이 공장에 대한 사연을 누구에게 들었는지 이인선에게 이야기했다.

27

이인선과 한규동이 도시를 가로질러 도착한 곳은 "예술 창작 공동체"라는 말로 시작하는 긴 설명이 붙은 건물이었다.

이인선은 이야기를 해준 사람이 미술 하는 사람이라는 말을 듣자 바로 전화를 걸었다. 그러고는 몇몇 잡지사 이름을 대면서 그런 사람들하고 같이 일하는 사람이라고 자기를 소개하더니 만나고 싶다고 했다. 갑자기 찾아뵙게 되어서 죄송하다고 여러 차례 말하기는 했지만, 전화를 받는 쪽에서는 반가워하는 눈치였다.

"예술 하는 사람이면 다들 유명해지고 싶어 하니까, 우리가 찾아가겠다는데 거절할 이유가 없지. 일단 만드는 사람이

유명해져야 뭘 만들든 팔리고 돈이 되는 판인데."

이인선은 약속을 잡는 데 성공하여 기뻐했다.

그러나 옆자리에 앉은 한규동의 표정은 여전히 내던진 돌덩이 같아 보였다. 이인선이 갖가지 말로 한규동을 설득해서 찾아가는 것까지는 이야기가 되었지만 여전히 싫어하는 눈치였다.

이인선은 피식거리며 바람이 빠지듯이 밝은 얼굴의 웃음기를 거두어들였다. 이번에는 심각하게 고민하는 표정을 지어가며 일부러 잘 들리는 소리로 말했다.

"도대체 그 거꾸로 튀어나온 얼굴은 뭐였을까?"

이인선은 한규동이 무슨 말이든 꺼내고, 거기에 대해서 다시 떠들며 이야기하게 되기를 바랐다. 그러나 한규동은 말이 없었다. 창밖을 보고 있을 뿐이었다.

건물 앞에 차를 세웠다. 건물은 일부러 건축가가 뽐내려고 설계한 곡선과 장식이 두드러지는 모양이었다. 기계에서 갓 뽑아낸 요구르트 아이스크림과 오징어 머리 모양이 섞인 건물이었다. 건물은 출입구와 계단이 커서 꽤 널찍널찍해 보였다.

"이만한 건물에 입주해서 일하려면 돈도 꽤 나가겠는데. 건물도 건물이지만 도심에서 이렇게 가까운데, 임대료가 보통이 아닐 거고. 사실 돈 무지 잘 벌고 엄청 유명한 화가고 그런 거 아닌가?"

이인선은 어떻게든 밝은 쪽으로 몰아보려고 더 놀라는 척하고 더 감탄하는 척하며 말했다. 한규동이 말했다.

"걔가 그렇게 유명했으면 우리를 쉽게 만나주지는 않았겠죠."

목소리는 무겁기만 했다. 이인선은 그 말이 맞다 싶었다. 그러나 다시 웃으며 말했다.

"그러면 아버지나 어머니가 돈이 엄청 많아서 돈 걱정 없이 취미 삼아 일하나? 아니면 할아버지 할머니가 엄청 돈이 많던가."

이번에는 한규동은 아무 말도 하지 않았다.

이인선은 그후로도 계속 밝게 말하려고 노력했다. 입주한 화가와 작가 들 이름이 붙은 명패를 보고 한규동이 알려준 이름을 찾으면서도 괜히 "어디 보자, 장혜경, 장혜경, 장혜경이 어디 있나, 서, 소, 송, 신, 장, 장혜경, 장혜경 여기 있네"라고 말하고, 그러고 나서도 "2층, 2층이네? 엘리베이터가 어디 있나. 2층밖에 안 되는데 걸어갈까?"라고 말하기도 했다. 그러나 한규동은 묵묵히 이인선 뒤를 따라올 뿐 처진 모습은 그대로였다.

장혜경의 작업실을 찾아 문을 열어보니 안이 깜깜했다. 작업실 안쪽에 작은 전등이 하나 켜져 있는 것처럼 흰빛이 보일 뿐이었다. 아무도 없는 듯 별다른 소리도 들리지 않았다.

이인선은 한규동을 돌아보았다. 작은 목소리로 물었다.

"규동 씨는 밖에서 기다릴 거예요, 어떻게 할래요? 나 혼자서 만나도 되긴 되는데."

한규동은 어두운 작업실 저편을 살펴보았다. 벽 모서리에 가려 작업실에서 일하는 사람은 보이지 않았다. 한규동은 그 사람의 얼굴을 다시 한번 보고 싶다는 충동을 느꼈다.

"아니요. 저도 같이 가겠습니다."

두 사람은 같이 작업실 안으로 들어섰다.

엉뚱한 것을 밟지나 않을지 조심스럽게 걸음을 옮기면서 이인선은 주변을 두리번거렸다. 벽면은 회색 시멘트 마감이 그대로 드러나 있었다.

"안녕하세요?"

인사를 하면서 좀더 안쪽으로 들어가보니 한쪽 편에 환하게 빛나는 것이 보였다. 벽 한쪽 면에 세워진 커다랗고 허연 캔버스가 보였다. 벽 한쪽을 캔버스가 거의 다 차지하고 있었다. 어둠을 밝히고 있는 빛은 빔 프로젝터였다. 컴퓨터에 연결된 빔 프로젝터가 캔버스에 사진 한 장을 보여주고 있었다.

요트를 타고 있는 사람들이 시끌벅적하게 파티를 벌이는 풍경이었다. 수영복부터 한복까지 다양한 옷을 차려입은 남녀가 요트를 타고 있었는데, 무슨 음악이 나오는지 춤을 추는 모습으로 즐거워하고 있었다. 다들 얼근하게 취한 것 같아 보이기도 했는데, 이상하게도 웃는 얼굴이 자연스러운 사람은 하나도 없었다. 다들 너무 기쁨을 표현하려고 애를 쓰는 얼굴이었는데, 무엇 때문에 그렇게까지 즐거워하는지는 알 수 없었다. 그 알 수 없다는 점 때문인지 사진은 괜히 불길하고 무서워 보이기도 했다.

"아."

한규동은 그 사진을 알아보았다. 신기해하던 이인선과 달리, 한규동은 그 사진을 기억하고 있었다. 몇 년 전 장혜경과 같이 간 여행에서 찍었던 사진이었다. 그 여행에서 있었던 온갖 우스웠던 일, 놀랐던 일, 부끄러웠던 일, 후회됐던 일이 한꺼번에 떠올랐다. 사진을 본 한규동은 발걸음을 떼지 못하고 멈춰 섰다.

사진 앞에 한 사람이 서 있었다. 캔버스에 크게 비친 사진 영상 앞에서 붓을 들고 있었다. 캔버스에 비친 사진의 윤곽을 따라 선을 그리고 있었다. 비친 모습을 그대로 따라 그리는 것이라서, 캔버스에 남아 있는 그림의 외곽선은 사진처럼 정확한 모습이었다. 그러나 그대로 인쇄해서 복사하는 것이 아니라, 물감을 바른 붓으로 윤곽선과 몇몇 면만을 독특한 색깔로 그리는 것이었으므로 전체 그림의 느낌은 사진과는 매우 달랐다. 사진 속 사람들을 2차원으로 납작하게 누른 뒤에 뼈대만 남긴 모양 같기도 했고, 사람들 주변으로 펼쳐져 나오는 온기나 취기를 물감의 알록달록하고 번들거리는 색으로 표현한 모습 같아 보이기도 했다.

"장혜경 선생님? 안녕하세요, 이인선입니다."

이인선은 작업하고 있는 사람을 향해 부르면서 말했다. 장혜경이 고개를 돌릴 때, 그 얼굴이 나타날 때에, 한규동이 훅하고 심호흡을 하는 것이 느껴졌다.

"안녕하세요. 어? 규동이, 너. 진짜 규동이 맞네."

장혜경이 한규동을 알아보았다. 한규동을 보고 반갑게 웃는 것이 밝아 보였다.

"안녕하세요, 선배."

한규동이 인사했다. 일곱 음절밖에 안 되는 인사를 하는데도 음성을 일정하게 내뱉는 데 실패해 떨었다. 장혜경이 말했다.

"한규동이라는 직원한테 이야기를 들었다고 하길래 너랑 이름 같은 한규동인지, 진짜 너일지, 혹시, 혹시, 했는데. 정말 너일 줄은 몰랐다. 야, 신기하다. 너 그런데 예전에 무슨 전자 회사 연구원으로 취직했다고 소식 들었는데, 또 무슨 일 하는 거야?"

"예."

한규동은 그저 웃기만 할 뿐 답을 하지 못하고 있었다. 하기야, 한규동도 지금 자기가 뭘 하고 있는지 잘 모르고 있었다. 회사에 입사해서 처음 출근한 것이 오늘 아침이었고, 회사가 어떻게 돈을 버는지 어렴풋하게라도 알게 된 것이 고작 몇 시간 전이었다. 그 돈을 버는 과정에서 자기가 도대체 어떤 역할을 하며 무슨 일을 하는지는 아직 설명할 줄 몰랐다.

이인선은 장혜경에게 공손히 인사하고 자기를 소개하면서 명함을 건넸다. 장혜경도 같이 인사말을 건넸다.

이인선이 보기에 장혜경은 자신만만하고 유쾌하면서 또한 공손하고 예의 발라 보였다. 그러면서도 자기가 꾸준히 해온 한 가지 일에 대한 깊이를 갖고 있는 것처럼 보이기도 했다. 번잡하게 시달리는 일 없이 여유를 갖고 오랜 시간 자기가 목표로 한 일에 집중하면서 여러 가지 가능성을 찾아 그 안에서 다양한 도전을 해온 사람. 그런 식으로 소개할 수 있겠다고 생각했다. 장혜경에게는 자유롭게 생각할 줄 아는 분위기도 느껴졌다. 믿음직스러워 보였고 결국 성공할 것 같아 보인다는 인상까지 받았다.

이인선은 뭐라고 자신을 소개해야 할지 망설이고 있는 한규동을 보았다. 누가 봐도 찌들고 걱정이 많은 얼굴이었다. 직장 생활을 하면서도 어떻게 해야 상사의 심기를 거스르지 않을지 눈치만 살피며 마음 고생해온 비굴함이 얼굴 바탕에 남아 있었는데, 그나마 직장을 잃고 실직해서 헤매는 동안 자신감을 잃어 겁먹은 모습과 생계를 잇는 데 하루하루 걱정한 괴로움까지 검버섯처럼 얼굴을 한 꺼풀 덮고 있었다.

창의적인 생각을 할 줄 아는 자유로운 도전자라기보다 대출금 갚을 걱정으로 영혼까지 답답해진 사람 같아 보였고, 여유롭고 예의 바른 사람은커녕, 매일 어딘가에 시달리고 불안해하는 데 이력이 나 지친 모습이었다.

과연 두 사람이 연인으로 어울릴 수 있었을까? 이인선은 잠깐 상상해보았다.

"알고 계시겠지만, 이쪽은 저희 회사 한 이사입니다."

이인선은 한규동이 자기소개를 망설이자 나서서 말했다. 한규동은 그 말을 듣고 '뭐요? 이사요?' 하고 소리를 내서 말할 뻔했다. 하기야, 무슨 직함을 달고 일하게 될지도 아직 말한 적이 없었다.

"한 이사, 명함 없어요? 장 선생님께 명함 하나 드리세요."

이인선이 말했다. 한규동은 명함은 무슨 명함이냐 싶었다. 협잡꾼 비슷한 일만 하고 다니는 이인선이 명함을 갖고 있다는 것도 지금에야 알아차린 판이었다. 한규동이 "명함이 없네요"라고 말하자 이인선은 일부러 소리를 내어 웃더니 말했다.

"오늘 아침부터 여기저기 사람 많이 만나고 다녔더니 벌써 명함이 없네요."

한규동은 아침부터 자기가 만난 사람들을 생각해보았다. 수산 시장의 생선 장수, 죽은 물고기 고르는 방법 배우려고 달려들던 김 기자, 파견직으로 나와 있는 공장의 부장 정도였다. 사람이라고 해야 할지는 모르겠지만, 무서운 얼굴로 거꾸로 튀어나온 귀신도 아까 보기는 했다. 거기에다 대고 명함을 줄 수 있는지는 모르겠지만.

"한 이사랑 제가 같이 하고 있는 사업이, ICT 융복합 쪽 벤처를 하면서 미디어 큐레이션 매시업 서비스를 지향하는 스타트업인데, 아무래도 이게 콘텐츠 셰어링 클라우드를 팔면서 사업을 하다 보니까 사람 만날 일이 너무 많고 그러네요. 죄송합니다."

이인선은 그럴듯한 단어를 떡칠하듯이 갖다붙이면서 장혜경에게 설명했다. 이인선이 과장해서 하는 말을 어디까지 믿는지 알 수 없었지만 장혜경은 역시 예의 바르게 고개를 끄덕이면서 밝은 목소리로 받아주었다.

장혜경은 한규동에게도 말했다.

"한동안 아무 연락도 없더니 사업한다고 그랬구나? 야, 너 대단하다."

한규동은 "예? 아, 아뇨" 하면서 긍정인지 부정인지 무슨 뜻을 가진 말인지 뜻도 없는 말인지도 모르는 말을 했다. 그리고 장혜경의 미소에 맞춰서 따라 웃더니 얼굴을 다시 붉혔다.

한규동이 흘깃흘깃 쳐다보면서 그동안 장혜경은 어떻게 변했는지, 지금 어떤 처지로 지내고 있는지, 자기에 대해서는 어떻게 생각하고 있는지, 여러 가지 가정으로 무수히 추측하고 상상하는 동안 이인선은 장혜경과 필요한 대화를 나누었다. 이인선은 장혜경이 하고 싶은 이야기를 잘 던져서 여러 가지 화제로 다양한 내용으로 말을 끌고 나갔고, 그럴수록 장혜경은 더 편안하게 대화를 따라왔다.

장혜경은 자기가 테크닉이 뛰어난 화가는 못 되었기에 소질이 있고 재능이 있는지 고민을 많이 했다는 이야기를 했고, 원래 동경하던 것은 사진이나 실물과 똑같은 것을 그리고 만들어내는 극사실주의 계통이라고 설명했다.

그런데 그것을 할 재주가 안 되니까 이것저것 해보다가 마침 지금은 사진을 따라 그림을 그려서 독특한 효과를 주는 방식을 개성으로 삼았다고 설명했다. 그 긴 시간 동안 꾸준히 자기가 가는 길을 믿어주고 항상 지지해준 가족이야말로 정말 고맙다는 이야기도 겸손하게 곁들였다.

"옛날에 르네상스 시대 화가들도 이런 식으로 실제 영상을 비춘 것을 보고 그림을 그리는 기법을 썼다고 하더라고요. 그걸 디지털 카메라랑 프로젝터가 있는 요즘 기술로 다시 시도해보는 거라고 볼 수도 있을 거고."

이인선은 서서히 극사실주의 미술이 진짜와 너무 비슷해서 무섭게 보일 때가 있다는 이야기를 꺼냈다가, 미술 작품이 무서운 것을 소재로 삼는 경우에 대한 화제로 이야기를 슬쩍 바꾸었다. 그러고 나서 장혜경이 아는 무서운 이야기, 한규동에게 들었던 무서운 이야기로 화제를 살금살금 돌려나갔다.

이인선이 대화를 몰아가는 솜씨는 아주 부드러웠다. 깃털 한 가닥으로 살살 잔등을 간질여 코끼리가 뛰는 방향을 바꾸는 것 같았다.

"그 이야기 아세요? 아, 규동이한테 들으셨나 보구나."

장혜경은 공장에 나오는 귀신 이야기를 듣고 그렇게 말했다. 그 말을 하면서 장혜경은 한규동을 쳐다보았다. 그날 처음으로 한규동은 장혜경과 정면으로 눈이 마주쳤다. 몇 년 만인지 알 수가 없었다. 큰 눈을 보자 한규동은 가짜로 웃기도 힘들었다.

장혜경은 다시 이인선을 보았다. 한규동은 장혜경이 고개를 돌린 뒤에도 얼굴을 계속 쳐다보고 있었다.

이인선은 장혜경이 어디서 이야기를 들었는지, 이야기의 한 토막 한 토막이 한규동이 알려준 이야기와 어디가 일치하고 어디가 다른지 확인하기 위해 물었다. 장혜경은 기억을 해내려고 노력했다. 그리고 쉽게 답해주었다.

"저도 어머니한테 들은 이야기인데요. 어머니가 그쪽에 땅을 산다고 해서 들은 이야기거든요. 원래는 귀신이 나온다는 데가 그 공장은 아니고요, 공장 옆에 있는 판잣집이었다고 하던데 판잣집이 없어지고 이야기가 바뀌었어요."

"거기 판잣집, 가건물 이런 거 엄청 많던데 그중에 어디 한 군데를 말하는 건가요?"

"원래 이야기에는 뭐였냐면, 마지막에 모든 공장 직원들이 한 건물에 모여 들어가고 문을 잠갔을 때 몸을 다쳐서 못 들어간 직원이 한 명 있잖아요?"

"예."

"공장 직원 중에는 그 직원만 남게 됐는데, 그 직원이 제정신이 아니니까 주변을 떠돌아다니면서 계속 머물러 살았다고 하거든요. 그러다가 그 직원이 공장 옆 판잣집 하나를 차지하고 살았는데, 나중에 거기서 비참하게 죽었고, 그러고 나서 그 집에서 계속 귀신이 천장에서 거꾸로 튀어나왔다, 뭐 그런 이야기였대요."

"혹시 그 집이 어디인지는 모르시나요?"

"그건 모르겠네요. 거기 집은 계속 없어졌다 생겨났다 하는 데라서 찾기도 어려울 거고."

이인선은 장혜경이 엉뚱한 이야기를 하느라 시간을 날리고 있다는 느낌을 받지 않도록 몇 가지 다른 이야기를 하면서 대화를 조절했다. 그러면서 장혜경 스스로 이야기에 관심을 갖도록 이끌었다.

화제는 다시 공장과 근처의 이상한 산비탈 동네에 관한 이야기로 돌아갔다. 장혜경은 판잣집들이 어떻게 생겨났는지 들은 이야기를 정리해주었다.

"그 공장 옆에 원래는 공장 숙소에 못 들어간 사람들이 잠깐씩 먹고 자는 임시 숙소 같은 게 있었다고 하더라고요. 하루나 이틀 정도 밤늦게 일하는 사람들 있을 때 천막 치고 자는 식으로."

장혜경의 이야기에 따르면, 이후 시골에서 서울로 일하러

오는 사람이 증가하면서 공장 인근의 임시 거처에서 사는 사람들 역시 늘어나게 되었다고 한다. 숫자만 늘었을 뿐만 아니라 그곳에서 머무는 기간도 늘어났고, 아예 집처럼 꾸미고 눌러앉아 지내는 사람도 생겼다고 한다. 그러면서 천막이나 쳐놓았던 곳에 판잣집도 생기고 다른 재료로 엉성하게 급히 지은 집이라고 할 만한 것들도 계속 늘어났다고 한다.

그런 식으로 세월이 지나는 사이에 인근은 판잣집, 막집을 짓고 사는 사람이 모여 사는 마을처럼 변했다. 그러다 보니 서울이 개발되면서 무허가 건축물에 살던 사람이나 미처 이사할 곳을 구하지 못한 빈민들 중에 비라도 피할 곳을 찾아 찾아오는 사람이 생겼고, 급하게 지은 건물의 숫자는 더욱 늘어났다.

"그러다가 근처에 그린벨트가 풀린다 어쩐다 하는 말이 나오면서 확 바뀌었어요. 아마 그 집도 그때 허물어졌을 거고. 저희 어머니께서 거기 땅 산다고 하셨던 것도 그때거든요."

서울에 땅이 부족해져서 근처의 비슷한 산비탈에 아파트를 짓게 된 시기에 대해 장혜경은 이야기했다. 원래는 정부 소유의 땅이었지만 그 땅에 벌써 몇십 년 동안 뿌리를 내리고 살던 사람이 있으니까 그 사람들을 하루아침에 쫓아낼 수가 없어서 옮겨갈 돈을 대주고 떠나게 했다고 한다.

근처에 그런 곳이 몇 군데 생기게 되니 나중에는 공장 근처 땅에도 아파트를 지을 수 있게 되면, 판잣집에 사는 사람들도 땅값을 받을 수 있게 될 거라는 이야기가 돌았다고 한다.

그렇게 되자 받을 돈을 노리고 슬쩍 판잣집 주민으로 들어오는 한량들이 생겨났다고 한다. 동네가 있던 터 옆에 비닐과 파이프로 급하게 집 비슷한 것을 짓는 사람도 있었고, 집과 집 사이의 좁은 빈 공간에 공사장에서 버린 철판으로 지붕을 얹은 뒤에 거기가 집이라면서 거기서 오랫동안 산 사람인 척하는 사람도 생겼다.

사람이 모여들자 원래부터 그곳에 살던 사람들은 갑자기 들어온 가짜 주민을 경계하기 시작했다. 좁은 터에 사람이 늘어나는 것이 불편하기도 했지만, 그렇게 사람이 늘어나면 한 사람 앞에 돌아올 땅값이 줄어들 거라는 걱정도 생겼다. 한편으로 이 지역이 그런 식으로 땅값 노리고 들어온 사기꾼들만 드글드글한 곳으로 보이게 되면, 나중에는 아예 한 푼도 땅값을 주지 말자는 판단이 내려질 수도 있다고 우려하는 사람도 있었다.

그래서 그곳 사람들은 진짜 주민과 가짜 주민을 엄격히 구분하기 위해, 자기들끼리 진짜 주민 단체를 만들고 소속 주민들만 진짜 주민으로 인정하자고 약속했다. 그래서 진짜 주민

명단을 만들어, 그 명단을 아무도 바꾸지 못하게 금속판에 새겨 잘 보이는 곳에 세워두기도 했다고 한다.

장혜경의 말을 가만히 듣고만 있던 한규동은 그 대목에서 공장 앞에서 본 금속 표지판이 생각났다. 한규동은 여기 와서 처음으로 장혜경에 대한 생각이 아닌 다른 생각을 하게 되었다. 한규동은 그 명단에 이름을 새기는 것이 그 사람들에게는 얼마나 중요했을까 상상했다. 금속판에 새겨놓은 자기 이름 한 줄이, 그 사람들에게는 가난한 인생을 뒤집어 부유하게 만들어줄 단 하나뿐인 희망이고 평생이 달린 마지막 꿈이었을 것이다.

한규동의 그런 생각을 읽었는지 장혜경은 이렇게 말을 이었다.

"진짜 주민으로 인정받으면 나중에 땅에 대한 권리가 생길 것이기 때문에, 그때 바로 투자 회사 같은 데서 돈을 주고 주민들한테 권리를 사는 데도 있었데요. 뭐, 소문이기는 한데, 그때 그런 판잣집 하나에 일억 원을 받은 집이 있었다는 말도 있고 이억 원을 받은 집이 있었다는 말도 있고 그렇더라고요. 저희 어머니가 거기 투자 좀 해볼까 했던 것도 그때였던 것 같고요. 어머니께서 혼자 가기 무섭다고 몇 번 저랑 같이 가자고 하면서 이런저런 이야기를 해주셨어요."

그때 누구까지 진짜 주민으로 인정해주느냐를 두고 다툼이 많았다고 한다. 기준을 정하기가 애매해서 우스꽝스러운 기준도 많이 나오고 그 기준에 항의하는 사람도 계속 나왔다고 한다. 게다가 먹고살기 어려운 형편이다 보니 그곳에서 살던 사람들 중에는 사채업자나 투기꾼에게 권리를 넘겨주겠다는 각서를 쓰고 돈을 빌린 사람들도 꽤 되었다고 한다.

사채업자 입장에서는 돈은 빌려줬는데 빌려간 사람이 진짜 주민으로 인정을 받지 못하면 빌린 돈을 떼이게 되니까 다툼에 더 열성적으로 참여했다고 한다. 싸움도 몇 번 났고, 가짜로 지은 가짜 주민 집이니 부수어 없애야 한다, 내 집을 부수면 네 집도 부수겠다, 그런 식으로 싸움도 나서 부서진 집도 많았다고 한다.

"그게 대강 정리된 다음에는 좀 조용해졌죠. 지금은 투자회사에서 돈 받아서 이름만 거기 주민이고 살기는 다른 데서 사는 사람도 많다던가 그런 이야기도 있고요. 그 뒤던가 그러기 직전쯤이던가, 하여간 대충 그때쯤 그 무서운 이야기가 바뀌었더라고요."

이인선이 물었다.

"바뀌었다는 게, 배경이 판잣집에서 공장으로 바뀌었다는 거죠?"

"예. 거기서 '빈민 투쟁 위원회'인가, 하여간 거기 주민들하고 엮인 무슨 단체에서 자원봉사하는 애들하고 오가다 보니까 알았거든요. 하나는 학교 후배였고. 그런데 선임자 애가 아는 이야기는 집에서 귀신이 나온다는 이야기인데, 담당자가 바뀌고 나서 이야기하다 보니까 후임자 애가 아는 이야기에서는 배경이 공장으로 바뀌었더라고요."

"예. 신기하네요. 뭐, 이야기가 전해지다가 누가 착각해서 잘못 전한 걸 수도 있기는 하겠지만."

"이 이야기는 저희 엄마가 잘 아실 텐데. 더 궁금하세요?"

그 말을 듣자 한규동은 장혜경의 어머니까지 만나는 건가 싶어 또 한 번 놀랐다. 그러나 이인선은 그쯤에서 이야기를 정리했다. "아뇨, 아뇨. 괜찮습니다" 하고 몇 차례 이상한 농담으로 같이 웃는 박자를 밟더니, 다음 박자에서 미술과 개성과 통찰력과 창의성에 관한 이야기로 넘어갔다.

28

두 시간이 훨씬 넘는 시간 동안 이인선과 한규동은 장혜경과 대화를 나누었다. 한규동이 보니, 이인선은 원래 알아내려고 했던 공장과 그 근방에 대한 이야기뿐만 아니라 장혜경의 작품 활동에 대해서도 열심히 메모해두고 있었다. 의외로 내용도 성실해 보였다.

"아, 오늘 이렇게 시간 내주셔서 정말 감사합니다."

이인선은 인사말을 건넸다. 이제 대화가 정리되어 헤어질 참이었다.

한규동은 장혜경이 마지막으로 뭐라고 인사할지, 그러면 뭐라고 대답할지 궁금했다. '규동이랑 오랜만인데 너무 일 이야기만 해서 아쉽네. 또 연락하고'라고 이야기할까? 아니면 그냥 짧게 '규동이도 또 보자'라는 정도로 짧게 말할 것인가. 그러면 뭐라고 대답해야 할까. '그래도 오래간만에 이렇게 만나서 정말 반갑고 좋았어요'라고 최대한 상쾌한 대답을 해야 하나. 아니면, '다음에 일 생기면 연락드리겠습니다' 하고 차분하게 대답하는 것이 맞을까.

한규동이 생각에만 빠져서 뭐라고 말할지 결론을 내리지 못하고 있는데 장혜경은 이미 이인선에게 인사를 마친 뒤였다. 그리고 한규동에게는,

"사업, 성공하라고."

하고 말하고는 다시 온 얼굴로 웃음을 지어 보였다.

한규동은 '반가웠다'든가 '또 보자' 같은 말은 왜 없는가 싶어 고민스러워졌다. 그러다 보니 제대로 답도 잘하지 못하고, 웃는 데 맞추어 같이 웃으면서 "예, 예" 하는 말만 겨우 했을 뿐이다.

건물 밖으로 나와서 차가 있는 쪽으로 걸어가면서도 한규동은 어리벙벙했다. 두 시간이 넘는 시간 동안 도대체 내가 뭘 한 것인가 생각하니, 어딘가 후회되기만 했다.

오래간만에 나타난 자신의 모습, 이인선 옆에 앉아 있던 모습, 어떤 옷차림, 어떤 얼굴, 어떤 생각을 가진 인간으로 보였

을까 싶었다. 장혜경이 그걸 보고 어떻게 느꼈을까, 이리저리 짐작하려니 뭐 하나 마음에 드는 것이 없었다.

이인선은 한규동의 모습을 옆에서 따라가면서 살펴보았다. 한규동의 얼굴이 점차 어두워지는 것이 보였다. 이인선은 한규동의 그런 기색을 짐짓 모르는 체했다. 이인선이 말했다.

“확실한 거는 그 이야기에 나오는 그대로는 절대 아니라는 거지, 그렇죠? 이야기 자체가 중간에 바뀌었잖아요. 제일 중요한 배경 장소가 바뀌었어요.”

한규동은 이인선의 말에 아무 반응도 하지 않았다. 이인선이 계속해서 말했다.

“그러면, 그 이야기를 들으면 정신이 이상해지기 때문에 무서운 게 보이게 된다는 부분은 틀리지 않을까? 이야기 내용이 그렇게 중요한데, 이야기 자체가 이렇게 변해버렸는데.”

한규동은 여전히 말이 없었다. 이인선이 또 말했다.

“혹시 사람 정신 망가뜨리는 이야기가 퍼지는 것은 위험하니까, 일부러 이야기를 조금만 바꿔서 사람들을 보호하려고 한 것일 수도 있지 않나? 그래서 지금은 조금 안전한 판본으로 이야기가 돌고 있는 거지.”

이인선은 한규동이 대화에 참여하기를 바라며 쳐다보았다. 한규동은 그제야 말했다. 힘 빠진 목소리였다.

"이야기가 바뀌어서 안전해졌다면, 오늘 우리가 본 건 뭔데요."

"그건 또 그러네. 이야기가 변해서 효력이 없어졌으면 우리도 아무것도 못 봤을 텐데. 이야기가 바뀌어도 효력은 남아 있는 건가? 어디서 귀신이 나온다는 내용은 이야기에서 사람을 미치게 하는 데 별로 안 중요한 대목이라서 그런가?"

"이야기 전체가 아니라 일부 핵심만 갖고도 사람 정신을 망가뜨릴 수 있다고요?"

"그건 또 아닐 거 같은데. 사람 정신이 물만 닿으면 구멍 나는 휴지조각도 아니고 그렇게 말 몇 마디만으로 무너지는 않을 거 같은데."

이인선은 차에 앉았다. 한규동도 곧 따라 탔다. 이인선은 한규동을 보았다. 차라리 다시 공장에서 본 무서운 얼굴 생각을 하며 떨게 만들어주고 싶었다. 이인선이 말했다.

"수백 명을 공장에 데리고 가서 말이야, 한 사람한테는 이야기의 십 퍼센트만 들려주고, 다른 사람한테는 이십 퍼센트만 들려주고, 또 다른 사람한테는 삼십 퍼센트만 들려주고, 이런 식으로 실험을 해보면 도대체 이야기의 어느 대목을 들어야 귀신이 보이고, 어느 부분은 생략해도 별 상관이 없는지 알아낼 수 있지 않을까?"

"그런 실험을 해볼 돈은 있어요?"

"돈이 없지. 돈은 없지만 그 실험을 해보겠다는 건수로 신문이나 잡지나 케이블 TV 방송사나 이런 데 건드려보면 돈이 되지 않을까? '죽은 자들의 세계와 귀신의 비밀을 밝히는 전무후무한 실험' 이런 식으로 홍보하면서."

"요즘 텔레비전에서 그런 게 인기 있을까요."

"그럼 뭐가 인기 있는데?"

"남녀 심리, 가상 연애, 스타 커플, 이런 쪽."

한규동은 한숨을 쉬었다.

그걸 보고 이인선은 말을 바꾸었다.

"아무래도 무슨 절묘한 이야기를 한다고 사람 정신이 그렇게 쉽게 이상해진다는 건 말이 안 돼. 그건 아닐 거라고. 뭔가 보기는 분명히 봤는데. 전에는 판잣집에서 보이던 게 이제는 공장에서 보인다—도대체 뭐가 보이는 거지."

이인선은 "뭐지?" "뭘까?" "뭐어얼까" 하는 말만 계속 중얼거렸다. 일부러 한규동이 한마디할 때까지 기다리는 듯했다. 그러기를 몇 번, 결국 한규동이 입을 열었다.

"귀신이 무슨 이유로 옮겨간 것 아니겠습니까? 원래 있던 자리에 귀신을 몰아내는 게 나타나는 바람에, 여기는 못 있겠다, 그래서 다른 연고지로 옮아간 거죠."

"그건 아니지. 귀신이 진짜 있을 리 있나."

"그래도 그렇게 말하면 간단하잖아요."

"하나도 안 간단하죠."

이인선은 한규동이 이야기에 참여한 것을 기뻐했다. 이인선의 말투에 기운이 넘쳤다.

"뭘 무서워해서 여기는 안 되겠다고 판단하고, 다른 데로 가야겠다고 생각해서 연고지를 기억해서 거기로 이동한다는 게 쉽지 않잖아요. 그렇게 판단하고 생각하고 기억하려면 뇌가 있어야 된다고요. 뇌도 간단한 뇌로는 안 돼요. 파리나 모기는 파리약 뿌려도 죽는지 사는지도 모르잖아? 가축이나 사람 정도로 큰 뇌는 되어야지 위험한 걸 두려워하고 다른 데를 생각해서 피하고 이동하고 그런 것도 하지. 그런 큰 뇌가 있다는 게 그냥 되는 일이 아니잖아. 그런 뇌가 없으면 어떻게 그런 판단과 기억을 하겠어요? 생각도 기억도 뭐가 있어야 하는 거지. 아무것도 없이 돼요? 복잡한 판단을 할 기능을 가진 실체가 없는데, 뭐가 저절로 그런 생각을 하는 것처럼 그렇게 움직였다는 건 이상하죠."

"기억이나 원한이 강하면 그것이 어떤 형체를 갖고 남아 있는 게 귀신이다, 그런 말도 들어봤는데요."

"설령 그래서 형체가 남아 있다고 쳐요. 그런데 그 형체에 무서운 건 피해가고 친근한 건 따라가는 기능까지 추가되어 있을 리가 있나? 그 형체에 기억, 판단, 제어 역할을 하는 부분이 안 달려 있잖아. 사람 사진을 찍어서 형체를 그대로 어디 벽에 붙여놨다고 해서, 호랑이가 오면 그 사람 사진이 '호랑이 무섭네' 하고 저절로 도망가고 그러지는 않잖아요."

이인선이 말을 마치고 보니 한규동은 생각에 빠진 것 같았다. 여러 가지 생각이 복잡하게 섞여 있는 얼굴이었다. 이인선은 한규동이 생각하는 초점을 자기 쪽으로 조금만 더 당겨오려고 했다.

"다시 한번 우리가 본 걸로 돌아가보자고요. 규동 씨, 다시 찬찬히 정확하게 우리가 본 걸 기억해보자고요. 그 모습을, 그때 그 기분을, 정확하게."

한규동은 이인선의 말에 따라 다시 공장에서 본 형체를 떠올렸다. 그런데 이인선이 말하는 것과 함께 듣자 기억이 갑자기 또렷해졌다. 지난 몇 시간 다른 생각 때문에 눌러두었던 무서운 모습이 다시 생각났다. 거꾸로 튀어나온 얼굴의 공포감이 머릿속에서 막을 올리고 쇼를 했다.

이인선에게는 반대로 호기심이 점차 다시 솟아올랐다. 도대체 그 형체는 그러면 뭐란 말인가. 이야기에 귀신이 나온다는 말이 있는 것을 보면 이인선과 한규동이 본 것과 비슷한 것을 다른 사람이 본 적도 있는 것 같았다.

"누가 일부러 장난을 치는 걸까? 귀신으로 변장을 하고 지붕에서 얼굴을 내민다거나 귀신 모양으로 꾸민 마네킹이나 인형을 나오게 한다거나."

"인형이나 산 사람 같지는 않았는데요."

이인선의 말에 한규동이 말했다. 이인선이 기억해보니 그 말이 맞는 것 같았다. 인형치고는 형체나 비율이 정교한 느낌이었고, 사람 같다고 하기에는 튀어나오는 모습이 너무 가볍고 무게가 없는 것처럼 보였다.

"그렇지. 그것도 아닌 거 같고. 뭐지. 조금만 더 알아내면 결말이 멋있는 이야기로 꾸밀 수 있을 것 같은데."

이인선은 운전석을 뒤로 젖히더니 눈을 감았다. 무엇인가 곰곰이 생각을 하는가 싶었는데, 한규동이 보기에는 꼭 잠을 자려는 모습 같기도 했다. 한규동은 이인선이 남의 건물 주차장에서 차를 세워두고 대화하는 도중에 낮잠을 자는 버릇이 있나, 하는 생각도 했다.

그러고 보니 한규동은 여전히 자기가 입사한 회사의 사장과 사정에 대해서 전혀 모르고 있었다.

잠자는 이인선의 얼굴은 금방이라도 코를 골 것 같아 보이기도 했다. 이제라도 그만둔다고 말을 할까. 그런데 장혜경을 만나서 당황했을 때 이인선이 자기를 '한 이사'라고 불러준 것이 기억이 났다. 왜 그랬을까. 직함을 거창하게 다는 것은 사기꾼들이 자주 쓰는 수법이라고 들은 적이 있다. 그래서 그랬나. 장혜경이 "사업을 하는 줄 몰랐"다면서 놀란 얼굴이 되고, 잘되길 바란다고 격려해주던 것도 기억이 났다. 당장 그만두면 더 망신스러워질까.

그때 갑자기 이인선이 눈을 뜨며 운전석을 바로 세웠다. 한규동은 빤히 이인선 쪽을 보고 있다가 깜짝 놀랐다. 이인선은 그대로 정면을 보고 있었다. 눈에 생기가 돌았다.

"아무래도 한 번 더 가서 자세히 봐야겠어. 가서 봐야 무슨 수가 나지."

이인선은 바로 차의 시동을 걸었다. 한규동은 놀랐다.

"잠깐만요. 거길 다시 간다고요?"

이인선은 그렇다고 말했다. 그 말을 듣자 한규동은 거꾸로 나온 얼굴이 더 또렷하게 떠올랐다. 상상 속에서 그 모습이 튀어나와 웃으며 다가오는 것처럼 느껴졌다. 온몸의 털이 곤두섰다.

"저, 저는 안 가고 싶은데요."

"왜 그래. 가봐야 돼. 이번에 가서 하나하나 차근차근 잘 뒤져보자고. 사진도 분명하게 찍고."

"그래도 안 가면 안 될까요. 뭐가 있는지도 모르는데."

"무서워서 그래? 그러지 말고, 한 번만 더 가보자. 이렇게 달아올랐을 때, 막 하고 싶고, 어떻게 되나 궁금하고 이럴 때 일을 팍팍 진행해야 돼. 의욕이 오를 때 일을 해야지."

한규동은 자신은 의욕이 오른 것도 아니고 하고 싶지도 않다고 설명하고 싶었다. 그런데 말을 하려고 보니 궁금하기는 정말 궁금했다. 그 때문에 머뭇거리는 사이 이인선이 말을 이었다.

"자, 그러면 이렇게 하죠. 이번에는 가서 정신 망가뜨려서 귀신 보이게 한다는 무서운 이야기는 하지 맙시다. 그 이야기대로라면 거기 가서도 이야기만 안 하면 괜찮잖아. 그렇죠?"

"그래도요. 좀 불길한데요. 첫날이니까 그냥 사무실에 돌아가서 회사 분위기도 익히면 좋지 않을까요?"

"사무실에서 회사 분위기를 왜 익혀. 그러지 말고 아예 생으로 회를 떠 먹는 것처럼 같이 다니면서 회사 분위기를 느껴봐. 어차피 사무실에는 아무것도 없어요. 먹다 남은 탕수육이나 있을까. 사무실에는 쥐도 나오고 바퀴벌레도 나오고 그런다고."

한규동은 그 탕수육마저도 아침에 자기가 버렸다고 대답하려다가, 그렇게 대답하면 이인선의 말에 휘말릴 것 같아서 그만뒀다. 한규동은 잠깐이라도 시간을 벌어보려고 했다.

"점심때가 다 되어가는데 밥도 안 먹지 않았습니까. 밥이라도 먹으면서 천천히 생각을 정리해보시죠."

"밥? 밥이야 여기서 먹으면 되지."

이인선은 그 말을 듣자 생각이 나서, 손을 뒤로 뻗어 뒷좌석을 더듬었다. 그리고 오늘 공장 앞 개천에서 끓였던 찌개 포장한 것과 보관해두었던 밥을 주섬주섬 꺼냈다. 찌개 국물을 흘리지 않도록 아슬아슬하게 그릇을 꺼내는 것이 불안해 보였지만, 그에 비해서는 빠른 속도로 일회용 숟가락과 덜어 먹을 그릇까지 꺼내 한규동에게 쥐여주었다.

"이걸 먹어요?"

"왜, 생선 못 먹어요?"

한규동은 아니라고 대답했다. 생선은 오히려 좋아하는 편이었다. 그렇지만 오늘 아침 가장 구슬프게 죽은 물고기의 모습으로 사진에 나타났던 생명체를 토막 내고 내장까지 뽑아 만든 것을 먹자니 꺼림칙했다.

그런데 일이 그렇게 되려고 그랬는지, 막상 한 숟갈 찌개를 입에 떠 넣자 굉장히 맛있었다. 한규동은 그게 맛있다는 것을 부정하고 싶었지만, 두 번째 숟가락을 떠먹게 되자 참 세상 희한하기도 하구나 싶었다.

29

한 시간 반 후, 이인선과 한규동은 다시 공장 정문 앞에 와 있었다.

밥을 먹으면서도, 밥을 먹고 난 후에도 한규동은 다양한 이유를 들어 공장에 가는 것을 반대했지만 이인선은 꾸준히 설득했다. 이인선은 최대한 밝게 건물 문을 열어놓은 채 조사를 하자고 했고, 가는 길에 주변을 환하게 밝혀둘 수 있는 성능 좋은 손전등도 하나 마련하겠다고 했다. 한규동은 그러면 괜찮지 않을까 하면서도 내키지는 않았다.

결국 이인선이,

“봐요. 지금 이대로 모르고 넘어가서 그만두고 말면, 내가 진짜 그 이야기 듣고 뇌가 어디가 망가졌나, 정신이 나간 건가, 의심하고 살게 될지도 모르잖아. 그거 싫지 않아요?"

라고 하는 말을 듣고, 일단 동의했다.

그러나 허물어져가는 가건물로 가득한 그 지역에 들어서자, 한규동은 동의한 것을 곧 후회하게 되었다. 초입부터 무섭고 불안했다. 멀리 쓰레기 더미가 쌓인 집 사이에는 사람이 없어 보였지만 이번에도 한 늙은 남자만 서서 이쪽을 보고 있었다. 멀어서 얼굴에 어떤 감정을 띠고 있는지는 잘 보이지 않았지만 우두커니 서서 계속 바라보고 있는 것이 평범해 보이지는 않았다. 이유는 잘 설명할 수 없었다. 그러나 그 쳐다보는 태도가 아침에 찾아왔을 때 두 사람을 쳐다보던 사람 몇몇과 비슷해 보이기도 했다. 뭔가 신비한 것이 있어서 여러 가지 모습으로 형체를 바꾸며 자기 앞에 나타나 쳐다보고 있는 거라는 상상까지 할 지경이었다.

"부장님, 저희 또 왔습니다."

이인선이 공장에 다시 들어가기 위해 전화를 하는 동안, 한규동은 뇌가 망가졌나 안 망가졌나에 대한 의심은 여기에 다시 와서 해결할 것이 아니라 신경정신과를 찾아갔어야 한다고 후회하고 있었다.

이인선은 공장 정문을 통과하는 문제를 빠르게 처리하고,

바로 공장 안으로 걸음을 내디뎠다. 한규동은 정문을 통과하기 전에 다시 뒤를 돌아보았다. 늙은 남자는 아직도 이쪽을 보고 있었다. 멀리 내려다보이는 시끄러운 도시 빌딩 지역이 그리워 보일 지경이었다. 그 가운데 서 있는 전광판에는 여전히 아파트값에 관한 기사가 나왔다. "경제부총리, '아파트값 하락은 필요악, 감내해야.'" 암담한 말투로 전광판의 설명이 이어지고 있었는데도 반짝이는 문명 세계의 전자 불빛은 오히려 쾌활해 보였다.

여전히 공장은 조용한 편이었다. 눈에 띄는 사람이라고는 무슨 말을 하는지 알 수 없이 소곤거리는 몇몇뿐이었다. 한규동은 내키지 않아 자꾸 걸음이 느려졌는데 반대로 이인선은 기대라도 하는 듯이 자꾸 달려가는 것처럼 보였다.

그러나 이인선조차도 막상 공장 끝에 도착해 눈앞에 건물이 나타나자 겁이 나기 시작했다. 주춤했다가 한규동의 얼굴을 보았다.

그 얼굴은 완전히 겁에 질려 있었다. 한규동은 무서워서 이인선 곁에 바짝 붙어 서 있었다. 그러고 있으니 여기 오자고 강하게 주장했던 이인선은 무섭지 않은 척할 수밖에 없었다. 그런데 안 무섭다 안 무섭다 생각을 하려니, 그때부터 다시 자꾸 기분이 무서운 방향으로 흘러가 꺼림칙해지기 시작했다.

이인선은 문을 여는 것을 시도해보다가 잘 안 되는 척하고 문이 안 열린다는 핑계로 돌아가야겠다고 궁리하기도 했다. 그렇지만 아침에 열어놓은 문은 아직 열려 있었다. 어쩔 수 없이 들어가는 수밖에 없었다.

이인선은 문을 열기 전에 손전등부터 환하게 켰다. 밝기를 조절하는 단추가 달려 있었는데, 단숨에 가장 밝은 밝기로 했다.

"내 거 규동 씨 거, 두 개를 살걸 그랬나?"

이인선이 말했다. 한규동은 손전등을 두고 이인선이 "내 거"라고 말하는 것에 경계심이 생겨 슬쩍 손전등을 빼앗아 자기가 들었다.

과연 문을 활짝 열어놓고 손전등까지 밝히니 건물 안이 훨씬 잘 보였다. 손전등을 좌우로 휘저으며 곳곳을 살펴볼 때 어른거리는 빛과 그림자 사이에 언뜻 뭐가 보이지는 않을까 조마조마하기도 했다. 밝긴 했지만 옅게 그림자가 진 곳에서 어떤 어두운 것이 왈칵 튀어나올 것 같아 보이기도 했다.

"이번에는 아무것도 안 보이는 것 같네."

이인선은 금방 따분해하는 것 같았다. 손전등을 몇 번 전후좌우로 움직여도 눈앞의 모습은 달라지지 않았다.

"꼭 그 이야기를 해야 뭐가 나오는 건가? 규동 씨, 다시 한 번 그 이야기 해줄 수 있어요?"

"왜요? 안 그러기로 했잖아요."

한규동은 이 건물 안에서 자기가 아는 가장 무서운 이야기를 일부러 다시 하고 싶은 생각은 전혀 없었다. 한규동이 말했다.

"어차피 이야기대로라면, 한번 이야기를 듣고 나면 그 때문에 뇌가 고장나면서 귀신이 눈에 보이게 된다는 거 아닙니까. 우리는 그 이야기를 벌써 듣고 귀신도 봤으니까, 이미 뇌가 고장날 만큼 고장난 거니까, 이야기를 또 할 필요도 없잖아요."

"이야기를 해야 뭐가 나온다는 거였잖아. 한번 해봐요. 또 모르잖아, 그 이야기를 들은 후로 몇 분 정도 동안에만 뇌가 오작동을 하다가 다시 정상으로 회복되는지도 모르지. 그때그때 이야기를 해야 그때마다 이상한 게 보이는 게 아닐까?"

"진짜 그런 거면, 이야기할 때마다 몸에 안 좋을 거 아니에요? 저는 이제 그 이야기 안 할래요."

"그러면 하는 수 없지. 내가 생각나는 대로 이야기하는 수밖에 없겠네."

"사장님, 왜 그러세요."

"규동 씨는 안 들어도 돼요. 귀 막아요. 나 혼자서라도 실험해보려고 그래."

이인선은 한규동이 들려주었던 이야기를 기억해내어 말하기 시작했다. 한규동은 이야기를 듣지 않으려고 노력했고, 이인선은 한규동이 듣든 말든 이야기를 계속했다.

"임만섭은 옷 공장을 하나 갖고 있었다고 한다."

이인선은 최대한 한규동이 자기에게 해주었던 이야기를 그대로 반복하기 위해 노력했다. 한편으로 이인선은 꼭 무엇인가 이상한 일이 일어나는 것을 보고 싶다는 마음도 있어서 최대한 진지한 태도로 말을 했다. 조용한 빈 건물에 이인선의 목소리만 차분하게 울렸다. 한규동은 말없이 귀를 틀어막고 불안해하고만 있었다. 갈수록 목소리는 점차 음침해지고 어두워졌다.

이야기가 진행될수록 불길한 분위기는 더 달아올랐다. 한규동은 오랫동안 이러고 있으면 뇌의 어느 한구석이 잘못되거나 발작을 한다고 해도 이상할 것이 없다는 생각이 들 정도였다.

"사람을 세뇌하는 기술을 발달시키는 데 쓸 수도 있을 것이다."

이인선은 말을 마쳤다. 그리고 주변을 둘러보았다.

한규동은 그 형체를 두 번 보기는 싫어서 일부러 고개를 숙였다. 그러자 발밑이 보였다. 전등 불빛은 물론 바깥에서 들어오는 빛도 없는 바닥은 여전히 어두웠다. 한규동은 바닥에서 머리가 확 튀어나오지는 않을까 싶었다. 생각 안 해야지 안 해야지 하는 와중에도 세상의 것이 아닌 그 흉측한 머리가 발밑에서 웃으며 솟아나는 광경을 상상했다.

한규동은 고개를 돌리고 싶었다. 그러나 고개를 들어 천장이 시선에 들어오면 정말로 거기에 거꾸로 된 얼굴이 보일 듯도 싶었다. 그러니 고개를 돌릴 수도 없었다.

실망하여 중얼거리는 이인선의 목소리가 들렸다.

"이번에는 아무것도 안 나오네. 이상하네."

한규동은 안 나오면 잘된 거지 일부러 뭐가 더 나오기를 바라는 그 태도가 미웠다. 이인선은 이어서 중얼거렸다.

"하기야, 빈 건물에서 헛소리 몇 마디 한다고 뭐가 튀어나오는 게 이상한 거지 아무것도 안 나오는 게 이상한 건 아니지."

그러고 나서도 이인선은 이리저리 한참 불빛을 바꿔 비추고, 건물 안을 뒤적이며 별 변화가 없는 것을 아쉬워했다. 중얼거리기도 하고 투덜거리기도 하며 말은 계속해서 이어졌다.

얼마 후 갑자기 이인선의 말이 딱 그쳤다. 한규동은 이인선이 말을 그치자 가슴이 뛰었다. '왜 갑자기 아무 말도 안 해요?'라고 묻고 싶었지만, 무슨 대답이 돌아올지 두려워 물을 수도 없었다. 고개를 들어봐야 하나, 그냥 계속 숙이고 있어야 하나 갈등되었다. 땀이 흐르는 것이 느껴졌다. 무엇일까. 이인선은 뭘 보고 갑자기 멈추었을까.

그때 한규동은 자기 앞쪽으로 흘러들던 문 쪽의 빛이 바뀐 것을 느꼈다. 무심코 그쪽으로 고개를 돌렸다. 고개를 든 것을 후회하는 동시에 여차하면 무조건 뛰어서 도망치겠다고 결심했다.

한규동이 고개를 돌린 쪽으로 한 남자가 문 앞에 서 있었다.

남자는 트렌치코트 비슷한 긴 옷을 입고 있었고, 창백한 얼굴로 우두커니 서서 쓸쓸한 표정을 짓고 있었다. 호리호리한 남자의 체격과, 일부러 미술가가 정성 들여 다듬어놓은 것 같은 코와 입술, 턱의 선은 세상에서 쉽게 만날 수 있는 사람이라고 하기에는 지나치게 잘생겨 불길한 느낌마저 들 법한 미남이었다.

멍청하게 남자를 보며 떨던 한규동이 그게 또 다른 귀신인지 저승사자 같은 것인지 허황된 상상을 할 때쯤, 옆에서 같은 방향을 보던 이인선이 드디어 입을 열었다. 이인선은 그 남자를 보고 말했다.

"오 차장……."

30

이인선이 오 차장을 알아보고 나서도, 한규동은 그 사람이 사람인지 뭔지 얼떨떨해서 머뭇거리고 있었다. 곧이어 오 차장 뒤에서 김 기자가 나타났다. 아침에 수산물 시장에서 자기들을 따라다니던 기자라는 것이 기억난 후에야, 한규동은 두 사람이 사람임을 확신할 수 있었다.

그러니까 저 오 차장이라는 사람은 김 기자와 이인선이 대화중에 언급했던 김 기자의 상사였다.

신비한 귀신이나 괴물의 분위기가 사라진 뒤에 정신을 차리고 보니, 두 사람 다 수산물 시장에서 생선 잘 고르는 법을 놓고 따지던 한심한 분위기가 서려 있는 것 같기도 했다. 말끔하게 잘생긴 오 차장도 어디인가 멍청한 구석이 있어 보였고, 착실하고 열의 있어 보이는 김 기자 역시 과하게 순박한 데가 있어 보였다.

이인선은 모든 등장인물들에게 다 불만인 얼굴이었다.

"오 차장, 너는 여기 왜 왔어?"

"당신이 가는 곳에 내가 있는 것이 이상할 것이 있을까?"

이인선의 말에 오 차장이 답했다. 오 차장은 생김새뿐만 아니라 목소리도 맑았고 그러면서도 중저음이 굵고 넓게 울려 퍼져 매우 듣기 좋았다. 그러나 마치 실패한 시인의 낭독을 듣는 것처럼 말의 내용은 웃음거리였다. 잘생긴 얼굴과 좋은 목소리를 허망하게 낭비하는 대사였다.

"기관투자가들이 주식을 사고 나면 개미 투자가들이 따라서 주식을 사듯이 당신이 간 곳에는 내가 따라가지. 그리고 그런 개미 투자가들처럼 망할지언정 당신이 간 곳으로 뒤따라갈 때 나는 아무것도 두려워하지 않아."

오 차장은 자신의 비유법에 만족한 듯 웃음까지 지어 보였다. 말의 내용을 생각하지 않는다면 그 웃음의 시각적 효과만큼은 면도기 광고에 써도 될 만큼 멋졌다.

"무슨 얼토당토않은 소리야. 너하고 나하고는 지금 거래하고 있는 것도 없잖아. 건수 생기면 연락 준다니까. 그리고 일이 있으면 사무실로 오든가. 여기는 어떻게 알고 따라왔어?"

이인선이 따졌다. 그 말에 오 차장 뒤에 서 있던 김 기자가 나섰다.

"죄송합니다. 사장님, 제가 사장님을 따라다니며 여기로 오시는 것을 추적했습니다. 함부로 따라다녀서 정말 죄송합니다. 그렇지만 이것 또한 세상의 진실을 파헤치고 국민의 알 권리를 위해 어떠한 장벽도 뛰어넘겠다는 기자 정신임을 이해해주십시오."

한규동은 오 차장과는 또 다른 면에서 김 기자라는 사람의 말투 역시 평범하지 않다고 생각했다. 김 기자는 한규동에게도 사과했다.

"처음에는 저희 차장님께서 지시해주신 대로 생선 고르는 방법만 배우려고 했습니다. 그런데 너무 중요한 정보다 보니 가르쳐주지 않으셔서, 계속 따라다니며 기회를 얻어보려고 했습니다. 그러다가 이 이상한 동네에 오시는 것을 보고 심상치 않다고 생각하고 차장님께 다시 보고를 드렸습니다. 철저한 보고와 긴밀한 의사소통 역시 좋은 기사를 쓰기 위한 진짜 기자 정신에서 비롯되는 것 아니겠습니까?"

김 기자의 말을 들은 이인선은 오 차장에게 말했다.

"오 차장, 너한테는 생선 고르는 거 안 가르쳐준다고. 아무리 따라다녀도 안 가르쳐준다니까."

"인선 씨, 나는 벌써 다 알아봤어. 지금 여기가 고작 생선 이야기를 할 곳은 아니지 않을까."

"무슨 소린데?"

오 차장은 다시 한번 활짝 웃었다. 이어지는 말이 지나치게 바보 같지만 않았다면 누구든 반하고도 남을 만큼 좋은 웃음이었다.

"인선 씨가 여기 왜 왔는지 나는 알고 있다고."

"내가 여기 왜 왔는데."

"여기에 그게 있는 걸 알아."

"그거라니?"

말을 듣고 있던 한규동은 나지막하게 "귀신……"이라고 말했다. 이인선은 말하지 말라는 눈짓을 했다. 너무 소리가 작아서 누구에게든 들린 것 같지는 않았다. 오 차장이 이어서 말했다.

"친일파가 빼돌린 보물이 묻혀 있다고 바로 말한다면, 너무 노골적이라 은근하고 세련된 멋이 없지 않을까."

오 차장은 이번에는 소리까지 조금 내며 웃었다. 일부러 글자로 쓰는 것 같은 소리였다.

"인선 씨가 아무 쓸모도 없어 보이는 빈민가에 가동도 잘 안 되는 공장을 오늘 하루 종일 맴돌고 있다는 이야기를 듣고, 분명히 뭔가 대단한 게 있을 거라고 생각했지. 나는 인선 씨, 당신을 정말로 잘 알고 있으니까."

오 차장은 "알고 있으니까"라고 말할 때 그윽하게 이인선의 눈을 쳐다보았다. 이인선의 표정은 일그러질 뿐이었다.

"그래서 나는 우리 회사 정보망을 다 사용해서 이곳에 대해 조사해봤어. 나는 이제 알아. 친일파 임만섭이 건설해서 말년에 막대한 돈을 긁어모은 공장이 여기고, 그 임만섭이 마지막으로 머물던 곳이 이 건물이고, 임만섭이 세상이 모두 망해서 없어진다고 생각했을 때 처분할 수 있는 재산 중에 가장 값진 것을 모아서 여기로 숨어들었고, 죽기 전에 여기 이 건물 아래에 묻어놨다고."

오 차장은 자신이 알아낸 이야기가 이인선과 한규동의 마음속에 있는 것과 정확하게 맞아떨어져서, 두 사람이 마음을 꿰뚫어 보는 자신의 식견에 놀라고 감탄하기를 기대했다. 그래서 다시 멋있어 보이려는 표정을 지었다. 그러나 오 차장의 기대와는 다르게 이인선과 한규동의 얼굴은 똑같이 떨떠름하기만 했다.

한규동이 말했다.

"저희가 알고 있는 이야기랑 뒷부분이 많이 다른데요."

이인선은 한규동이 더이상 말하지 못하게 막았다. 이인선은 한규동을 붙잡아 이끌었다.

"얘네들하고 엮이면 되는 게 아무것도 없어. 규동 씨, 가자고."

이인선은 한규동과 함께 건물 밖으로 나가려고 했다. 그러자 오 차장이 말했다.

"인선 씨, 오늘만큼은 나를 피하는 것이 능사는 아닐 거라고. 우리는 지질자원연구소에서 장비까지 빌려 왔어. 건축 진단용 초음파 탐지차를 갖고 왔다고. 이걸로 이 건물 밑 어디에 보물이 묻혀 있는지 찾아낼 거야."

오 차장은 김 기자를 보고 고개를 끄덕거렸다. 김 기자도 무슨 말인지 알아들었다는 듯이 고개를 끄덕였다. 두 사람은 아주 진지해 보였다. 김 기자는 재빨리 움직여 문밖에 세워둔 트럭에 올라탔다.

이인선은 그 모습에는 아무 관심도 갖지 않고 그냥 고개만 좌우로 반복해서 흔들었다. 그리고 그대로 한규동과 함께 건물 밖으로 나왔다.

31

건물 바깥으로 나온 뒤에도 김 기자가 운전하는 측정 장비, 감지 기계를 실은 차는 눈에 띄었다. 오 차장이나 김 기자가 이인선을 부르는 것 같기도 했다. 그러나 이인선은 돌아보지 않고 그저 계속 걸어 공장에서 멀어졌다. 한규동도 따라가는 수밖에 없었다.

이인선은 화가 난 것 같은 걸음걸이였다.

“재는 왜 인간이 저럴까. 뭐가 막 나올 것 같았는데 중간에 갑자기 뛰어들고. 다른 것도 문제지만 업계 상도덕이 너무 없는 거 아니야.”

이인선은 혼잣말이라고 하기에는 꽤 큰 목소리로 말했다.

한규동 역시 허둥지둥 따라가면서 혼잣말도 아니고 대화도 아닌 것처럼 말했다.

"왜 이야기가 다르죠? 저 사람들이 알고 있는 이야기는 왜 귀신 이야기가 아니라 보물 이야기죠?"

이인선은 공장 밖으로 걸어나왔다. 그러고 나니, 이대로 공장을 떠나기가 아까웠다. 오 차장과 김 기자가 있는 건물을 좀더 살펴보고 싶었다. 그런데 그쪽으로 가자니 또 오 차장과 마주치기는 싫었다. 이인선은 공장 문 바로 앞에서 서성거렸다.

한규동은 계속 이야기에 대해 생각했다. 정말로 그 내용이 궁금한 것인지, 흥분한 이인선의 옆을 걷고 있으면서 달리 할 이야기가 없어서 이야기만 생각하려는 것인지는 알 수 없었다.

"귀신이 있다는 말은 한마디도 없고, 갑자기 보물이 있다는 이야기가 왜 나올까요."

이인선은 두리번거리며 갈 곳을 살폈다. 그러다가 한규동 쪽으로 고개를 홱 돌리더니 빠르게 말했다.

"그게 더 옛날 판 이야기라서 그런 거지, 뭐. 무서운 이야기, 짧은 귀신 이야기 이런 게 유행한 거는 1990년대부터거든. 그런데 친일파가 숨겨놓은 재산이나 보물 찾는 이야기는

1960~1970년대부터도 되게 많이 나왔다고. 1970년에 나온 〈공포의 이중인간〉이라는 영화는 일본군이 산에 보물 숨겨 놓은 장소 물어보려고 시체 되살리는 영화고, 1970년에 나온 〈그 여자를 쫓아라〉라는 영화도 친일파가 챙긴 재산 찾아 뒤지는 영화고, 1974년에 나온 〈분노의 왼발〉도 일본군 보물 찾으려는 내용이고. 원래 친일파 부자 이야기가 옛날부터 있었는데, 그게 옛날에는 그 유행 따라 보물 숨겨져 있다는 이야기였다가 나중에 새 유행 따라 귀신 이야기로 바뀐 거겠지. 오 차장 걔가 일하는 회사에는 워낙 오래된, 옛날부터 쌓인 자료들이 많은 데니까 걔가 조사했을 때는 옛날 자료부터 걸린 거겠지."

이인선은 말을 하며 공장 뒤 산을 보다가 어디로 갈지 정했다.

"여기 공장 뒤쪽으로, 바깥쪽에서 제일 그 건물이랑 가까운 쪽으로 가보자. 거기서 걔네들이 뭘 하는지 보자고."

다시 이인선이 길을 잡고 한규동이 그 뒤를 따라갔다.

울퉁불퉁 경사가 가파른 길이 이어지다가 곧 자동차도 들어갈 수 없는 산길로 길이 바뀌었다. 계속 구부러지는 산길을 몇 분간 걸어가자 나무나 높게 자란 풀이 없이 시야가 트인 곳이 나왔다. 그 트인 방향으로 공장의 맨 뒤편 건물 한쪽이 솟아 나와 보였다.

그런데 그곳에 있는 사람은 두 사람 뿐만이 아니었다. 한규동은 생각에 정신이 팔려 그 사람들을 제대로 보지도 못하고 있었다. 한규동이 이인선에게 물었다.

"그런데, 이야기 뒷부분이 그렇게 유행 따라 바뀌어요? 그래도 무슨 계기가 있다거나 하지 않았겠어요?"

이인선이 대답했다.

"저 사람들에게 물어보면 되겠네."

한규동은 이인선이 가리키는 방향을 보았다. 알록달록한 색깔의 개량 한복을 입고 있는 사람 몇 명이 거기에 있었다. 대체로 짙은 화장을 하고 있었는데, 용기 있는 화장을 했다고 할 만한 수준을 훨씬 초월한 얼굴이었다.

무속인이었다.

그곳에 있는 서너 사람의 무속인은 서로 아는 사이인 것 같지는 않았다. 서로 다른 지역, 다른 방식, 다른 체계를 가진 무속인으로 보였다. 그런데도 모인 사람들은 다들 한 방향을 보며 무엇인가 애를 쓰는 것 같았다.

눈을 감고 기도하는 듯이 손을 모으고 허리를 굽혔다 폈다 하는 사람이 있는가 하면, 과일과 떡을 차려놓고 절을 하는 사람도 있었다. 어떤 사람은 주문 같은 말을 외는 사람도 있었다. 그 주문도 저마다 달라서, "아하라바야사미슷쓰쇼" 하는 알 수 없는 소리를 내는 사람도 있었고, "할아버지 장보고 흰머리 세신다, 할머니 진지 드시고 고양이 발바닥에 그림 그리신다" 같은, 말인 것 같기는 하지만 도저히 뜻을 짐작할 수 없는 말을 하는 사람도 있었다.

계속 서로 다른 소리를 내는 사람의 무리를 보고 있으니 소리들이 귓속에서 어지럽게 섞였다.

낡은 공장과 허물어져가는 무허가 건축물들이 널려 있는 곳 가운데에서 알 수 없는 의식에 애를 쓰고 있는 현란한 옷차림의 사람들을 보고 있으니 그 또한 무서워 보였다. 보통 사람은 볼 수 없는 저승세계를 보고 신령과 대화하는 다른 능력이 있는 사람이라기보다는 다들 어디가 이상한 사람 같아 보였다.

"이분들에게 뭘 물어보기는 좀 겁나는데요."

잠깐 그 모습을 지켜보다 보니 이인선은 오히려 관심이 생긴 모양이었다.

방금 전까지만 해도 오 차장에 대한 짜증으로 가득했던 것 같았는데, 어느새 카메라를 꺼내어 의식을 치르는 무속인들의 뒷모습을 찍고 있었다. 사진을 보면 마른 나뭇가지와 공장 시멘트 벽, 썩어가는 초록색 이끼가 섞인 풍경에 빨갛고 노란 옷차림이 사이사이 자리잡고 있었다. 그 장면은 마치 있어서는 안 되는 것이 기어들어 붙어 있는 것 같았다.

사진을 찍은 후 이인선은 무속인 하나하나에게 인사를 하고 이 건물에 대해 아는 이야기를 들려달라고 했다.

대화는 쉽게 진전되지 않았다. 열심히 기도를 하며 춤을 추다가 흥분에 들떠 대화를 할 수 있는 정신을 잃은 사람도 있었고, 말을 걸면 대뜸 욕부터 하고 때리려는 사람도 있었다. 자기에게 관심을 갖는 사람이라면 모두 고객으로 생각하는지 이인선이 말을 걸자마자 대뜸 뭘 어떻게 넘겨짚고는 결혼과 남자에 대한 상담을 하자고 드는 사람도 있어서 이인선에게 '꺼지시라'는 뜻의 말을 듣는 것으로 대화를 끝내는 경우도 있었다.

이인선이 끈질기게 반복하여 접근한 끝에, 이곳에 모여든 사람들은 모두 보물 이야기보다는 귀신 이야기를 듣고 온 것임을 알 수 있었다. 다들 하나같이 말하는 것은 이곳 공장 건물에 있는 귀신은 매우 뚜렷하고 영험하다는 것이다. 그래서 이곳에서 귀신과 가까워지려고 애를 쓰려는 거라고 했다. 남의 공장 안으로 함부로 들어갈 수가 없으니, 공장 밖 건물과 가장 가까운 곳인 이 산길 굽이진 곳에 자리를 잡았다는 것이다.

그중 한 무당과 함께 나눈 이야기를 한규동은 잊을 수 없었다. 모든 사건이 끝난 후, 한참 지나고 나서도 그때 무당이 한 말을 듣고 이상하게 찝찔한 기분이 들었던 것이 기억날 정도였다.

무당은 이렇게 말했다.

"정말로 솔직히 말하면 제가 이 일 시작했을 때만 해도, 제가 정말 뭘 알거나 믿고 이걸 한 건 아니었거든요, 솔직히. 솔직히 까놓고 말해서, 저도 반쯤 사기라고 생각하고 이 짓을 했어요. 저한테 이 일 가르쳐준 사람도 그러더라고요. 그냥 신기한 소리 몇 마디 해주고, 거기다가 듣기 좋은 소리 몇 마디 해주고. 그럴 때 솔직히 잘 먹히는 말이 있다고 몇 가지 가르쳐주기도 하고 그러더라고요. 그러다가 눈치 봐서 솔직히 나중에 문제 생기지 않을 정도 액수로만 돈 받고 굿 한번 해주고, 진짜 솔직히 말하면 처음에는 그런 거였거든요."

무당은 한규동의 눈을 바라보았다.

"그런데 여기서 보고 제가 완전히 바뀌었어요. 여기는 진짜 있더라고요. 귀신이 빤히 저를 보면서 나오시더라고요. 제가 그렇게 나쁜 마음 먹고 산 걸 벌주려고 그러셨는지, 천장에서 거꾸로 이렇게 쓱 내려오셨어요."

말하는 투가 정말 진지했다.

32

공장 뒤편 건물이 무속인에게는 꽤 알려진 곳인 모양이었다. 하기야 한규동에게까지 이야기가 퍼진 정도라면, 이런 분야에 특별히 관심이 있는 업종의 사람에게는 이미 훨씬 전에 알려질 만했다. 무속인 하나가 적당히 할 일을 했다고 생각해서 그곳을 떠나면 또 다른 무속인이 숨을 몰아쉬며 산 오르막길을 올라 나타났다. 오후 시간이 지나가도록 그곳의 무속인 숫자는 딱히 줄어들 기색이 없었다.

그동안 이인선은 꾸준히 건물을 관찰했다.

오 차장은 건물 안에 계속 머물러 있는지 보이지 않았고, 김 기자가 건물 안팎을 들락거렸다. 김 기자는 장비를 실은 차를 움직여 건물 밖으로 빼내기도 하고, 다시 집어넣기도 하고, 방향과 위치를 바꾸어놓기도 했다. 그렇게 차 위치를 계속 바꾸는 모습이 부질없어 보여서, 뜻한 대로 일이 진행되지 않고 지지부진한가 싶었다.

그 모습을 관찰하던 중에 이인선은 한규동을 살펴보았다. 한규동은 적당한 나무 그늘 아래에 자리를 잡고 앉아 쉬고 있었다.

몇 번,

"사장님, 저희 이제 어디로든 가죠. 여기서 할 일은 없는 것 같지 않나요?"

라고 이인선에게 말을 꺼내기도 했다. 하지만 이인선은,

"오 차장하고 김 기자 쟤네들 간 다음에 한 번만 더 저 건물 둘러보고 가죠. 한 번만 더."

라고 말하며 기다리자고 했다.

그러나 그늘 밑에 퍼질러져 앉아 있는 한규동을 보니 표정이 점차 나빠졌다. 이인선의 눈에는, 괴상한 소리에 이상한 노래만 부르는 무속인 사이에 휩싸여서 앉아 있으려니 다시 건물 안에서 본 것이 떠올라 점점 무서워하는 것 같았다. 그리고 그런 시간이 이어지자, 도대체 내가 무슨 직장에서 일하고 있는 것인지, 이게 삶에 무슨 의미가 있지, 본인의 인생에

대해서도 슬슬 암담한 생각을 하게 되는 듯했다.

이인선이 한규동에게 말했다.

"6시까지만 기다려보자고. 오늘 근무 첫날인데 야근할 수는 없고. 6시 전에는 마칠 테니까."

한규동은 알겠다고 대답했다. 그렇지만 어두운 표정은 그대로였다.

한규동은 이제 낮에 만난 장혜경에 대한 생각까지 하고 있는 것 같았다. 장혜경에게는 자신이 새로 시작한 첨단 벤처기업의 중역이라고 말했는데, 이제는 그걸 부끄러워하고 있을 것이다. 생각만 해도 견디기 힘들어 입에서 흐리멍덩하고 뜻 없는 단어라도 몇 마디 중얼거리게 될 만큼 부끄러워하는 것 같아 보였다. 또 장혜경과 자신의 인생을 비교하고, 장혜경을 그리워하는 듯이 생각하면서 또 자기 신세를 한탄하고, 그런 허망한 생각의 긴긴 열차를 탄 것 같았다.

"기다리는 동안 일 하나 해주세요."

이인선의 말에 말없이 앉아 있던 한규동이 처음 표정을 바꿨다.

"무슨 일요?"

"자료 조사 좀 해보세요. 우리가 아까 본 거, 그런 모양으로 이상하게 나왔다는 이야기나, 소문이나, 전설이나, 그런 게 있는지 한번 살펴보세요. 전에 비슷한 이야기 들은 거 같은데, 얼마나 닮았는지 아닌지 따져보자고."

"몇 가지나요? 얼마나요?"

어차피 이인선은 뭘 기대하고 있지는 않았다.

"적당히 인터넷 검색해서 나오는 대로, 시간 될 때까지만. 잡히는 데까지만 보자고."

그 말을 듣더니 한규동은 낮고 긴 발음으로 "예에"라고 대답했다. 그리고 자리에서 일어나 괜히 어깨와 허리, 다리 관절을 풀고는 다시 자리에 앉았다. 이번에는 더 깊고 더 무겁게 퍼질러 앉는 것 같았다. 몸은 더욱더 처져 보였지만 전화기를 두드리는 손가락만은 그래도 부지런히 움직였다.

오후 5시가 넘도록 오 차장과 김 기자가 일하는 모습은 변화가 없었다. 이인선은 그걸 계속 보면서도 머릿속으로 무슨 궁리를 계속하는지 관심과 열의를 그대로 갖고 있는 것 같았다.

반면에 여러 나라의 웹사이트에서 연이어 귀신 이야기만 검색하는 한규동의 얼굴은 더욱더 생기를 잃어가고 있었다. 가끔 어느 웹사이트에서 무시무시한 귀신이 확 튀어나오게 만든 사진을 보고는, "으워" "어앗" 하는 소리를 내며 흠칫흠칫 놀랄 때만 그의 생명력을 엿볼 수 있었다.

한규동이 아홉 번째로 귀신 사진 보고 놀란 소리를 냈을 때, 이인선은 시계를 확인했다. 시간이 너무 많이 지난 상태이었다. 이제 오늘 일은 여기서 멈추고 가야 하나 하는 생각을 했다. 조금만 더 기다려보자고 생각하고 나니, 한규동의 모습이 마음에 걸렸다. 이인선은 한규동에게 관심을 보이며 물어보기로 했다.

"규동 씨, 어때요. 뭐 좀 있어요?"

한규동은 전화기를 조작해 메모해놓은 것을 보여주었다. 자세를 좀더 편하게 잡으려고 하자 그늘 아래 아주 눕는 것 같은 모습이 되었다. 한규동의 낙심하고 피폐한 모습은 그 자리에 내다버린 무엇 같아 보일 지경이었다. 그래도 확실히 말할 것은 있는지, 그 모습에서 조금이라도 보고를 하는 자세로 몸을 추스르려고 버둥거렸다.

"일단 제일 비슷한 걸로는 뭐가 있느냐면, 무슨 야구 선수인가 축구 선수인가 사이에서 도는 귀신 이야기가 있는데요. 다른 지역에서 경기를 하느라 멀리 가서 모텔에서 잠을 자는데 이상하게 방이 썰렁하니 으스스하더래요. 그러더니 밤에 여자 귀신이 천장에서부터 거꾸로 튀어나왔다는 거예요. 한 명만 본 게 아니라 선수들 사이에서는 유명하다고 하고."

"뒷이야기 같은 거는 없어?"

"나온 자리가 여자가 죽은 곳인데 죽을 때 모습이 거꾸로 매달린 모양이기 때문에 그 모양으로 나오는 거라고도 하고, 옛날에 거기서 무슨 살인 사건이 났고 위층의 바닥을 파고 여자를 묻었는데, 머리가 아래쪽으로 가게 묻었기 때문에 그런 모양으로 귀신이 나온다고도 하고. 이야기가 조금씩 달라요."

"귀신이 기념 촬영하는 것도 아닌데 죽을 때 포즈를 기억하고 있다가 항상 그 모양을 한다는 것도 황당하지 않아?"

"억울하게 죽으면 충격이 커서 그 기억이 귀신의 모습으로 남는 거 아닐까요?"

"그러면 머리가 아래쪽으로 가게 묻었기 때문에 그렇다는 게 말이 안 되지. 죽은 시체를 묻은 걸 텐데 그 모습을 어떻게 기억하겠어. 충격적인 기억 때문에 귀신이 그 모양으로 나온다고 하면, 기억이 없는 상황은 따라 할 수 없을 거고."

"뭐, 잔인한 이야기이기는 하지만 묻힐 때까지 희미하게 희생자의 의식이 남아 있었을 수도 있지 않을까요?"

한규동은 이제 많은 것을 포기한 사람처럼 별 감정도 없이 말하고 있었다. 이인선은 다시 물었다.

"다른 이야기는?"

"되게 비슷한 이야기가 일본에도 많이 있는데요. 좀 오래된 걸로는 20세기 초에 유명한 여관에 천장에서 거꾸로 머리를 내미는 귀신이 있었다는 이야기도 있어요. 20세기 말에 무서운 이야기 소개해주는 TV 프로그램에서 새로 이사 간 집에 갔더니 한여름에도 이상하게 한기가 도는 방이 있었는데 거기서 거꾸로 물구나무선 모습의 귀신이 밤에 튀어나와서 놀랐다는 이야기도 있고요."

"일본 귀신 이야기가 우리나라에 자주 넘어 오는 편이니까. 원래 원조는 일본 이야기였는데 그 이야기가 퍼진 건가?"

"그렇지도 않아요. 미국이나 영국에도 비슷한 이야기가 있더라고요. 영국에서 사형당한 백작 부인이 있던 방에 밤이 되면 갑자기 바람이 불어 촛불이 꺼지는데 천장에서 백작 부인이 거꾸로 튀어나와서 노려본다는 이야기도 있고. 미국에서도 귀신 붙은 걸로 유명한 무슨 저택이 있는데, 그 저택에 밤 몇 시에 가면 천장을 바닥으로 착각해서 거꾸로 걸어가면서 실실 웃는 귀신이 나온다는 이야기도 있고요."

이인선은 이제 한규동이 해주는 말에 흥미를 가지게 되었다.

"귀신은 다 여자예요?"

"여자 귀신 이야기가 많기는 한데, 꼭 그렇지는 않아요."

"남자 귀신 이야기는 어떤 게 있는데?"

"한국 이야기인데, 군대에서 어느 부대에 경계 초소가 있는데, 밤에 그 초소에서 근무 서다가 이상한 느낌이 들 때 올려다보면 초소 지붕에서 할아버지 귀신이 나타나서 거꾸로 붙어 쳐다보고 있다는 이야기도 있어요."

"그거 초소에 근무 서러 나가는 신병 겁주려는 이야기 아니에요?"

"그럴 수도 있죠. 저도 예전에 군대에서 그런 이야기는 들은 적 있거든요. 저는 할머니 귀신이 붙어서 내려다본다고 하기는 했는데. 하필 딱 제일 어둡고 갑갑하게 생긴 초소에 그런 소문이 있더라고요."

"군대에서 많이 퍼진 이야기면 한국에서는 엄청 많이 알려진 귀신 형태라고 봐야 되겠네. 그런 생각을 많이 하다 보니까 그런 모양이 보이는 거 아니야?"

이인선의 말을 듣고 한규동은 전화기 보던 것을 멈추고 이인선을 쳐다보았다.

"우리도 봤잖아요."

한규동이 말했다. 잠시 침묵이 흐르는 사이, 알 수 없는 무속인들의 주문이 우스꽝스러운 소음으로 들려왔다.

"뭐……."

이인선은 잠시 대답을 하지 못했다.

"뭐, 그럴 수도 있고. 그 이야기대로, 이야기를 듣고 뇌가 이상하게 변해서 그런 걸 본다는 것도 결국 착각이라면 착각인 이야기이기는 하니까."

한규동은 다시 축 처졌다. 내일부터 출근하지 않는다고 하는 것 아닌가 싶어 이인선은 걱정스러웠다. 이인선은 또 말을 시켰다.

"그 정도예요?"

"아니요. 더 많아요. 엄청 오래된 이야기도 있고요."

"오래되었으면 얼마나 오래된 이야기?"

"조선시대 때 이야기인데, 신돈복이라는 사람이 쓴 『학산한언』이라는 책에 나오는 이야기거든요."

한규동은 전화기를 들여다보았다.

"무슨 이야기가 있느냐면, 단양에 있는 온달 동굴이라는 데 깊이 들어갔더니 저승세계로 가는 구멍이 있었다는 거예요. 거기 가서 보니까 죽은 영혼들, 그러니까 귀신들이 아예 마을을 이루고 떼로 살고 있는데, 전부 상하좌우가 바뀐 모양으로 거꾸로 다니고 있다는 거예요. 귀신의 세상은 산 사람의 세상과 반대에 위치한 세계이기 때문에 그렇게 거꾸로 다닌대요. 세상에 저승으로 가는 입구가 그렇게 몇 군데는 숨겨져 있다는 거죠."

"그거는 아까 이야기랑은 다르네. 아까는 시체를 거꾸로 묻는다거나 했기 때문에 거꾸로 나온다고 했는데, 이 이야기에서는 원래 저승은 이승의 반대 세상이라서 애초에 귀신은 거꾸로 보인다는 거네."

"모르죠, 뭐. 무슨 전쟁이나 큰 홍수 같은 게 나서, 단체로, 떼거리로 사람들이 거꾸로 죽었을 수도 있고."

"다른 나라 전설은 비슷한 이야기 없어?"

이인선은 한규동에게 계속 비슷한 다른 사례들을 캐물었다.

한규동은 중세 유럽 전설이나, 19세기 말에 지하 세계를 발견했다고 주장한 탐험가의 이야기까지 소개했다. 전설 속에서는 깊은 지하 동굴에 요정이나 정령이 사는 도시가 숨겨져 있는 곳이 있는데, 그 요정이나 정령은 인간과 매우 비슷하지만 거꾸로 걸어다닌다는 이야기였다. 요정이나 정령의 도시 대신에 지하 동굴에서 지옥을 발견했다는 비슷한 이야기도 있었다.

귀신이나 저승하고는 상관이 없지만, 어떤 탐험가가 깊은 동굴로 들어갔더니 땅속에 거대한 공간이 있어서 그 속에 커다란 세계라고 할 만한 넓은 터가 있고, 거기에 사는 사람들은 땅속 공간에서 우리가 발을 디디고 있는 땅 쪽을 디디고 살기 때문에 우리 입장에서 보면 동굴의 천장을 바닥으로 여기며 거꾸로 걸어다니는 모습이 된다는 따위의 내용도 있었다.

이야기를 나누는 동안 이인선은 어렴풋이 뭔가 곧 알 수 있을 것 같다는 생각이 들었다. 일단 이인선과 한규동이 본 것과 비슷한 것을 아주 많은 사람들이 예전부터 최근까지 계속 보아온 것은 맞는 것 같았다.

그렇다면, 잠깐의 착각으로 아주 헛것을 본 것은 아닐 것이다. 그 생각에 이르자 이인선 역시 조금 무서워지기도 했다.

그렇지만 그런 만큼 그 많은 이상한 목격담에 어떤 공통 원인이 있을 것 같다는 생각도 들었다. 진짜 귀신이라고 부르는 게 있는 건가? 모든 사람의 정신을 망가뜨렸던 그런 주문 같은 이야기가 옛날부터 세계 곳곳에 다른 방식으로 퍼져 있었던 건가?

그렇게 시간을 보내고 있는데, 드디어 오 차장과 김 기자의 동태가 달라졌다. 두 사람은 건물의 문을 닫았다. 하던 일을 멈추고 나갈 모양인 것 같았다. 이인선은 이제야말로 건물을 다시 살펴볼 기회라고 생각했다.

"재네들 간다. 우리 마지막으로 한 번만, 한 번만 들렀다 가자고. 아까처럼 환하게 할게, 안 무섭게 진짜 환하게."

한규동은 강한 거절의 표정을 지었지만 기력이 빠진 그는 거부할 힘도 없었다. 그냥 이인선이 혼자 움직이니까, 불길한

기도를 하는 주변 사람들 사이에 혼자 남겨지기 싫어서 따라가는 정도였다.

환하게 하면 정말 무섭지 않을까, 그런 생각만 잠깐 들었다. 그러나 이제 점점 해가 지고 있었다. 해가 지고 주변이 어두워지고 있다고 생각해서 그런지 주변에서 귀신을 간곡히 부르는 이상한 믿음을 가진 사람들의 소리는 더 커져 울부짖는 것처럼 변해갔다.

33

건물 안은 텅 비어 조용했다. 아무 소리도 기척도 없어서, 이인선은 정말 오 차장과 김 기자가 떠났다고 생각했다. 어둡고 깜깜한 건물 안으로 한 발자국 발을 디뎠을 때 한규동이 말했다.

"전등 좀 켜주세요. 너무 어둡네요."

이인선은 한규동에게 약속한 것을 떠올렸다. 문을 활짝 연다고 해도 이제 바깥에서 들어올 햇빛은 없었다. 손전등이나마 확실히 비추어야 했다.

그런데 손전등을 비추자 건물 안쪽에서 꿈틀거리는 거뭇거뭇하고 허연 것이 보였다. 전등 빛에 반사된 눈이 반짝거리며 빛이 났다. 이인선과 한규동은 둘 다 놀라 소리를 질렀다.

"잠깐, 조용조용. 소리 내면 안 돼."

이상한 형체 쪽에서 멋있는 남자 목소리가 들려왔다. 오 차장의 목소리였다. 이인선은 정신을 차리고 다시 아까 불을 비춘 쪽을 다시 정확히 비추어보았다. 오 차장이 맞았다.

이인선이 벌컥 화를 냈다.

"너 여태 안 갔어? 안 갔으면 기척이라도 하고 있지, 왜 아무 소리도 안 내고 숨어 있어. 사람 놀랐잖아. 하여간, 어휴, 이 자식."

이인선은 화를 내고 있었지만 한규동은 뭐라고 말도 하지 못할 정도로 지쳐 있었다. 다음에 뭐가 또 튀어나온다면 어떻게 될지 모를 일이었다.

"죄송합니다. 저희가 초음파로 탐지를 하고 있는데 잘되지가 않아서요. 보물이 너무 깊이 숨겨져 있는지. 민감한 장비다 보니까 저희가 소음을 차단하고 조심조심 찬찬히 다시 살펴보기로 했습니다."

오 차장 대신 김 기자가 나서서 사과했다. 오 차장은 사과라기보다는 이인선을 향해 웃으며 또 무슨 이상한 인사 비슷한 말을 했다.

"지금쯤이면 보물을 보여줘야 하는데 아쉽네. 그렇지만 난 노력을 멈추지 않아. 내 지치지 않는 열정은 아무리 시간이 지나도 영원히 계속 지급되는 노령 연금 같은 거니까."

이인선은 오 차장에게 따졌다.

"이제 좀 가라. 우리도 장사 좀 하자. 우리 같은 조그만 회사가 먹고살려고 아등바등하는데 너네 같은 언론사에서 나서서 이러면 너무하지 않냐."

"인선, 걱정 마. 우리는 보물 자체를 탐내는 건 아니야. 우리가 보물을 찾았다는 사실이 기자로서, 언론인으로서 중요한 거니까."

"보물은 무슨 보물이야. 여기 그런 게 왜 있어."

"거의 찾았다고. 이제 조금만, 조금만 내 열정을 더하면, 보물이 다시 세상과 만나게 된다. 보석을 발견한 환희로 보석처럼 빛날 너와 나의 눈동자를 보석이 보게 될 거라고."

오 차장을 보는 이인선의 눈빛은 더욱 안 좋아질 뿐이었다. 김 기자가 끼어들어 말했다.

"이 부근에 뭔가 있다는 것은 찾았습니다. 그런데 기계가 너무 민감한데다 보물이 꼭꼭 숨겨져 있어서 그런지 더이상 정확하게 아는 것이 어려워서 오 차장님께서 생각하신 것보다 오래 머무르고 있습니다. 죄송합니다."

그 말을 듣고 이인선은 오 차장이 조작하고 있던 기계를 보았다. 기계 화면에 나타난 몇 가지 숫자를 살펴보더니 이인선은 더 얼굴을 찌푸렸다. 아까 이상으로 더 찌푸리는 것이 가능하지는 않다고 생각했었기에 더 악화되는 표정을 보고 한규동은 놀랐다. 그 표정은 속이 터져서 견딜 수 없다는 것처럼 보였다.

이인선이 말했다.

"무슨 보물이 잘 숨겨져 있어. 오 차장, 너 기계를 똑바로 조작 못 해서 그런 거잖아."

이인선이 기계에 달려 있는 키보드의 숫자 몇 개를 고쳐 입력했다. 그리고 기계를 옆으로 살짝 밀자 곧 밝고 맑은 소리가 나기 시작했다. 아무것도 모르는 한규동이 듣기에도 꼭 보물을 찾았을 때 나온다면 어울릴 만한 소리였다.

"보물이다. 거기, 거기에 보물이 묻혀 있다!"

오 차장이 소리쳤다. 김 기자는 환호하는 오 차장을 보고 세상의 기쁨을 품에 안은 것처럼 뿌듯하고 행복한 표정을 지었다. 한규동은 어리둥절한 표정으로 바뀌었다. 실은 옛날 판 이야기가 맞는 것이고, 여기에는 보물이 묻혀 있으며, 귀신은 헛것을 보고 착각한 것뿐인가 싶었다. 그러면 귀신을 보았다는 그 많은 사람들은 뭔가?

다만 이인선의 표정만은 그대로 찌푸린 채였다. 이인선이 말했다.

"이 그래프 모양을 보라고. 이게 무슨 보물 상자나 금괴 같지는 않잖아."

이인선의 말을 듣고 오 차장이 다가와 기계를 보았다. 오 차장은 기계에 나온 그래프와 수치를 잘 이해하지 못하는 것 같았다. 이인선이 투덜거리며 좀더 내용을 설명하자 오 차장은 흐음 하는 소리를 내며 깊게 생각하는 것 같았다. 옆에서 같이 화면을 보고 있던 김 기자는 내용을 이해했는지 고개를 끄덕거렸다.

그러나 이내 오 차장은 밝게 웃으며 말했다.

"보물이 꼭 금괴만은 아니지. 좀 다른 방식의 보물일 수도 있는 거 아니야? 굉장히 비싼 그림이 있다든가 아니면 엄청나게 귀한 책이 묻혀 있다든가."

"화면을 자세히 보라고. 뭘 그렇게 깨끗하게 잘 보존하려고 묻어놓은 모양이 아니라니까. 이런 결과는 어떨 때 나오느냐면, 왜 아파트 공사판 같은 데서 땅 파다가 그 밑에 버려진 무덤 같은 거 발견하면 이런 게 뜨거든."

한규동은 이인선이 어떻게 공사장에서 사용하는 장비에 대해 자세히 알고 있는지 궁금하고 신기했다. 그런데 이인선이 '무덤'이라는 말을 언급하자 그 말만 크게 들렸다.

"사장님, 그러면 진짜, 여기에 그게 나오는 이유가, 시체가, 여기에, 그것 때문에……."

한규동은 말을 하려고 했지만 생각이 너무 몰려나오는 바람에 단어를 제대로 연결하지 못했다. 이인선은 오 차장과 김 기자가 듣지 못하도록 한규동을 제지했다.

그러나 김 기자는 그것을 놓치지 않았다.

"아까도 사장님과 한규동 선생님께서 아시는 이야기랑 저희가 다르다고 얼핏 말씀하신 것이 기억납니다. 혹시 그게 뭔지 알려주실 수는 없겠습니까?"

김 기자는 말을 하면서 한 손으로 전화기를 재빠르게 조작해 녹음 기능을 켰다. 이인선이 보니 전화기 초기 화면에도 "기자 정신"이라는 말이 커다랗게 씌어 있었다.

"그냥 말씀드리기는 어렵고……. 오 차장, 여기서 너 때문에 우리는 우리 장사도 못 하고 이게 뭐냐. 너부터 먼저 아는 거 이야기해보지?"

이인선은 너무 배짱을 부리는 것 아닌가 하는 생각도 잠깐 했다. 어차피 이인선과 한규동이 아는 이야기는 여기저기에 퍼진 것이었고, 무속인들 사이에도 거의 비슷한 내용으로 널리 돌고 있는 내용이었다. 제대로 자료 조사를 한다면 굳이 이인선이 여기서 알려주지 않더라도 오 차장과 김 기자가 충분히 알아낼 수 있을 만한 것이었다. 그에 비해 보물을 찾겠다고 장비까지 갖고 들어온 오 차장이 알고 있는 정보야말로 쉽게 알아낼 수 없는 대목이 있을 것 같았다.

이인선은 그 자리에 자기편이라고 해야 할 유일한 사람인 한규동의 눈치를 슬쩍 보았다. 그러나 한규동의 얼굴은 다시 아까처럼 변해 있었다. 무덤이라는 말을 듣자, 정말 여기에 무서운 이야기 속 사람 중 누구의 시체가 묻혀 있고, 그 때문에 아까 보았던 이상한 것이 튀어나왔다는 생각에 사로잡혀 점점 더 두려워하고 있을 뿐이었다.

"아니면 그냥 접든가. 하여튼, 너 남 장사하는 데서 이러면 안 되는 거야."

이인선이 다시 오 차장에게 말했다. 이인선은 오 차장의 얼굴에서 속을 읽을 수 있다는 계산이 섰다. 오 차장은 예상하는 대로 움직일 것이다.

과연 짐작했던 대로 오 차장은 곧 붙잡고 늘어지기 시작했다.

"아니, 아니. 우리는 서로 손을 잡아야 한다고. 같이 항상 가야 한다고."

오 차장은 김 기자에게 자신들이 아는 내용을 알려주라고 말했다.

김 기자가 해준 이야기는 이인선이 짐작한 대로였다. 임만섭이 돈을 번 이야기와 몰락한 이야기, 마지막으로 이 건물에 틀어박힌 이야기까지는 한규동이 해주었던 이야기와 아주 비슷했다.

다만 한규동의 이야기와는 다르게, 사람들을 이끌었던 이상한 직원의 비중이 적었다. 모든 이상한 일의 초점이었고 다른 세상에서 온 사자와 같았던 한규동의 이야기 속 직원과는 다르게, 그저 반쯤 미쳐가는 임만섭을 부추겼던 이름 없는 직원 정도의 역할이었다.

이야기가 완전히 달라지는 것은 임만섭의 아들이 공장을 이어받은 후의 이야기였다. 건물 안에서 끔찍한 광경을 보았다는 이야기나, 이상한 얼굴이 거꾸로 나타난다는 이후의 소문에 대한 내용은 없었다. 대신 임만섭이 마지막으로 보물로 바꾼 재산이 이곳 어딘가에 묻혀 있고, 여러 사람이 그걸 파내려고 시도했지만 다들 비참하게 실패했다는 이야기가 있었다.

"그런데 이 땅도 여기 회사 건데, 이렇게 아무나 와서 보물을 찾고 그래도 돼요?"

이인선이 김 기자에게 물었다.

"정확하게 따지자면, 이 건물이 있는 땅은 이 회사의 완전한 소유는 아니라고 합니다. 이 건물이 일제 패망 직전에 터를 잡은 곳이라서, 여기 땅은 등기가 완전히 끝나기 전에 일제가 망하는 바람에 소유권 이전이 무효가 되어버렸다고 합니다. 사람들이 잘 모르기는 하지만, 이곳은 이 회사가 임시로 쓰는 것이 인정은 되고 있는데 소유권을 따지자면 정부 땅이라고 합니다."

"이 건물 자리도 소유권이 붕 뜬 땅이라고요?"

이인선은 무슨 생각이 떠오를락 말락 했다. 조금만 더 가만히 생각하면 해답 같은 것이 떠오를 듯한 예감이었다. 그렇지만 일단은 김 기자로부터 최대한 많은 말을 이끌어내야 했다.

"여차하면 그 사실을 아는 사람이 여기를 뒤져서 보물을 파갈 수도 있는 건데, 임만섭 아들은 그걸 그냥 보고 있었대요?"

김 기자가 대답했다.

"임만섭의 아들은 보물에 집착하지 않았다고 합니다. 아버지에게 물려받은 공장과 사업을 잘 키우는 게 진짜 보물이라고 생각해서, 보물 찾느라 인생 낭비하고 재산 날리는 대신에 착실하게 사업을 했다고 합니다. 그래서 현재 정말로 금덩이 몇 상자하고는 상대도 되지 않을 만큼 커다란 규모로 성장한 거라고 합니다."

"마지막 부분은 별 볼 일 없는 이야기네. 사실은 아버지한테 회사 편법으로 물려받아서 성공한 거지만 그게 전부가 아니라 '우리 회장님 자신도 참 똑똑하고 훌륭한 분이었다', 이런 이야기들은 어지간한 회사 회장들마다 다 갖고 있는 이야기잖아."

이인선이 말했다.

"그러고 보면 회장님들이 고용하는 홍보 회사나 그런 사람들도 참 재미없어. 우리 회장님 멋있다고 할 때 어떻게 다들 그렇게 비슷비슷한 이야기만 지어서 갖다붙이는지 몰라. 따분하지도 않나."

이인선은 자기 말을 거들어줄까 싶어 한규동을 보았다. 그러나 그는 여전히 무서운 생각에 푹 빠진 모습이었다.

한규동은 눈을 꿈뻑거리다가 말했다.

"그러면 왜 보물이 안 묻혀 있고 바닥에 시체 꾸러미 같은 게 묻혀 있어요? 임만섭 아들이 여기 정리할 때, 자기 아버지 시체는 잘 정리해서 따로 묻었지만 다른 죽은 직원들은 여기에 대충 묻어버린 거 아닌가요. 그래서 그 억울한 한 때문에 자꾸…… 그런 건가요?"

김 기자는 한규동의 말을 듣고 그쪽을 바라보았다. 이인선은 김 기자의 얼굴을 보고 아까 오 차장하고 어울려 헛놀음을 하던 표정을 상상할 수 없을 정도로 냉철하고 날카로워 보였다. 김 기자가 말했다.

"거기에 관한 이야기는 한규동 선생님이나 이 사장님께서 더 잘 아시지 않겠습니까? 이제 그 이야기를 좀 해주십시오."

한규동은 우물우물할 뿐 대답하지 못했다. 이야기를 해야 하나 말아야 하나 생각을 하다 보니, 자꾸 아까 본 그 형체가 떠올라서 머리가 어지러워지고 가슴이 뛰었다.

"그 이야기가 뭐냐면, 별거 아닌데, 뭐냐면……."

하는 수 없이 이인선이 이야기를 시작했다.

"옛날에 임만섭이가 한창 돈 벌 때, 일을 많이 해야 하니까, 자기도 그렇고 직원들도 그렇고 각성제 종류로 약을 막 맞혀가며 일을 했다, 그런 쪽이 좀더 강조된 이야기인데, 그때는 그런 게 무슨 큰 부작용이 있는지도 잘 몰랐고, 불법도 아닌 게 많았고 그랬으니까. 그래서 약을 계속하다가 보니까 다들 심하게 정신이 이상해졌다는 그런 이야기거든."

이인선은 설렁설렁 이야기를 풀어나갔다. 김 기자는 이야기를 듣다가 의심나는 것이 있으면 다시 짚고 물어보며 확인했다. 그러다 보니 이인선은 빼먹은 이야기를 다시 하기도 했고, 조금 잘못 들려준 이야기를 바로잡을 수도 있었다.

한편으로 오 차장은 이인선의 이야기 속에 푹 빠졌다. 이야기하는 이인선의 얼굴을 넋 놓고 바라보다가 순간순간 깜짝 놀라고 무서운 순간마다 덜덜 떨었다.

"뭐 그런 건데, 그게 나중에 살펴보니까 이야기를 들으면 정신이 이상해지는 그런 이야기가 있다는 거야."

이인선이 이야기의 뒷부분을 말하고 있을 무렵이었다. 그 때 갑자기 한규동이 이상한 소리를 냈다. 한규동의 얼굴색이 변했다. 김 기자는 변화를 놓치지 않고 한규동이 보는 방향을 보았다.

이인선도 그 방향을 보았다. 오 차장의 머리 뒤, 천장 높은 쪽이었다. 모두가 한 방향을 보자 계속 이인선만 쳐다보고 있던 오 차장도 고개를 돌렸다.

"저게 뭡니까?"

김 기자가 소리쳤다.

네 사람이 보고 있는 자리에는 허공에 나타난 거꾸로 된 얼굴이 있었다.

머리카락이 긴 여자의 얼굴이었다. 하얀 피부와 짙은 눈, 빨간 입술이 흐릿하게 보였다. 입술은 달싹거리며 움직이며 뭐라고 말을 하는 것도 같았다. 멀리서 희미하게 들리는 것 같던 무속인의 울음소리 섞인 기도 소리가 커지는 느낌도 들었다. 얼굴 표정은 계속 웃음을 짓고 있었다. 웃음이 점점 더 짙어졌다.

"저게 뭐야!"

오 차장은 한규동이 낸 것과 비슷한 소리를 내며 와들와들 떨기 시작했다. 그러자 다들 소리를 지르며 허둥대기 시작했다.

오 차장이 가장 먼저 건물 바깥으로 뛰어나갔다. 김 기자는 이리저리 돌아보며, "기자 정신, 기자 정신" 하고 중얼거리며 뭔가 결심을 하려고 했지만 계속 허둥지둥거렸다. 그러다 결국 도망치는 오 차장을 보며 같이 따라 나갔다. 오 차장은 멍청한 표정으로 겁에 질려 소리지르며 뛰었는데, 잘생기다 보니 그런데도 묘하게 예술적인 얼굴로 보였다.

"사장님, 사장님!"

한규동은 울먹이다시피 이인선을 불렀다. 한규동도 정신은 이미 도망치고 있었다. 그렇지만, 떨면서도 그 자리를 지키고 있는 이인선이 남아 있으려고 해서 차마 시원하게 뛰지 못하고 참았다.

"잠깐만, 진짜 잠깐만."

이인선은 떨었다. 그래도 얼굴을 돌리지 않으려고 했다. 이인선은 계속 그 형체를 쳐다보았다. 자기 머리카락과 얼굴의 털이 바짝바짝 서는 바람에 온몸을 빙빙 돌며 전기가 통하는 것 같았다. 그러면서도 계속 버텼다. 이인선은 카메라를 꺼내 그 형체가 보이는 방향을 향했다.

이인선이 사진을 한 장 찍자마자 한규동은 손을 잡고 끌어냈다. 먼저 도망친 두 사람의 뒤로 그들도 막 뛰어 바깥으로 도망쳐 나왔다.

34

한참 뛰다가 한규동의 숨이 모자라 먼저 멈추어 섰다. 그러자 이인선도 같이 멈춰 섰다. 한규동은 숨을 헐떡거리면서도 뭐라고 말을 했다. 거의 우는 소리 같았다.

"내가 안 들어간다고 했잖아요. 내가 안 간다고 했는데, 내가 안 간다고. 아이, 진짜 그거 뭐예요."

이인선은 다른 말은 안 했지만, 역시 오락가락하는 머릿속을 추스르려고 애썼다. 서서 보니, 저만치 앞서 나간 오 차장은 아직 체력이 남았는지 여전히 맹렬히 도망치고 있었다. 그 뒤를 김 기자 역시 부지런히 뒤따랐다. 두 사람은 단숨에 산비탈 아래 타고 온 차를 세워둔 곳까지 내려가 그 길로 차를 타고 멀리멀리 다른 동으로, 구로 도망칠 기세였다.

"어쨌거나, 이게 뭐든 어떻게든 팔 수는 있겠네. 사진을 찍었잖아."

이인선은 화면을 보기 위해 카메라를 들었다.

"조금만 더 정신을 차려서 동영상을 찍으면 더 좋았을 텐데."

화면에 찍은 사진이 나왔다. 이인선은 떨지 않고 바로 조작해 사진을 불러냈지만, 그 동작이야말로 무서움을 덜 느끼려고 일부러 빠르게 움직인 것이었다. 검고 어두운 화면에 어둡고 희미한 얼굴이 떠오르는 것을 보니 피부에 찌르르한 느낌이 타고 지나갔다. 무서운 생각이 들어 카메라를 들고 있는 손이 달달 떨렸다.

"찍었어. 진짜 찍었어. 나온다. 나와. 규동 씨도 한번 볼래?"

"아니요. 왜요."

한규동은 경련하듯이 이인선으로부터 몇 발짝 물러났다. 그리고 고개를 확 돌렸다.

"한번 봐. 똑같은 걸 봤는지 확인해야지."

그러고는 날쌔게 움직여 한규동 앞으로 미끄러지듯 막아섰다. 무슨 춤이나 무술 동작 같았다. 그리고 액정 화면을 한규동의 얼굴 앞에 들이댔다.

"아 정말, 왜 그래요!"

한규동은 화면에 튀어나온 얼굴을 보고 놀라서 소리를 질렀다. 그리고 눈을 질끈 감아버리며 몇 발자국 더 도망쳤다.

"규동 씨도 잘 보이지? 아까 봤던 거 맞아?"

"정말 왜 그래요. 진짜 너무하네."

한규동은 한참 뛰어 힘든데다가 놀라서 숨을 더 가쁘게 쉬고 있었다.

"아까 본 것 맞지? 본 대로 그대로 찍힌 것 맞지?"

"몰라요, 몰라."

"생각해봐. 기억해보라니까."

"기억하기 싫다니까요."

한규동은 혹시라도 이인선이 또 사진을 들이댈까 싶어 눈을 꾹 감고 있었다. 이인선은 한규동이 사진을 보지 않으려는 것을 알고 말로 모습을 설명하기 시작했다.

"얼굴이 하얗고, 눈썹이랑 눈은 좀 짙고, 입술은 빨갛고, 슬쩍 웃는 얼굴이고."

"자꾸 상상되잖아요."

"그러니까 상상하는 거, 기억한 거랑 같냐고."

"몰라요, 몰라."

"약간 소름끼치게, 이상하게 보통 사람 웃는 얼굴하고는 다르게 웃는 얼굴 있잖아. 그런데 웃는 얼굴이고, 옷은 약간 붉은 계통 입은 것 같은데 머리랑 목까지만 잘 보이고 다른 데는 흐릿하게 잘 안 보이고."

이인선은 설명을 계속했다.

"설명 그만하시죠."

"규동 씨가 본 거랑 같은지 다른지만 말해주면 그만할게."

"같아요, 같아. 됐죠? 이제 그만하세요."

한규동은 여전히 눈을 감고 있었다. 이인선도 카메라 디스플레이를 껐다. 화면을 끈 후에도 잔상이 잠시 어려 있는 것 같았다.

"그런데 이상하네. 도대체 이게 뭐지."

이인선이 하는 말을 들으며, 한규동은 속으로 뭐기는 귀신이지, 하고 생각했다. 그렇지만 입 밖으로 내어 말하면 지금이라도 등뒤에서 귀신이 튀어나와 자기를 붙잡을 것 같았다. 그래서 아무 말도 하지 않았다. 심지어 이런 생각을 계속하고 있어도 귀신이 따라올 것 같았다. 그래서 생각도 안 하려고 노력했다.

이인선은 생각을 멈추려고 하지 않았다.

"왜 이런 게 보이는 거지?"

"정신이, 정신이 이야기를 듣고 망가졌으니까, 그러니까 그렇죠. 뇌를 망가뜨리는 말이 이야기 속에 들어 있어서."

한규동은 제발 이 모든 일을 이제 그만두면 좋겠다는 생각이 들었다. 그런데 이인선은 그 말을 듣자 오히려 기운이 생기는 것 같았다. 이인선은 카메라의 사진을 휴대전화로 전송했다.

"그럴 리는 없죠. 아까 정신이 이상해서 환각을 본 걸 수는 있어도, 그게 사진에 그대로 남아 있을 수는 없지. 카메라에 환각 증상이 생기는 인간 두뇌가 달리지는 않았잖아."

"사실 사진에 안 찍혔는데, 우리 뇌가 단단히 망가져서 빈 화면을 보면서도 거기에 얼굴이 보인다고 환각을 보고 있을 수도 있잖아요."

"그거는 아니라고. 이거 봐."

이인선이 보라고 말했지만, 한규동은 여전히 눈을 감고 아무것도 보려고 하지 않았다. 이인선은 무시하고 전화기 화면을 보면서 말했다.

"디지털 카메라에 저장된 사진이라는 게, 결국은 보이는 빛을 전부 숫자로 변환해서 저장하는 거잖아. 그런데 이 저장된 파일을 까보면 숫자가 영상에 들어맞아요."

한규동의 눈감은 얼굴을 이인선은 보았다. 이인선은 "괜찮아, 괜찮아. 지금은 영상이 아니라 파일에 적혀 있는 내용을 숫자 형태로만 화면에 띄웠다니까"라고 말했다. 한규동은 실눈을 뜨고 볼까 말까 고민했다.

이인선이 계속 말했다.

"사진 파일이 하드디스크에 기록된 형태 그 자체를 보면 말이야, 까만 바탕이 찍힌 부분은 파일에 까만 색깔 숫자가 저장되어 있고, 허연 얼굴이 찍힌 부분은 흰색에 해당하는 색깔 숫자가 저장되어 있다고. 아무리 사람이 환상적으로 미쳐도 그렇지, 어떻게 사진 파일 형식에 맞춰서 숫자 변환된 것까지 얼굴 형상에 맞춰서 눈에 보이겠어. 사람 머릿속에서 색깔이랑 숫자랑 변환하는 계산 속도부터 한계가 있을 텐데."

한규동은 화면에 정말 숫자만 나와 있는 것을 확인하고 눈을 떴다. 알 수 없는 숫자들만 가득 나와 있었다. 그래도 사진 파일이라도 계속 보고 있으면, 거기서 또 그 형체가 문득 놀래며 나타날 것 같아서 오래 들여다보지는 못했다.

이인선이 말했다.

"이거는 우리가 정신이 어떻게 된 게 아니야. 거기에 정말로 뭐가 있어서 카메라에 찍혔다는 거거든. 뭐가 있었던 거지."

그러자 한규동이 이인선의 생각을 중단시켜보고자 다시 한

번 용기를 냈다.

"귀신요."

이인선은 동의하지 않았다.

"아니야. 여기에 완전히 다른 세계에서 온 전혀 다른 뭐가 있었다는 증거는 없다고. 카메라는 눈에 보이는 빛을 찍는 장치고. 이거는 거기에 가시광선 파장, 400나노미터에서 700나노미터 사이의 광자가 이만큼 있었다는 게 확인된 거라고. 어디서 뭐든 그걸 그렇게 보낸 원인이 있을 거고."

이인선은 다시 한참 뭘 생각하는 것처럼 보였다.

"이제 퇴근하시죠. 정말, 시간도 다 됐는데."

한규동이 말했다. 이인선은 고개를 끄덕거리더니 차를 세워놓은 쪽으로 걷기 시작했다.

갑자기 다시 말했다.

"그런데, 말이야, 이게 좀 이상한데. 다시 한번 사진을 보자고."

이인선이 또 사진을 보려고 하자 한규동은 고개를 홱 돌리며 손으로 눈을 가렸다. "정말, 왜 그래요" 따위의 말을 중얼거렸지만 이인선은 대답하지 않았다. 이인선은 다시 사진을 보았다.

거꾸로 나온 얼굴이 나타났다. 무섭다는 감각이 가슴을 뛰게 했다. 그렇지만 좀 전보다는 훨씬 견딜 만했다. 이인선은 차분하게 얼굴을 살펴보았다.

"왜 이렇게 흐릿하지? 일부러 모습을 드러내려고 나오는 거면 좀더 또렷해도 되지 않나. 딱 봐도 누군지 정확히 알아보고 있고, 무슨 말을 하는지, 무슨 뜻을 가졌는지 바로 쉽게 쉽게 전달할 수 있게 그렇게 분명히 나오는 게 더 좋지 않을까. 귀신이라면 사람을 죽이고 살리기도 한다는데 똑바로 나타나서 분명히 말해주는 재주는 없는 건가."

"그런 말 하지 마세요. 부정 타요. 무슨 저주를 받으려고 그래요?"

"자세히 보면 머리카락도 이상해. 거꾸로 나왔으면 머리카락이 어깨 쪽이 아니라 머리 위쪽으로 쏠려야 되잖아. 우리가 거꾸로 매달릴 때 머리카락이 반대로 쏠리는 것처럼. 그런데 여기는 모습만 반대지 머리카락이 바닥 쪽으로 늘어져 있지는 않거든."

"귀신이 중력에 영향을 받아서 거꾸로 나타난다고 머리에 피 쏠리는 느낌 들고 그러겠어요? 살아 있을 때 형체대로만 나타나겠죠."

"아까 그런 생각도 했잖아. 그 직원이 여기에 거꾸로 묻혀 있기 때문에 그 모습대로 나타난다고."

"그게 이유가 아닌가 보죠. 다른 전설처럼 원래 저승에서는 다 거꾸로 보이는가 보죠."

"그래, 다른 전설도 있었지. 비슷한 전설이 많았지."

이인선은 다시 사진을 보았다. 이번에는 가까이 들여다보았다. 사진 속의 얼굴과 눈이 마주칠 때는 여전히 무서워서 견디기 힘들었다.

"얼굴도 좀 이상한 거 같아. 너무 미인 같지 않아요?"

"모르겠어요. 엄청 무섭던데요."

"갑자기 거꾸로 얼굴이 보이니까 무서웠던 거고. 얼굴만 다시 한번 잘 보라고. 흐릿해서 그렇기는 한데, 그래도 미인 맞다고."

"다시 안 본다니까요."

한규동은 눈감은 얼굴을 반대로 돌렸다.

"미인도 그냥 미인이 아니라 요즘 기준으로 미인인 것 같거든. 전설대로라면 1940년대 중반 사람이잖아. 이렇게 요즘 스타일의 미인 얼굴일 수가 있을까."

"귀기 어린 아름다움, 뭐 그런 말도 있잖아요. 귀신이니까 보통 사람이랑은 뭔가 다르겠죠."

"그런데 그렇게 아름답다 그러면, 1940년대식 미인으로 아름다워야 되는 거 아냐? 1940년대에는 미인 기준이 요즘이랑 많이 다르다고."

이인선은 1940년대 잡지나 광고, 영화 포스터에 나왔던 한국의 미녀 기준에 대해 생각했다. 화장법부터 전혀 달랐다. 확실히 요즘 유행에 맞는 얼굴, 직접 본 얼굴과는 달랐다. 이인선이 말했다.

"이상하잖아. 귀신들이 저승에서 유행에 맞춰서 화장도 고치고 얼굴형도 바꾸고 그런다는 거야? 저승에서 패션 잡지 같은 거라도 보면서 시간 보내나?"

"아름답고 안 아름다운 건 사람 기준에 따라 다른 거니까, 우리 정신이 지금 이상해져서 그런 걸 수도 있고……."

"그게 아니라니까. 이 사진에 찍힌 걸 보라고. 자세히 보면, 이 머리 아래쪽으로 옷도 바뀌었어. 아까 봤던 형체의 사진은 없지만, 처음에 규동 씨랑 나랑 처음 봤을 때는 옷이 흰색이나 회색 계통이었던 것 같다고. 그런데 이번에는 빨간 계통이잖아. 귀신이 옷도 갈아입나? 이상하잖아."

이야기를 나누며 걸었지만 한규동은 무섭다는 생각에서 벗어나지 못했다. 너무 놀라서 그런지 몸에 열이 나는 느낌까지 들 정도였다. 이인선은 한규동이 사는 곳까지 차로 데려다주기로 했다.

"오늘 고생 많이 했으니까 내일은 아침에 봐서 연락하고 늦게 출근해요."

집에 도착할 즈음이 되어서야 한규동은 가슴이 좀 가라앉는 것 같았다. 차에서 내리기 직전 한규동이 이인선에게 물었다.

"누가 이상한 장난을 치고 있는 걸까요? 사람을 내쫓아서 그쪽 땅을 차지하려고 장치를 꾸며 귀신 모양을 보여주고 있다든가. 아니면 보물을 차지하려고 다른 사람은 못 오게 하려고 그러고 있다거나."

"그건 또 아닐 거라고. 일단 일부러 누구를 무섭게 하려는 거면, 그것보다 훨씬 더 무섭게 생긴 게 튀어나왔을 거라고. 눈이 세 개고 송곳니가 길게 나왔다든지, 뭐 그런 모양으로. 그런데 아니잖아. 그냥 또렷하게 안 보이는 신비한 얼굴이라고. 그리고 아까 건물 앞뒤로 다 둘러봤잖아. 귀신 튀어나오게 하는 복잡한 장치 같은 것도 없어 보였고."

한규동은 다시 겁이 났다. 그러면 진짜 귀신이란 말인가? 이인선은 웃었다.

"그리고 귀신 나온다고 소문 돌아서 땅값 내려가고 집값 내려가는 것도 옛날이야기지. 옛날 20세기 중반에는 집값 낮춰서 헐값에 남의 집 사려고 일부러 도깨비 나온다는 소문내고, 밤에 몰래 집에 돌 던지면서 도깨비가 돌 던진다고 하고 그런 사건도 신문에 나고 그렇긴 했는데. 그게 언제 적 이야기야. 요즘 서울에서 집값 땅값 따지는 사람들이 귀신 도깨비에 값 내릴 사람들이에요? 오히려 집값 무서워서 귀신이 도망갈 판이지."

한규동은 완전히 지쳐서 이인선과 헤어졌다.

이것이 한규동의 입사 첫날이었다.

35

한규동은 그날 밤 전혀 잠들지 못했다. 잡념에 휩싸여 이 생각 저 생각 하는 와중에 잠시 의식이 희미해졌던 이십 분 정도가 잠이 든 것에 가장 가까웠다. 도대체 어쩌다가 이런 일에까지 자신이 흘러들었는지 돌아보며 괴로워하기도 했고, 이 일을 그만두는 게 옳다는 결심을 하기도 했다. 뭐라고 이인선에게 말하고 퇴사할까 고민하다가, 그냥 말이고 뭐고 연락 딱 끊어버리고 두 번 다시 사무실에 가지 말자는 생각까지 했다.

보통의 직업 세계에서는 해서는 안 될 행동이지만 이번에는 자신을 구하기 위한 비상수단이 아닌가 싶었다.

입사해서 일한 첫날, 단 하루 만에 제정신 아닌 사람들을 여럿 만나고, 장혜경을 제 발로 찾아가 만나는 제정신이 아닌 짓을 하고, 아마도 제정신이 아니었기에 귀신 얼굴까지 두 번이나 보았다. 자신이 기대했던 일이 전혀 아니었다. 이어질 미래의 일의 성격이나 회사의 미래를 상상해보아도 별로 상상되는 것도 없었지만, 자신에게 어울린다는 생각은 들지 않았다.

그런데 그런 것은 그래도 그날 밤 떠올린 걱정 가운데 가장 괴로운 것이 아니었다. 이런저런 생각 말미에 자꾸만 그 건물에서 본 거꾸로 된 얼굴 형체가 떠오르는 것이야말로 가장 싫은 일이었다.

한번 모습을 생각하게 되면 다른 생각은 날아가고 그냥 귀신, 귀신, 귀신, 무섭다, 무섭다, 무섭다, 하는 느낌만 마음속에 가득찼다. 너무 빠른지 어떤지는 모르겠지만 심장 콩닥거리는 느낌이 마음 한가운데에서 계속 느껴지는 것 같았다.

궁리하던 모든 생각은 엉망진창으로 섞이고, 불안함 때문에 잠도 반짝반짝 깨어버렸다. 어두운 방안 구석 어디에서라도 다시 그 얼굴이 튀어나올 것 같았다. 눈을 감으면 눈을 뜨는 순간 눈앞에 얼굴이 나와 있을 것 같아 불안했고, 눈을 뜨고 있으면 어디선가 스멀스멀 그 형상이 나올 것 같아 불안했다. 심지어, 무서움을 쫓겠다고 텔레비전을 켜자 일기예보를 하는 기상 캐스터의 얼굴이 때마침 화면을 가득채우며 튀어 나왔는데, 갑자기 귀신같이 무섭게 보여서 집안 한구석으로 도망치기까지 했다.

그렇게 잠을 설치고 나니 아침이 되어서도 머리만 아프고 정신은 몽롱했다.

시간이 되어 세수를 하고 있으니 처음으로 무섭다는 생각보다 졸리다는 생각이 앞서기 시작했다. 이인선에게 늦게 출근하겠다고 문자메시지를 보내야겠다고 생각했다. 해가 떠오른 후에, 한규동은 잠이 들었다. 한번 잠이 들자, 잠이 몰려와 잠깐 뇌가 밟혔다가 다시 펴지는 것처럼 콱 자버렸다.

잠에서 깨어보니 시간이 한참 지나 있었다. 이인선에게 출근을 하겠다고 이야기한 시간까지도 출근하지 못할 만큼 시간이 많이 지난 것 같았다. 이참에 그냥 연락 끊고 그 회사와도 인연 끊을까 하는 생각이 들었다. 그래, 그러자 싶었다.

그런데 다시 일어나서 옷을 입으려는데 장혜경에게 받은 명함이 보였다. 장혜경에게 새로 시작하는 인터넷 정보 회사에서 일하고 있다고 소개했던 것이 기억났다. 이렇게 때려치우면 나중에라도 뭐라고 해야 할까. 이상한 짓만 하는 희한한 회사에 속아서 입사했다가 도망 나왔다고 설명해야 되나. 그만두겠다고 말이라도 하고 말끔하게 마무리짓는 것이 낫겠다 싶었다.

한규동은 이인선에게 전화를 걸었다.

"저어, 죄송한데요. 제가 말씀드린 시간까지도 출근이 어려울 것 같아서요."

"괜찮아. 사무실까지 올 필요 없어."

이인선이 말했다.

"그냥 옷만 대충 입고 나와. 내가 지금 규동 씨 집 앞에 와 있거든. 오늘은 바로 이동하자고."

한규동은 놀랐지만 직접 얼굴을 보고 그만두겠다고 말하기로 마음먹었다.

36

바깥으로 나오니 구름이 잔뜩 끼어 날씨는 어두운 편이었다. 그래서 그런지 이인선의 차는 오늘따라 더욱더 허름해 보였다. 법이 엄격한 나라에서는 그 모습을 남에게 보이는 것만으로도 범법자가 될 정도로 못생긴 차로 보였다.

그런데 차 안에는 이인선 외에 다른 사람이 한 명 있었다.

고등학생 정도 되어 보였는데 이목구비가 또렷하고 앉아 있는 모습이 바른 자세 포스터에 나오는 것 같은 여학생이었다.

"오늘 우리랑 같이 일할 아르바이트생이야."

이인선은 인사를 마치자마자 학생을 소개했다. 여학생은

인사 대신에 이인선의 말을 지적했다.

"아르바이트생 아니고, 인턴요."

"그렇지. 그렇지. 맞아요. 인턴."

이인선은 과하게 강한 동작으로 고개를 끄덕거렸다. 여학생은 목소리도 대단히 좋았다.

"방송사 보도 계통에서 일하는 게 진로 희망이라고 하더라고. 그래서 우리 회사에서 일하면 경력은 될 수 있을 것 같아서 온 거야."

이인선이 설명했다. 한규동은 이런 상황에 처하니, '이제 당신이랑 일하는 것은 때려치우겠습니다'라는 말을 먼저 꺼내지 못하고 다른 말부터 시작했다.

"이 인턴 학생이랑은 어디에 가서 무슨 일을 하는 건데요?"

"어제 거기 가야지. 제대로 조사를 해봐야지. 주변 사람들부터."

"인턴 학생이 조사를 할 줄 알아요?"

"내가 어제 있는 끈 없는 끈 다 줄 대어서 데려온 학생이거든."

알고 보니 인턴 학생은 어머니가 방글라데시 출신으로 그 나라에서 쓰이는 벵골어에 능통한 사람이었다. 공장 건물에서 오랫동안 일한 사람은 방글라데시 출신 외국인 근로자뿐이다 보니 뭘 물어보기가 어려웠는데 그 문제에 대한 이인선의 해결책이었다.

이상한 게 자꾸 나타나는 데가 있는데, 우리도 이상한 걸 봤다, 카메라에 이런 게 찍혔다, 그런 설명을 하다 보니, 어느새 차는 한참 움직여 한규동이 사는 동네를 떠나버렸다.

인턴 학생은 이야기를 유심히 듣고 있기는 했지만 별로 무서워하지도 않고 놀라지도 않았다. 그냥 똑바른 자세로 가만히 앉아서 이야기를 듣고 궁금한 것을 묻고, 가끔 이인선이 말을 하다가 "아르바이트생"이라고 부르면 "인턴요"라고 정정할 뿐이었다.

인턴 학생이 사진을 보고도 전혀 무서워하지 않는 것을 보자 한규동은 그 분위기에 서서히 휩쓸렸다. 직접 해를 입지는 않았으니 그만둘 때 그만두더라도 이번 건까지만 어떻게 마무리짓는 게 어떤가, 오늘은 때가 아니지 않나, 뭐 그런 엉뚱한 생각이 들어 일단 따라갔다. 이런 식으로 사람들이 다단계 회사에서 발을 빼지 못하는 것 아닌가 하는 느낌이 잠깐 들기도 했다. 하지만 마침 그때 차가 판잣집이 가득한 동네 입구로 들어서면서 풍경이 바뀌자 곧 잊혀졌다.

여전히 흉측한 풍경이었다. 인적 없는 마을에서 매우 마른 남자 한 사람이 이쪽을 유심히 쳐다보고 있었다. 온 길을 돌아보니, 오늘따라 도시의 빌딩들이 더 멀어 보였다. 구름이 많은 어두워진 날씨에 빌딩들도 죽어버린 것 같았다. 다만 전광판만 더 선명히 빛나 보였다. 거기에는 "인위적인 아파트값 대붕괴가 실현되면, 한국 경제는 초대형 공황, 무조건 막아야"라는 기사가 나오고 있었다. 공황이라는 말을 읽으니 꺼림칙한 기분이 다시 강해지기 시작했다. 공포, 공황 상태.

그러나 공장 안으로 들어가는 것은 더 쉬워졌다. 이인선은 자기가 오 차장의 상관인 것처럼 말했고, 오 차장의 회사를 들먹이자 공장 출입을 다루는 것은 간단했다.

"그렇게 막 지어낸 것 같은 이야기 해도 돼요?"

"괜찮아. 오 차장이 우리 방해한 거 생각해봐. 걔는 안 그러기로 해놓고도 매번 그래."

이인선의 표정을 살피니 이제부터는 여기서 계속 오 차장과 마주칠 것을 각오한 것 같아 보였다.

공장 맨 뒤편 건물로 향하는 한규동의 걸음은 자꾸 느려졌다. 옆에서 같이 걷던 인턴 학생이 짜증스러운 눈길을 보내기도 했다. 이인선은 그 기색을 알아채고 다른 설명부터 했다.

"이번에는 저 건물에는 안 들어갈 거야. 다른 데서 조사를 할 거라고요."

한규동은 티를 안내려고 했다. 그러나 건물에 안 들어간다는 말을 듣고 얼굴이 밝아진 것은 인턴 학생도 단숨에 알아차릴 수 있었다.

이인선이 말했다.

"보통 이야기는 결말이 중요하잖아. 그런데 규동 씨가 들려준 이야기에서 결말에 대해서는 우리가 너무 아는 게 없더라고."

"결말이 뭔데요?"

인턴 학생이 끼어들어 물었다.

"어떤 방글라데시에서 온 유학생이, 이야기 자체에 교묘하게 사람을 미치게 만드는 무서운 성질이 있다는 것을 알아내서 이야기를 들으면 정신이 이상해지면서 이상한 형체가 눈에 보이게 되는 거라고 밝혔다는 거지. 그래서 지금은 그게 비밀리에 연구되고 있다는 게 끝이거든요."

"그러면 뭘 조사할 건데요?"

"이상한 얼굴이 보이는 거나 공장 귀신 전설에 대해 알아내려고 하던 방글라데시 사람이 정말 있었느냐, 누구냐, 지금은 어디 갔느냐, 그런 것부터 물어봐야지."

이인선의 말에, 한규동은 정말로 오늘은 건물 안으로는 안 들어가겠구나 생각만 했다. 겁을 내던 것이 확 없어지니까 다리에 살짝 힘이 빠지는 것 같기도 했고, 어젯밤 잠을 제대로 못 자 피로감이 몰려오면서 어딘가 드러누워 자고 싶기도 했다.

졸린 얼굴로 따라다니는 한규동에 앞서서, 이인선과 인턴 학생은 건물 근처를 지나다니는 방글라데시계 직원들에게 이야기를 묻기 시작했다. 인턴 학생은 조사해야 하는 상대와 말을 시작하자 수완 좋게 인사말도 잘 건네고 부드럽게 말을 끌어냈다. 최대한 많은 대답을 하게 하는 솜씨도 갖추고 있었다. 이인선은 놀랐다.

몇 사람과 이야기한 뒤에, 인턴 학생과 이인선은 꽤 많이 안다 싶은 사람을 마주치게 되었다.

그는 일행이 모두 모여 들어야 할 만한 이야기를 했다.

"원래부터 엄청 가난하게 살아서 여기 와서도 정말 아껴 쓰고 힘들게 일하던 친구였거든요. 항상 어떻게든 돈 벌 궁리만 하고. 그래서 텔레비전도 항상 이 뉴스, 저 뉴스, 뉴스만 봤어요. 한국말도 배우려고 어떻게든 시간 날 때마다 애쓰고. 그런데 걔가 그런 이야기를 하고 다닌다 그러더라고요."

"무슨 이야기요?"

"저기 저 건물에서 귀신이 보인다고요."

그 사람이 가리키는 것은 공장 맨 마지막 건물이었다.

"그래서요? 그래서 어떻게 됐는데요."

"어떻긴요. 한몫 잡았죠."

"어떻게 한몫 잡았는데요?"

"무슨 무당이다 무속인이다 해서 한국에는 귀신 믿는 사람들 많잖아요. 그 사람들한테 걔가 진짜로 귀신이 나오는 걸 보여줬다고요."

"그건 어떻게 보여줬는데요?"

"신기한 게…… 그냥 그 건물에 가면 거기 가서 아무리 기도를 해도 귀신이 안 나온다고 하거든요. 그리고 그…… 그 한국 무당들 이상하게 뛰면서 춤추는 것 있죠?"

"굿요?"

"그런 걸 해도 귀신이 안 나온대요. 옛날부터 저기에서 귀신이 나온다는 소문은 있었나 보더라고요. 그래서 귀신 보겠다고 여기 공장 지키는 사람한테 몰래 돈 주고 들어오는 사람들이 있었거든요. 그런데 그렇게 와도 귀신을 딱 볼 수 있느냐면, 그건 아니니까요."

이인선은 그 귀신이 나온다는 소문이 어떤 이야기인지 궁금했다. 우리가 알고 있는 임만섭과 직원의 이야기와 같은 것일까. 그렇지만, 일단 그 귀신 보는 외국인 노동자 이야기부터 먼저 듣기로 했다.

"그런데요?"

"그런데 걔가 시간 보다가 지금 나온다, 하고 딱 맞춰 가면 그때는 정말 귀신이 나온다는 거예요. 그래서 무당들이 걔는 진짜 귀신을 볼 줄 아는 사람이다, 여기 부잣집 영감님 귀신, 여기 일하던 처녀 귀신이 진짜로 붙은 사람이다, 그랬다고 하더라고요. 그러고 나서, 한 번만 귀신 보여달라고 보여달라고 하면서, 뭐 돈도 주겠다고 하지, 무슨 집도 내어주겠다고 하지, 차도 내어주겠다고 하지. 그러니까 돈 많이 모았죠."

"어떨 때 귀신이 나오는데요?"

"나는 모르죠. 알면 나도 돈 벌었게요."

"그 사람은 지금은 어디 있어요? 혹시 아세요?"

"돈 벌었는데 이런 데서 계속 살겠어요? 벌써 고향으로 돌아갔죠."

이인선은 이야기를 더 캐물으며 조금이라도 무엇인가를 알아내려고 했다.

이 이야기가 답으로 가는 길에 가깝다고 생각했다. 그 열의를 보고, 한규동은 이제 이인선이 방글라데시에 가서 그 사람을 찾자고 하지는 않을까 겁이 났다.

그렇지만 이인선이 더 알아낼 수 있는 것은 없었다. 그 귀신을 정확히 볼 줄 아는 사람의 이름조차도 똑똑히 알 수가 없었다.

"어쨌거나 그 사람 때문에 여기가 무속인들 사이에서 더 알려지고 그랬던 거겠구만."

이인선이 말했다.

"규동 씨, 어때요? 그 방글라데시 사람도 규동 씨가 해준 무서운 이야기를 전부 알았을 거 같아요?"

"그럴 것 같지는 않은데요. 그렇게 이야기가 딱 맞아드는 것 같으면, 애초에 뒷부분도 유학생이 뭔가를 밝혀냈다는 이야기가 아니라 방글라데시에서 온 귀신 보는 공장 직원 이야기였을 거고. 임만섭이랑 옛날 직원 나오는 그 옛날이야기가 방글라데시 출신 직원들 사이에서도 유명했으면 그 이야기도 분명히 나왔을 텐데, 그렇지 않은 걸 보면 이야기를 잘 알고 있었던 것 같지는 않고요."

"그렇지, 그런 것 같기는 한데."

"대충 정리되셨으면 이제 가시죠. 사무실로 가시든가 아니면 어디 가서 식사라도 하시든가."

한규동은 어떻게든 그 건물과 멀어지고 싶어서 그렇게 말했다.

그리고 그 뜻대로 터덜터덜 공장 밖으로 다 같이 걸어나갔다. 잠시 멈추면서 이야기도 나누고 점심으로 뭘 먹을지 의논도 했다. 빨리 공장 밖으로 뛰쳐나가고 싶은 까닭에 그렇게 느릿느릿 움직이는 것이 싫었지만, 이제 곧 나가겠지, 곧 나가겠지, 하면서 참고 기다렸다. 그런데 괴상하게도 이인선은 뭐가 미련이 남는지, 뭐가 발목이라도 붙잡고 매달리는지, 자꾸 그곳에서 멀어지지 않으려는 것처럼 천천히 움직였다.

그러던 중에 인턴 학생이 한마디했다.

"저기 이상한 사람들이 그 건물로 들어가네요."

이인선이 고개를 돌려보니, 그 건물로 들어가는 사람이 둘 보였다. 손에 연장을 들고 있는 그들은, 키가 큰 여자와 대머리 남자였다.

37

이인선은 당장에 건물로 따라 들어가자고 했고, 한규동은 전력으로 반대했다. 오늘만큼은 절대 건물로 들어가지 않겠다고 약속하지 않았느냐고 따졌다. 인턴 직원은 적당히 앉을 곳을 찾아 두 사람이 다투는 광경을 말없이 구경했는데, 곧 지루해졌는지 전화기를 켜더니 논쟁이 끝날 때까지 달리는 타조의 깃털에 초콜릿 시럽을 바르는 게임을 했다. 그때는 그런 게임이 유행이었다.

이인선의 주장도 근거는 있었다.

"저 사람들이, 그 이야기 속에 나오는 그 이상한 얼굴 보고 놀랐다는 소문을 시작시킨 사람들 맞지?"

"그냥 비슷한 사람일 수도 있죠. 키 큰 여자랑 대머리 남자가 같이 다니면 안 되나요, 뭐."

"지금까지 이야기 속에 나온 사람을 우리가 직접 만나본 적은 없잖아요. 그 옛날이야기에 나오는 직원이나, 임만섭이나, 임만섭 아들이나, 유학생이나, 다 이야기 속에서 전해 듣기만 했지 직접 보거나 만나서 물어본 적은 한 번도 없었다고. 그런데 지금 그 사람들이 있잖아요. 봐야지, 놓치면 안 되지 않겠어요? 이야기 핵심에 꽂혀 있는 길인데."

"아무도 안 만난 건 아니죠."

"누굴 만났는데?"

"귀신……요."

한규동은 건물을 흘깃 보았다. 건물의 회색 윤곽만 봐도 불길하고 으스스해 보였다. 이인선이 말했다.

"귀신이라니. 그런 건 없지. 그건 분명히 뭔가 다른 거라니까. '누구'가 아니에요."

"옛날부터 세계 곳곳에서 그런 걸 본 사람들이 있다잖아요."

"자주 보이는 만큼 그게 그렇게 신비한, 말도 안 되는 일일 리가 없다니까. 무슨 조건이 맞아 그런 식으로 사람들이 착각할 만한 일이 가끔씩 여기저기서 벌어져서 그런 걸 거라고."

"그게 뭔데요. 모르잖아요."

"그러니까, 저 사람들 찾아가서 만나서 물어보자니까요."

두 사람의 논쟁은 이어졌다. 한규동은 이제는 절대 그 얼굴을 보고 싶지는 않다는 생각에 강하게 반대했고, 이인선은 한규동을 어떻게 차분히 달래서 들어가보자는 쪽으로 끈질기게 주장했다. 결국 이인선은 혼자라도 들어가겠다고 했는데, 한규동은 그것도 반대했다.

"사장님, 어쨌거나 저쪽은 두 사람이지 않습니까? 무슨 이유로 들어간 사람인지도 모르는데, 혼자서 들어가는 건 위험하지 않아요?"

"뭐, 그래도 할 수 없지. 규동 씨는 안 들어간다니까."

"아무리 그러셔도 저는 진짜 안 들어갑니다. 사장님 혼자서도 들어가시면 안 돼요. 누구 다른 사람이라도 오면 같이 들어가시든지."

인턴 학생이 타조 세 마리의 몸통을 초콜릿으로 발라버릴 때까지 두 사람의 이야기는 이어졌다. 건물 안으로 직접 들어가지는 않지만 들어간 두 사람이 뭘 하는지 건물 바깥에서 최대한 지켜보고 두 사람이 바깥으로 나오면 그때 붙잡고 물어보자는 정도로 타협했다.

그러는 동안 공장 안이 소란스러워졌다. 공장 안으로 들어가려는 사람들이 공장 입구에 몰려드는 것 같기도 했고, 공장 안으로 이미 들어간 무리가 마지막 건물 방향으로 요란하게 들어오려는 기색이 있는 것 같기도 했다.

가만 살펴보자니 별로 보기 좋지 않은 제복을 입은 덩치 좋은 젊은 사람들의 떼거리가 있기도 했고, 흔하게 마주치기 어려워 보이는 인상의 이질감 많이 드는 남자 패거리들이 보이기도 했다. 그 사람들은 서로 다투고 있었는데, 그 사이에 공장 직원들도 엮여 있었다.

뭉쳐 있는 사람들 중에는 난처한 기색이지만 소리도 지르고 "밀지 마세요" "일단 나가시고 전화로 연락 주세요" 같은 말을 확성기로 외치는 직원도 있었다.

그러고 보니 오늘따라 유난히 무속인들의 기도나 의례 소리가 더 크게 들리는 것 같기도 했다. 더 많은 사람이 몰려드는 것 같았고, 공장 정문 쪽에 몰려 있는 요란한 사람들 사이에서도 옷차림이나 행색으로 보기에 특이한 믿음을 가진 사람이 꽤 섞여 있는 것 같기도 했다.

그 와중에 담을 넘으려는 사람도 있고, 혼자 용케 몸을 빼내어 공장 안에서 어느 건물로 가야 하는지 두리번거리는 사람도 있었다. 그런 무리를 피해, 이인선, 한규동, 인턴 학생 세 사람은 살금살금 움직였다.

그렇게 가느라 공장 옆쪽으로 움직이고 있는데 누가 이인선을 불렀다.

"인선이!"

오 차장이었다. 이인선 쪽을 보고 환하게 웃고 있었는데, 워낙 잘생긴 얼굴이라 주변으로 웃음이 퍼져나가는 것 같았다. 전화기에 나오는 초콜릿 바른 타조만 보고 있던 인턴 학생도 고개를 들어 유심히 볼 정도였다.

오 차장과 김 기자가 어제 가져왔던 장비 차량을 타고 공장 서쪽의 특수차 출입구로 몰래 들어온 것이었다. 자기 회사의 조직을 이용해서 고위직에 미리 연통을 넣어놓은 오 차장의 잔재주였다.

김 기자는 이인선과 한규동을 보자 반갑게 인사했다. 한규동이 인턴 학생을 소개하자 김 기자는 인턴 학생에게도 성실히 인사를 하며 꾸벅 허리를 숙였다.

이인선은 오 차장을 보자마자 짜증부터 터뜨렸다.

"넌 또 여기 왜 왔는데."

"당신이 간 곳이라면, 내가……."

"쉰내 나는 소리 하지 말고. 저기는 뭐야? 가동도 안 되는 공장에 왜 갑자기 사람들이 이렇게 많이 몰려드는 건데."

"당신이 준 영감과 나의 손끝이 써 내려간 예쁜 문장으로 예고편이 올라갔어요."

"뭔, 무슨 예고편?"

김 기자가 대신 설명했다.

"이 공장에 얽혀 있는 전설과 소문을 소개하겠다고 오늘 오전에 올렸습니다. 물론 이상한 게 나온다는 이야기를 자극적으로만 소개한 것은 아니고요, 기자 정신에 입각해서, 그런 소문이 있지만 최대한 진실에 가까운 이야기를 전달하겠다는 식으로 예고편을 내보냈습니다."

"포털 사이트 메인이야, 인선이. 당신과 나의 작품이, 포털 사이트 메인이라고."

오 차장이 이인선에게 말했다. 이인선은 오 차장의 말은 무시하고 김 기자에게 대신 물었다.

"저 사람들은 다 귀신 구경하려고 온 사람들이에요?"

"그런 사람도 있고요. 보물 이야기도 언급을 했기 때문에, 보물을 찾아보겠다고 온 사람도 있습니다."

"보물, 그런 걸 정말 요즘 사람들이 그렇게 믿어요? 금은이 있었으면 금속 탐지기로 딱 찾아서 진작 누가 파내 갔겠지."

"그런데 좀 다르게 생각하는 사람도 있더라고요. 정확히 어느 공장 이야기인지는 몰랐지만 그 옛날이야기는 그래도 꽤 퍼져 있었거든요."

"어떻게 달라요?"

김 기자는 소리지르는 사람들 쪽 눈치를 다시 한번 살폈다. 그리고 대답했다.

"옛날이야기에 보면, 공장에서 그렇게 약물을 많이 썼다고 되어 있잖아요. 그래서 임만섭이 마지막으로 숨겨놓은 보물이 아주아주 많은 양의 약물이라고 생각하고 있는 사람들이 있습니다."

그 말을 듣던 한규동은 아까 몰려 있던 험상궂어 보이는 사람들이 어떤 업계에서 일하는 사람인지 알 것 같았다. 뭘 보지도 않았는데도 찌릿하니 무서운 느낌이 들었다.

"야, 너는 어쩌자고 일을 이렇게 벌였냐. 아주 헤집어놨잖아."

이인선은 오 차장에게 투덜거렸다. 마침, 공장 사람 하나가 이쪽으로 오고 있었다. 워낙 주변이 소란스러우니까, 일단 나가달라고 내쫓으러 온 것 같아 보이기도 했다.

"우리 같은 일행이야, 아니야?"

이인선은 공장 직원을 흘겨본 후, 오 차장에게 말했다.

"일행이지, 언제나. 하나지."

오 차장이 대답했다.

높은 사람의 허락을 받고 공장 안으로 들어와 있는 오 차장과 일행이라고 설명하고 나니, 쫓겨날 걱정은 덜 수 있었다. 그렇지만 주변이 시끄러워질수록 더 마음이 탔다.

이인선은 다시 한규동에게 말했다.

"저 사람들 몰려 들어오면, 우리는 지금처럼 이렇게 편히 볼 기회가 절대 없다고. 건물 안에 들어가서 보자고. 그냥 그 두 사람 붙잡고, 한 번만, 딱 한 번 대화만 해보자고."

"아, 왜 그러세요. 바깥에서 관찰만 하기로 했잖아요."

"그러면 그냥 다른 사람하고 갈게."

이인선은 오 차장에게 같이 건물 안으로 들어가자고 말했다. 그렇지만 오 차장은 안색이 변하며 두려운 기색을 보였다. 김 기자는 설명을 듣고 기자 정신 어쩌고 하는 말을 하면서 오 차장을 설득했지만, 오 차장은 원래 마음의 준비가 좀 되고 나면 들어가려고 했는데, 운운하면서 머뭇거렸다.

이인선은 오 차장에게 뭐라고 귓속말을 했다. 그 말을 들은 오 차장은 이인선과 함께 건물 안으로 들어가겠다고 나섰다. 한규동은 이인선이 뭐라고 말해서 오 차장을 설득했는지 궁금했지만, 알아봐야 마음만 불편해질 것 같아 묻지도 않았다.

이인선과 오 차장이 건물 안에 들어가면 나머지 사람들은 문밖에서 망을 보고 있기로 했다.

이인선은 건물 문 앞에 섰다. 등뒤에는 오 차장이 바짝 붙어 섰다. 문안에서 쿵쿵거리는 소음이 들리는 것 같았다.

"누구 계신가요? 저희 들어가요."

이인선은 문을 두드리고 안쪽을 향해 말했다. 소음이 그쳤다.

이인선은 천천히 문을 열고 문틈으로 발을 내디뎠다. 이인선은 안쪽을 보려고 했다. 어두운 것과 밝은 것이 섞여서 정확히 알 수가 없었다. 덜덜 떨고 있던 오 차장이 그때 "으윽" 하는 이상한 숨소리를 내며 환한 전등 빛을 앞쪽으로 비추었다.

불빛과 함께 두 형체가 급히 우당탕 앞쪽으로 뛰어나왔다. 두 형체는 이인선과 오 차장을 밀치고 문으로 달렸다. 그 키 큰 여자와 대머리 남자였다. 두 사람은 방금 전까지 바닥을 두드리는 무슨 작업을 하다가 발각된 것을 알고 급히 도망치는 것이었다.

두 사람이 문밖으로 뛰어나오자 한규동은 김 기자를 끌어당겨 같이 몸을 피했다.

"붙잡아!"

밀려 나자빠진 이인선의 목소리가 들렸다. 김 기자는 곧 뒤따라 달려 붙잡으려고 했다.

그러나 둘은 공장 정문 쪽으로 움직이지 않았다. 오히려 공장의 외벽 쪽으로 움직였다. 김 기자는 곧 두 사람을 잡을 수 있을 거리까지 뛰어 쫓아갔다.

도망친 둘은 막다른 곳으로 몰린 것으로 보였다. 그런데 벽 위에 한 할머니가 서 있었다. 판잣집과 비닐하우스 사이에서 본 적이 있었던 것 같던 얼굴이었다. 할머니는 손을 잡아 둘을 끌어당겼다. 두 사람은 벽을 넘어 달려갔다.

그리고 길도 없이 뭉쳐져 있는 무허가 건물과 쓰레기 더미의 무한한 미로 속으로 몸을 감추었다. 컴컴한 하늘의 먹구름 속으로 두 사람이 사라졌다고 해도 믿을 만큼 흔적은 보이지 않았다.

38

문을 열어젖힌 건물 안으로 바깥 빛이 새어 들어갔다. 흐린 날씨라 어두웠지만 건물 바깥에 서서도 건물 안이 어지간히 들여다보였다. 이인선이 먼저 건물 중앙으로 걸어 들어갔고, 김 기자와 인턴 학생도 곧 따라 들어갔다. 오 차장은 건물 입구께에서 머뭇거리고 있었다. 한규동은 문밖에서 서성이면서도 뭐가 있나 싶어 건물 안쪽을 기웃기웃 살펴보았다.

“여기서 작업을 한 것 같네.”

이인선이 말했다. 말하면서 쳐다보는 방향에는 곡괭이와 삽이 있었고, 곡괭이로 몇 번 바닥을 찍어낸 흔적이 있었다. 그 옆에는 바위나 시멘트 덩어리를 부술 때 사용하는 착암기도 하나 팽개쳐져 있었다. 키 큰 여자와 대머리 남자가 가져온 도구 같았다.

곡괭이로 찍어서 대강 위치 확인하고 나면, 착암기를 켜서 기계로 바닥을 부수고 그다음에 삽으로 그 안에 있는 것을 파내려고 했던 것인가 싶었다.

"차장님, 여기, 우리가 어제 찾았던 그 자리입니다."

김 기자는 찍은 흔적이 있는 자리를 보고 외쳤다. 오 차장의 생각이 맞아 들었다는 사실에 기뻐하는 것 같았다.

"그러면, 거기, 보물도, 우리의 보물도 있는 건가."

오 차장은 낮고 굵은 목소리로 감탄하는 것은 영화 예고편의 성우 같았다. 그 말을 듣자 김 기자는 성취감에 얼굴마저 상기되었다.

"보물 아니라니까."

이인선이 말했다. 김 기자가 물었다. 흥분한 기색은 여전히 남아 있었다.

"그러면 마, 마약입니까? 임만섭이 여기에 수십억 원, 수백억 원어치의 약물을 묻어놓은 겁니까?"

"어제 기계로 측정했을 때 봤잖아요. 여기 있는 건 무덤일 거라니까요. 사람 묻어놓은 자리. 왜 하필 약물을 사람 모양으로 포장해서 묻어놓겠어요."

보물 말이 나오면서 오 차장도 건물 안으로 몇 발짝 걸어 들어갔다. 문 옆에 서 있던 한규동은 그걸 보고 있자니 불안했다.

"무덤이고, 어제 우리가 본 게 있잖아요. 여기 좋을 게 없잖아요. 이제 다 보셨으니까, 그만 문 닫고 가자니까요."

이인선은 무슨 생각이 다시 났는지 주변을 다시 한번 빙 둘러보았다. 이인선은 혼자 생각에 잠겼다. 그러나 이인선이 주위를 둘러보다가 한규동 쪽으로 시선이 갔다. 한규동은 이인선이 자기를 보고 있다고 생각했다.

한규동이 말했다.

"애초에 그 옛날이야기에 나온 직원이 무슨 건드려서는 안 되는 다른 경지로 나아가는 통로가 되는 그런 사람이었다면서요. 그 직원 시체가 여기 묻혀 있는 거고, 시체를 파내서 다시 다른 경지로 나아가는 문을 열려고 하는 거 아니에요?"

"시체를 파낸다고 뭐가 있나. 육십 년 지난 시체면 뼛조각뿐일 텐데. 그거 그냥 칼슘이랑 인 덩어리인데 거기에 무슨 환상적인 문이 있어."

"귀신도 나오는 걸 보면 우리가 알 수 없는 신비한 게 있겠죠."

"우리가 알 수 없으면 그냥 알 수 없는 거지. 알 수 없다고 귀신이 나오는 걸 신비한 거라며 이해했다는 식으로 말하면 안 되지."

"혜경 선배 이야기도 그랬잖아요. 그 다른 세계로 따라가지 못하고 남아 있던 미친 사람이 평생 헤매다가 죽었는데 그 사람이 살던 판잣집에서 귀신이 나왔다면서요. 여기가 그 사람 무덤일 수도 있는 거 아니에요? 그 사람이 그렇게 평생 먼저 간 다른 동료들을 따라가고 싶은 간절한 생각을 품고 살았으면, 그게 지금 여기 남아서, 귀신이 튀어나오고 그러는 문이 되나 보죠."

한규동의 말을 듣고 김 기자가 물었다.

"아까 그 두 사람은 왜 시체를 파내려고 하는 건데요?"

"귀신 보고 돌아버린 사람이잖아요. 금지된 세상으로 따라가고 싶은가 보죠. 아니면, 시체가 부르는 소리라도 들었든가."

이인선은 눈동자를 왼쪽으로 하며 주변을 둘러보기를 반복했다. 무엇인가를 보기보다는 혼자 생각에 빠진 것처럼 보였다.

"그렇지. 무덤이라면, 어제 기계에서 봤을 때도 그렇게 오래된 무덤 같지 않았지."

이인선이 중얼거렸다. 그러더니 김 기자에게 물었다.

"저 차, 지금도 쓸 수 있어요?"

이인선은 탐지 장치를 실은 차를 가리켰다. 김 기자는 작동된다고 했다. 이인선은 오 차장과 김 기자가 가져온 차로 다가가더니 차를 건물 안으로 끌고 들어왔다. 한규동이나 김 기자는 이인선이 땅을 팠던 자리를 다시 기계로 살펴볼 거라고 짐작했다. 한규동은 또 무슨 일을 벌이며 시간을 끌려고 하는지, 답답했다.

그런데 이인선은 그 자리, 무덤이 있는 것 같다던 그 바닥을 보지 않았다. 이인선은 대신에 건물의 벽면을 장비로 확인했다.

장비의 화면을 살펴본 이인선은 웃었다. 심심해하던 인턴 학생은 저 표정만큼은 어쩐지 상당히 멋지다고 생각했다.

이인선이 말했다.

해답편

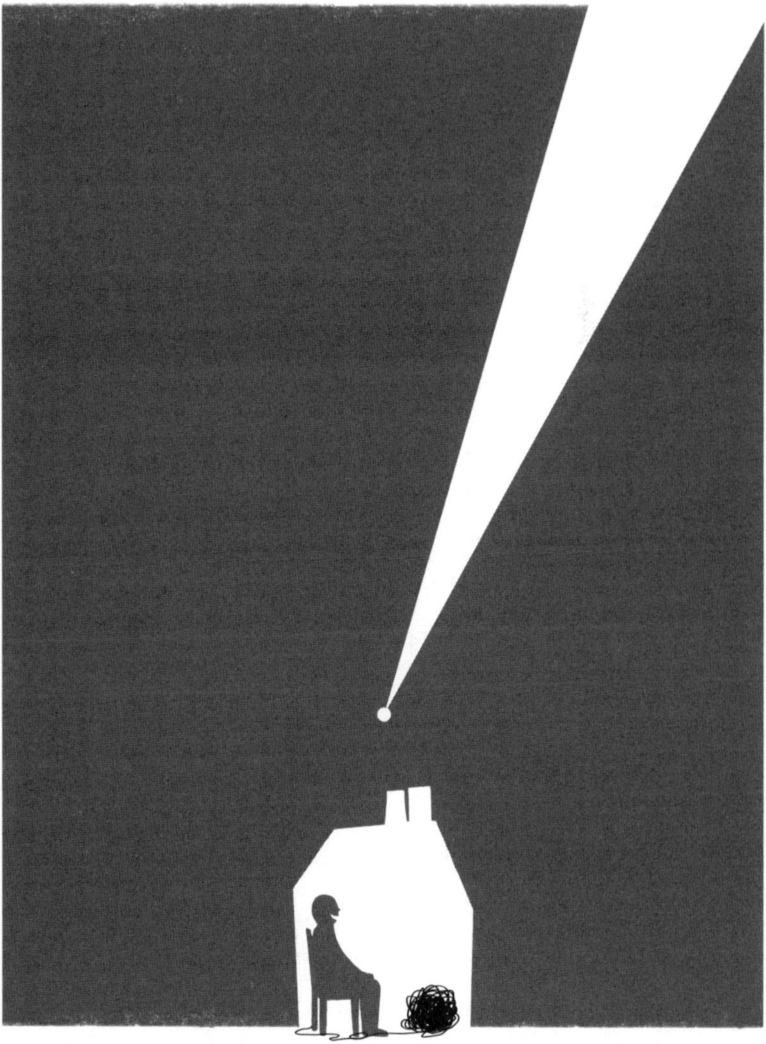

39

이인선의 그 말을 듣자, 오 차장이 바로 곁으로 달려왔다.

"인선이, 알려줘. 나에게도 너의 마음속에 있는 것을 알려줘."

오 차장은 이인선이 무엇인가 중요한 사실을 깨달았다는 것을 알았다. 알 수 없던 모든 일이 다 풀렸고 그 답을 이인선이 이제 갖고 있는 것 같았다.

"제발, 나를 위해. 우리를 위해."

오 차장은 이인선을 반복해서 졸랐다. 이인선은 처음 몇 번은 오 차장의 말에 대답도 하지 않았다. 그저 벽면 이곳저곳을 기계로 다시 확인하고 다니면서 자기 생각이 맞았다는 것을 확인하는 듯했다. 오 차장이 자신을 한참 귀찮게 하자 이인선은 우선 오 차장을 비난하기 시작했다.

"오 차장, 너네 일이 있고, 우리 쪽 일이 있는 거야. 이렇게 끼어들어서 방해하면 안 돼."

"미안해. 내가 정말 잘못했어."

오 차장은 필요하다면 당장 두 손으로 싹싹 빌기라도 할 것 같은 태도였다. 이인선은 오 차장에게 몇 가지 더 당부한 다음에, 다시 입을 열었다.

"이번 건 알려주면 돈은 얼마나 쳐줄 건데."

"지난번 건의 1.64배."

"야, 두 배면 두 배지, 너는 무슨 1.6배도 아니고 1.64배는 뭔데?"

"그 숫자가 적합해. 1.65배는 너무 많은 것 같고, 1.63배는 너무 적은 것 같잖아."

"기사가 됐든 뭐가 됐든 내가 직접 쓰는 건 없다. 오늘 여기서 말로만 설명해주고 끝이야. 네가 다 알아서 쓰고 만들고 팔고 하는 거야."

"좋아. 대신에 중간에 모르는 거 생기면 전화로 세 번만 물어보게 해주고."

"전화 한 번에 이십 분 넘기면 안 되고."

"그러면 전화 네 번."

"장혜경이라고 아는 작가 한 명이 있는데, 그 사람 기사 한 번 내줘야 돼."

"대신에 그 기사 내용은 인선이가 줘야 되고."

두 사람은 이인선이 오 차장에게 설명할 이야기에 대해 계속 조건을 흥정했다.

흥정중에 두 사람은 "그런 식으로 조건 걸면 또 가리봉동 때 꼴 난다"라거나 "지난번에 방배동 까페 골목 때 그렇게 했다가 귀찮아서 피 토할 뻔했잖아"라고 자기들끼리만 통하는 예시를 들어 대화했다. 김 기자는 그런 말이 나올 때마다 메모했다. 나중에 무슨 뜻인지 오 차장에게 물어보며 배우려는 것 같았다.

한규동은 점차 더 불안해졌다. 마침 먹구름이 짙어져서 주위도 점차 어두워지고 있었다. 밝고 좋은 것보다는 사악하고 질척거리는 것에 어울릴 모습으로 변해가는 것 같았다. 그러나 그러면서도 이인선의 대화나 설명에 호기심이 생겨 어느새 건물 안으로 몇 걸음 들어와 있었다.

"그래, 그러면 내가 이야기해줄게."

그런데 그렇게 흥정이 끝난 뒤에도 이인선은 바로 뭔가를 설명하지 않았다. 대신 전등으로 건물 곳곳을 휘휘 비춰보거나 기계 장비를 켰다 껐다 하며 또 벽면 이곳저곳을 살펴보면서 "진짜 그러네" "그렇지, 그렇지" 할 뿐이었다.

"조금만, 조금만 더 기다려보라고."

오 차장이나 김 기자가 뭐하는 거냐고 조르면 이인선은 시간을 확인하면서 그저 기다리라고만 했다. 이인선은 구름 낀 바깥 경치를 내다보며 "이 정도면 어지간하겠지"라고 하는가 하면, 기다리는 사람들을 문 가까운 쪽에 가 있으라고 지시하기도 했다. 시간이 더 흐르자, 기다리는 것이 지루해진 인턴 학생은 자기는 좀 자야겠다고 말하고 장비를 실은 차의 자리에 기대앉아 눈을 감아버렸다.

이인선은 장비로 벽면을 다시 확인하다가 발로 툭툭 쳤다. 그러자 천장에서 낡은 시멘트 부스러기가 떨어져나왔다. 부스러기는 습기에 썩고 곰팡이가 슬어 시커멓고 길쭉했다. 그런 게 머리카락으로 들어가니 짜증스러웠다.

한규동은 손등 위에 떨어진 시멘트 부스러기를 보았다. 까맣고 가늘고 길게 떨어진 모양이 마치 작은 가시나 무슨 털 모양 같기도 했다. 한규동도 문득 뭔가 머릿속으로 훅 들어오는 기분이 들었다.

그때 마침 시간을 확인한 이인선이 말했다.

"지금이야, 지금. 자, 보세요."

이인선은 그렇게 말하더니 열려 있는 건물 문을 갑자기 닫았다.

"무슨 짓이에요."

한규동이 말했다. 그러나 한규동이 문을 왜 닫느냐고 따지기 전에 사람들은 모두 한 방향을 보게 되었다.

건물 천장 쪽에서 다시 그 형체가 나타났다. 거꾸로 된 여자의 얼굴이었다.

"내가 싫다고 했잖아!"

한규동은 소리를 지르면서 문을 열고 도망치려고 했다. 그런데 이인선이 한규동의 손목을 잡았다. 한규동이 뿌리치려고 했지만 손아귀 힘은 굉장히 강했다. 한규동은 몸을 버둥거리며 울기 직전이었다.

이인선은 한규동을 잡아당기며 말했다.

"규동 씨, 한 이사. 저거 한 번만 보라고. 한 번만. 똑바로."

이인선은 한규동의 몸을 비틀어 천장에 나타난 거꾸로 된 얼굴을 보게 만들었다. 한규동은 보지 않으려고 몸을 돌리며 발버둥쳤다. 하지만 잠깐은 볼 수밖에 없었다.

"얼굴을 봐. 입 모양을 보라고."

이인선이 말했다. 한규동은 거꾸로 뒤집혀 새빨갛게 열렸다 닫히는 얼굴 형체의 입을 보았다. 그때 이인선이 모두에게 들리도록 소리 내어 말했다.

“오늘 저녁 퇴근길에 우산 준비하셔야겠습니다. 비 소식 있습니다.”

이인선의 말과 허공에 뜬 형체가 입을 움직이는 모양이 정확히 맞아떨어졌다. 차에 앉아 있던 인턴 학생이 그 형체를 보고 말했다.

“이번 달부터 새로 나오는 기상 캐스터네요.”

40

여전히 무서워서 온몸이 달달 떨리고 땀이 났다. 그렇지만 소리를 지르고 뛰는 것은 멈췄다. 오 차장과 김 기자는 이게 다 무슨 일인지 알 수가 없었다.

"이게, 이게 뭔데요?"

이인선은 닫았던 문을 다시 활짝 열어젖히며 말했다.

"카메라오브스쿠라."

열어젖힌 문 밖으로는 도시가 내려다보였다. 그리고 커다랗게 빛나는 전광판이 보였다. 전광판에는 바로 그 형체와 똑 닮은 기상 캐스터가 날씨를 소개하는 장면이 나오고 있었다.

이인선의 그 말을 듣자, 한규동은 "어어어" 하는 소리를 냈다. 몇십 조각으로 조각났던 유리 그릇이 갑자기 다시 모여들며 원래 형상으로 꼭 맞아드는 기분이었다. 한규동은 그제야 이인선의 생각을 모두 알 수 있을 것 같았다.

그러나 오 차장과 김 기자는 여전히 알 수 없어 궁금하다는 얼굴이었다. 인턴 학생은 궁금한 건지, 이미 이해한 건지, 아니면 관심이 없는 것인지 알 수가 없었다.

"'카메라오브스쿠라'가 뭡니까?"

김 기자가 물었다.

"바늘구멍사진기라고 알아요?"

"옛날에 학교에서 실험하던 거 말씀이십니까?"

"예, 그거 할 때 보면, 깜깜한 상자에 바늘만 한 구멍을 뚫어놓으면 꼭 카메라처럼 바깥에 있는 모양이 안에 영상으로 맺힌다고 그러잖아요."

"대충은 기억나는 것 같습니다."

"옛날 르네상스 시대에 유럽 화가들이 그림을 사진처럼 정확하게 그리려고 뭘 했느냐면, 그 바늘구멍사진기에 해당하는 걸 아주 크게 만들었어요. 방 하나를 아주 깜깜하게 해놓고, 작은 구멍을 뚫어요. 그런 다음에 방 바깥에 사람이나 물건을 세워놓으면 방 벽면에 바깥에 세워놓은 모습이 영상으로 비치는 거죠. 그렇게 영상이 비치면 거기다가 캔버스 세워놓고 비친 대로 그림을 그리는 건데, 그렇게 장치해놓은 걸 카메라오브스쿠라라고 하거든요."

김 기자는 다시 뭔가를 메모했다. 이인선은 설명을 계속 했다.

"그렇게 하면 바늘구멍사진기처럼 영상이 뒤집혀서 거꾸로 보이죠."

"방금 우리가 봤던 거, 그리고 어제 봤던 것도 사람 모양이 거꾸로 뒤집혀서 나왔습니다."

"하필이면 거꾸로 귀신이 튀어나온다는 이야기가 왜 그렇게 옛날부터 여기저기에 많았는지 이상했거든요. 그 이야기들의 공통점이 뭐냐면, 하나같이 어두운 방이나 동굴에서 그걸 본다는 거고, 허공에 뜬 이상한 형상이 나오며, 그게 거꾸로 된 모양이고 좌우도 뒤집혀 있다는 설명이 있는 경우도 많았거든요."

"그게 다 카메라오브스쿠라 때문이라는 겁니까?"

"그렇지 않겠어요?"

김 기자는 다시 뭔가 열심히 적었다. 오 차장은 "이야", "아이아"라면서 이인선을 찬양하는 것 같은 감탄사를 연발했다. 이인선이 말했다.

"동굴에서 거꾸로 된 세계를 봤다는 이야기가 뭐냐면, 자연적으로, 아니면 우연히, 카메라오브스쿠라처럼 되어버린 거예요. 깊은 동굴에 깜깜하게 빛이 없는 곳까지 들어갔는데, 동굴 벽에 금이 가서 작은 구멍이 난 곳이 있었던 거예요. 그게 바깥하고 통해 있으면 작은 구멍이 바늘구멍 역할을 해서 바깥의 장면이 동굴 안쪽에 희미하게 비쳐 보이는 겁니다. 그러면, 바깥에 걸어다니는 사람, 바깥에 있는 마을 풍경이 동굴 안쪽에 비치는데, 그걸 얼핏 보고 거꾸로 된 저승 세계라고 생각한 거죠. 지하로 한참 내려간 곳에서라면 바깥에 어떤 마을이 있는지는 알 수 없으니까요."

"다른 경우도 다 그런 겁니까?"

"아마 그럴 거예요. 건물에 벌레 파먹은 구멍이 하나 있었는데, 밤에 건물이 깜깜해졌을 때 그 구멍이 바늘구멍 역할을 해서 건물 바깥에 있는 빛나는 간판이나 네온사인 같은 게 집 안에 비쳐 보이는 거죠. 그걸 보고 거꾸로 된 귀신이 튀어나왔다고 착각하게 되는 거고요. 왜 귀신이 나오는 데는 꼭 이상한 한기가 느껴지고 싸늘하다고 하잖아요. 그것도 무슨 신비롭고 무서운 기운이 있어서 그런 게 아니라 구멍이 뚫린 자리 근처니까 바깥바람이 들어와서 그랬던 거겠죠."

한규동은 건물 문 바깥으로 보이는 전광판을 계속 보고 있었다. 그 형체의 얼굴이었던 기상 캐스터는 소식을 다 전하고 사라지고 없었다. 그 자리에는 글자로 된 공익광고 표어 따위가 나오고 있었다. 그런데도 한규동은 허망한 눈으로 그것을 보고 있었다.

이인선이 말했다.

"이 건물 바깥에는 전광판이 있거든요. 밤에 전체 화면으로 날씨 소개하는 영상이나 동영상 광고 같은 게 나오면 저게 밝게 보인다고요. 그때 이 건물 안에서 문을 닫고 깜깜하게 있으면, 건물에 나 있는 작은 구멍이 바늘구멍 역할을 해서 저 전광판의 장면이 상하좌우가 뒤집혀서 건물 안쪽 벽에 비친다고요. 저 전광판은 일기예보 기상 캐스터 나올 때만 사람 얼굴 모습이 나오니까, 일기예보 나오는 시각에 맞춰서 여기 들어오면 그 뒤집힌 영상을 보게 되는 거지요."

"그 방글라데시에서 일하러 온 사람은 만날 뉴스만 보던 사람이라 그걸 알아냈던 거네."

인턴 학생이 말했다. 인턴 학생은 "참 쉽게 돈 버는 수도 있네" 하고 투덜거리듯이 말했다. 한편 김 기자는 더 열성적으로 물었다.

"이런 건물에 그런 작은 바늘구멍 같은 게 왜 있는 겁니까? 그런 구멍을 일부러 뚫어놓을 이유가 없잖아요. 나무로 된 건물이면 벌레가 먹었다거나 원래 틈이 있었을 수도 있겠지만 이 건물은 튼튼하게 지은 시멘트 건물인데요."

이인선은 건물 벽을 한 번 쳤다. 퉁 하는 소리가 났다. 또 그 머리카락 같은 검은 시멘트 부스러기가 떨어져 내렸다. 이인선이 말했다.

"부실 공사요."

"부실요?"

"여기에 건물을 새로 지은 건 무슨 다른 이유가 있는 게 아니에요."

"무슨 이유인데요?"

이인선의 설명을 감동하며 듣고 있던 오 차장이 나서서 말했다.

"이 동네 전체가 개발만 되면 엄청나게 돈 벌 거라고 생각하는 사람들이 어떻게든 여기에서 자기들이 살고 있었다는 권리를 주장하기 위해 땅 붙들고 버티려고 모인 곳. 여기 이 공장도 결국 마찬가지지."

오 차장은 무슨 깊은 감정을 느끼는 것처럼 풍부한 표정으로 건물을 둘러보았다. 이인선이 이어서 말했다.

"이 동네가 돈 된다고 해서 원래 판잣집, 비닐하우스에서 살던 사람들 대신에 투기꾼들 모여들던 그때에, 여기 공장도 땅 차지하려고 했을 거라고요. 자기네들이 예전부터 차지하고 쓰고 있던 땅으로 인정을 받으면 나중에 그만큼 돈을 더 챙길 수 있을 거라고 보고, 쓰지도 않지만 일단 건물부터 지어놓은 거겠죠."

"필요 없는 건물이지만 일단 짓는다는 겁니까?"

김 기자의 말에 이인선이 또 설명했다.

"어차피 부실 공사 많이 하던 시절이기도 했고. 그렇게 쓸데없이 그냥 보여주기 위해서만 짓는 건물이다 보니까 더 대충 지었을 거거든요. 그래서 지은 지 얼마 안 되어서 금도 가고, 갈라진 데도 생기고, 그러다 보니까 틈도 생겨서 그런 작은 구멍이 생겼을 거라고요."

"그렇게 대충 지은 건물입니까?"

"아까 기계로 벽을 살펴보니까 아주 심해요. 이 건물에 아무도 들어가지 말고 쓰지도 말라고 한 게, 귀신, 저주, 뭐 이런 거 때문에 그런 게 아니라 건물 무너질까 봐 위험해서 그런 거 같아요. 그런 건 공식적으로 기록으로 안 남겨두니까 지금은 아는 사람도 별로 없겠지만. 지금도 엄청 위험해요. 당장 무너져도 이상할 게 없지."

그 말을 듣자 인턴 학생은 바로 차에서 내려 건물 바깥쪽으로 걸어나갔다.

"그 두 사람이 여기서 착암기를 안 써서 정말 천만다행이지. 그런 착암기로 들들들 해버리면 폭삭 주저앉을걸요."

그 말을 듣고는 한규동이 물었다.

"아까 그 두 사람, 그 키 큰 여자와 대머리 남자는 누구인데요?"

"그 사람들이 여기에 엮여 있는 수상한 사람들인 것까지는 맞아요. 귀신하고 상관은 없고."

"그러면 뭐하고 상관이 있는데요?"

"여기에 누가 묻혀 있느냐, 하는 거하고 상관이 있는데. 파봐야 알겠지만. 지금부터는 다 내 상상인데, 내 상상에는 이래요."

이인선은 곡괭이와 착암기 쪽을 쳐다보았다.

"두 사람은 여기 공장에서 일하던 직원이 맞을 거야. 그런데 일하다가 이 근처가 개발되면 한몫 잡는다는 말을 들었던 거야. 여기 판잣집에서 사는 사람들은 개발만 되면 바로 떼돈 번다는 이야기도 듣고, 판잣집 사는 사람들한테 돈 쥐여주고 대신 개발될 때 권리를 넘겨받기로 한 투기꾼들이 몰렸다는 소리도 들었을 거라고."

"그런 게 한번 크게 유행했다고 하기는 했으니까 그랬을 수 있죠."

"그 두 사람도 자기들 재산 털어서 부동산 투자를 한번 해보자고 한 게 아닌가 싶어요. 그래서 비닐하우스나 판잣집 사는 사람 누구하고 계약을 해서, 자기들이 당장 현금으로 얼마를 줄 테니까 대신에 개발로 생기는 이익은 자기한테 넘기라고 했을 거라고. 예전에 한참 그런 투자 많이 유행할 때 여기 살던 사람들에게 접근해서 권리 넘기는 계약을 한 사람들 많았거든. 뭐, 옛날이야기 속에 나오는 '못 따라간 마지막 직원 한 명'하고 계약했을 수도 있겠지."

"그러면 도대체 저기 묻혀 있는 사람은 누구인데요."

한규동은 다들 보고 있는 곡괭이 쪽을 가리켰다. 이인선이 대답했다.

"역시 내 상상인데, 이런 거야. 그렇게 여기 어디 판잣집에 살던 사람하고 개발되면 돈 넘기기로 계약을 했는데, 그 사람이 어느 날 병이 들었든지 사고가 났든지 해서 죽어버린 거야. 뭐, 임만섭이 묻어놓은 약물을 우연히 발견하고 죽었거나 거꾸로 나온 귀신을 보고 놀라서 심장마비로 죽었다고 한다면 더 기가 막히겠지만 그런지 어떤지는 모를 일이고. 하여튼 그렇게 판잣집에서 살던 주민이 죽었으니까, 어떡해. 그 판잣집 주민이 살아 있어야 나중에 거기가 개발되면 돈을 받아서 키 큰 여자랑 대머리 남자한테 넘겨줄 텐데. 죽어서 없으면 그럴 게 없잖아. 그냥 다 날아가는 거 아냐."

김 기자는 이야기를 들으면서 그런 식으로 계약해서 돈을 챙기는 투기가 얼마나 유행했는지 검색해보고 있었다. 이인선은 이어서 말했다.

"그래서 그 두 사람은 자기랑 계약한 판잣집 주민이 죽지 않은 것처럼 위장하려고 한 거야. 사망신고도 안 하고, 시체를 옮겨서 사람들 아무도 안 올 거라고 생각한 이 건물에 밤에 몰래 묻은 거야. 규동 씨가 해준 이야기에서 두 사람이 밤에 와서 귀신을 보고 이상해졌다는 거는 아마, 밤에 몰래 시체를 묻은 게 소문으로 바뀌어 퍼져나간 거 같아."

"보물을 찾느라고 여기 땅을 파헤친다는 소식을 듣고 놀랐을 겁니다. 혹시 자기들이 묻어놓은 시체가 발견되는 거 아닌가 싶어 다시 파내서 얼른 옮겨가려고 했던 거고."

오 차장은 김 기자의 말이 그럴듯하게 들리는 것이 흐뭇한지 더욱 즐거워하는 듯 보였다.

"그 사람들 도망칠 때 어떤 할머니가 도와주시던데요. 그 분은 누굽니까?"

이어서 김 기자가 이인선에게 물었다.

"여기에 투자한다고 몰려든 사람들이 비슷비슷한 처지가 많거든. 그런 사람들끼리 서로서로 망보면서 돕고 있는 걸 거라고. 누가 하나 비집고 들어와서 천막 치고 눌러앉으면 자기들 지분이 그만큼 줄어드니까 아무도 못 들어오게 망도 봐야 되고, 누가 와서 이런 식으로 권리 사고파는 거 불법이라고 신고하려고 따지는 사람은 있을 수도 있으니까, 사람들 왔다갔다할 때마다 계속 살피고 눈치보고 서로 알려주고 할 거라고."

이인선은 한숨을 한 번 쉬었다.

"어디 여기에 사망신고 안 한 시체가 하나 딱 묻혀 있겠어. 산 굽이굽이, 집 사이사이에 몇 군데나 그런 게 있겠지."

이인선의 말이 조용한 건물 안에 반사되어 울려 퍼졌다. 다들 건물 바깥으로 걸어나왔다.

"이게 진짜 귀신 같네요. 사람이 죽었는데 죽은 취급도 못 받고 영영 살아서 떠도는 걸로 취급되고."

한규동이 말했다.

아직 비는 내리지 않았다. 하지만 천둥소리가 음산하게 산을 울려서 곧 비가 올 것 같았다. 전광판에는 새로운 기사가 흘러나왔다.

대통령 특단으로 모든 문제를 각오하고 다시 아파트값에 적극 개입하기로 결정.

41

우리가 돈을 벌 수 있었던 것은 거기까지였다. 모든 내용을 오 차장에게 넘겼고, 오 차장은 이것을 괜찮은 이야기로 만들어서 일간지와 주간지, 월간지 기사로 실었다. 내용을 포장해서 텔레비전 보도 프로그램의 자극적인 이야깃거리로도 만들어주었다. 내가 도저히 상상하지 못하는 경지에 도달해 있는 오 차장과 김 기자는 무슨 재주가 있는지 그런 상황에 그런 내용을 가지고도 오히려 그 공장 쪽 회사를 선전하는 내용의 홍보 프로그램을 만들어내기도 했다. 사장은 그 소식을 듣더니 그 건은 우리가 했어야 했는데 푼돈 먹고 오 차장에게 빼앗겼다며 안타까워했다.

아닌 게 아니라, 이야기의 결말은 우리가 돈을 번 것보다도 훨씬 더 소란스러웠다.

우리가 건물 바깥으로 나왔을 때, 기회를 노리고 숨어 있던 키 큰 여자와 대머리 남자가 또다시 건물 안으로 뛰어들어간 것이다.

두 사람은 건물 문을 걸어 잠근 채 바닥을 파헤치려고 착암기를 썼다. 건물에서 이상한 소리가 났다. 산과 주변에 가득 들어찬 더러운 쓰레기 더미들이 하나의 괴물이 되어 울음소리를 내는 것 같은 큰 소리였다.

사장은 건물 안에 있는 사람에게 빨리 나오라고 했고, 잠근 문을 부수고 들어가 그 두 사람을 끌고 나오려고 했다. 건물은 곧 무너졌다. 사장과 두 사람은 무사히 나왔지만, 사장을 구하겠다고 설치며 뛰어든 오 차장은 다리를 크게 다쳐 아직도 목발을 짚고 다니고 있다. 김 기자는 이것이야말로 진정한 "기자 정신"이라며 오 차장을 만날 때마다 감동하고 있는 것 같다.

그 소란 덕택에 그때는 꽤 떠들썩하기도 했다. 지금이야 다들 잊고 있는 일이지만, 불법 건축물을 적발하겠다느니, 불법 부동산 투기를 적발하겠다느니, 텔레비전에 나와서 무서운 말 하는 공무원이나 검사 들도 꽤 오래 설쳤고, 그때 붙들려가서 조사받고 기소당한 사람도 여럿 있었다.

건물이 무너졌기 때문에 아직까지도 거기에 정말 뭐가 묻혀 있었는지는 모른다. 키 큰 여자와 대머리 남자는 아무 말도 하고 있지 않다고 한다. 그런데도 그날 그 근처에 있었던 공장 직원, 보물 사냥꾼, 마약 밀매업자, 무속인, 땅 투기꾼, 그 외의 단순한 정신 나간 사람들 등등이 워낙 많아서 다들 자기들이 겪은 것에 대해 이상한 이야기를 한마디씩은 보태고 있어서 이야기는 더 괴상하고 신기해져갔다.

나 역시 사실이 정확히 뭐였는지 확인하고 싶어 궁금했던 적이 있다.

"시체가 아니고 진짜 뭐라도 보물 비슷한 게 묻혀 있는 거 아닐까요? 이런 거 어때요? 동화 같은 데서 보면, 보물인 줄 알고 힘들여 파봤는데 허망한 게 묻혀 있었다, 뭐 이런 결말도 많은데. 거기에 사람 모양으로 묻혀 있는 게 사실은 임만섭 사장이 마지막까지 가장 소중하다고 생각했던 일본군 군복 쌓아놓은 거 아닐까요? 지금은 아무 가치도 없겠지만."

사장은 이제 그런 것에는 신경을 쓰지 말라고 했다. 어차피 이제 더 이상하고 놀라운 사실이 밝혀져도 돈은 오 차장하고 김 기자 쪽에서 다 먹을 테니까 우리가 관심 가질 일은 없다는 것이다.

그렇지만 사장도 가끔씩 그 일을 다시 생각하는 것 같다.

"이렇게 저렇게 맞춰보면 규동 씨가 처음 해준 이야기랑 다 들어맞거든. 임만섭이랑 임만섭 아들이 실제로도 역할을 했고, 키 큰 여자랑 대머리 남자는 우리가 직접 봤고. 방글라데시에서 온 사람 역시 확실히 상황을 제일 잘 아는 사람이 맞았고. 그런데 말이지, 한 가지 모르겠는 게 뭐냐면, 그 이상한 직원 있잖아. 이 모든 일을 일으킨 주인공 격인 그 직원. 임만섭한테 온 그 이상한 직원 말이지. 그 직원은 누구냐는 거지. 진짜 있었던 사람 같기는 한데. 정말로, 실제로는 어떤 사람이었던 걸까?"

사장이 나중에 한번 추측해본 바로는, 그 '이상한 직원'이라는 사람이 그 시대에 상당히 드물었던 고학력 여성, 교육을 많이 받고 지식을 잘 갖춘 여자가 아니었겠느냐는 것이다. 그 추측 속에서 그 직원은 뛰어난 재능으로 우수한 고등교육을 받는 데 성공했지만 당시 이 나라 땅에서 자신에게 맞는 일자리를 찾을 수는 없었다는 것이다. 그래서 굶어 죽기 직전까지 자기 전공과 교육에 맞는 곳을 찾아 여기저기 취직하려고 애쓰다가 결국 다 실패하고 임만섭의 공장에 직공으로 취직했다는 이야기였다.

아마 그 공장에서 그 직원은 일을 하면서 노동자의 권리라든가, 공정한 기업 문화, 정당한 기업 경영 같은, 자신이 바깥에서 배웠던 것을 동료들 사이에 퍼뜨리려고 했고, 그게 이야기 속에서 "접해서는 안 되는 위험한 것"으로 나타난 것은 아닌가 싶다고 사장은 말했다. 배운 여자를 그저 신비한 괴물처럼 여기며 두려워하던 그때 그 사람들의 생각이 그런 이야기로 나온 것 아니겠느냐고.

모를 일이다.

42

알 수 없는 일은 그 밖에도 많기만 하다. 나부터도 그렇다. 이 회사에서 일을 시작한 지 이틀 만에 그 모든 일을 겪고도 다음날 다시 사무실로 출근하고야 말았다. 생선을 잘 고르는 기술에 대한 다툼으로 시작해서 귀신 소동을 겪고 조직범죄자들과 부딪히다가 나중에는 집이 무너지는 현장에까지 있어야 했는데도, 나는 또 그 너저분한 사무실로 출근하고 말았다.

전날 저녁만 해도 무슨 핑계를 대며 회사를 그만두겠다는 말을 할지 생각하고 있었던 것은 맞다. 그러나 다음날 아침이 되자 회사에 안 가고 집에서 뭘 할까 생각하자 마음이 조금씩 바뀌었다.

게다가 이 회사에 와서 처음 겪은 일들이 너무 공교롭다는 생각이 들었다. 만약 사장에게 내가 이 이야기를 전하지 않았다면, 그리고 하필 그때 혜경 선배를 찾아가서 우리가 찍은 사진 위에 그림을 그리는 것을 같이 보지 않았다면, 그러면 그 일을 밝힐 수 있었을까? 그렇다면, 거기 있었던 그 퀴퀴하고 악한 것을 파헤칠 기회가 마침 우리에게 그렇게 주어졌던 것 아니었을까? 그런 생각을 하게 되었다.

어차피 진짜 직장 구할 때까지 시간 보내면서 푼돈이라도 벌려고 했던 곳 아니었나. 오늘 출근해서 이제는 절대 위험한 곳에는 외근 나가지 않겠다고 먼저 말해보고, 안 된다고 하면 그때 가서 그만둬도 되는 것 아닌가, 하는 생각이 들었다. 하다못해 그 똘똘해 보이는 인턴 학생이 다니는 회사라면 그렇게 못 다닐 만한 곳은 아닐 것 같다는 생각까지 들었다. 아침 일기예보에 나온 그 기상 캐스터는 분명히 내가 거기서 본 얼굴이었다. 처음에는 신비하고 놀라웠지만 쳐다보고 있으니 사랑스러운 얼굴이었다. 무섭지 않았다.

그래서 나는 사무실로 나갔다. 가보니, 어지러운 사무실의 모습은 기억보다도 훨씬 심해서, 못 쓰게 된 쓰레기통을 내다 버리면 담는 역할을 하는 큰 쓰레기통 같아 보였다. 게다가 사장은 뭐라고 말을 걸기 민망하게도 애들 책상 넷을 붙인 자리에 적당히 누워 잠을 자고 있었다. 그러다가 아침 9시 40분인가에 부스스하게 잠에서 깨어 처음 나에게 한다는 말이 "좀 출출한 것 같은데, 우리 탕수육이나 시켜 먹을까?"였다.

점심때가 다 되어 내가 임대료 고지서를 건네주자, 사장은 무슨 이런 건물 임대료가 이렇게 비싸냐고 욕을 주렁주렁 했다.

"그러고 보면 말이야, 규동 씨가 해준 이야기에서 왜 이야기를 들으면 사람이 뇌가 망가지는 이야기가 있다고 했잖아요? 그것도 어떻게 보면 맞는 이야기야."

사장은 욕을 한참 하고 나더니 점차 차분한 말투로 변해갔다.

"누가 시작했는지, 거기 그 아무것도 아닌 산비탈이 개발되면서 돈 된다는 이야기가 한번 도니까, 너도 나도 몰려들어서 다들 그게 뭐야 하는 거지. 한번 몰려드니까 소문이 더 돌아서 더 값이 비싸지고, 소문이 도니까 또 사람이 몰려서 또 값이 오르고. 돈이 된다는 이야기 때문에 더 돈이 되는 거 같잖아. 말 때문에 땅값이 오르고 땅값이 오르니까 또 말이 돌고. 사람이 점점 더 이상해지고."

사장은 이야기를 다시 돌이켜보는 듯싶었다.

“귀신 나오는 건물이라서 사람들이 못 가게 했다더니, 불법으로 지은 부실 건물이라서 못 가게 한 거였어. 그러면 결국 거기 땅값이 귀신인 거야.”

그런 말을 하더니 그때부터 이제 어디서 돈을 벌지 다시 맹렬히 고민을 하는 것처럼 보였다. 그러나 십 분을 채 넘기지 못하고 졸리는지 어디 구석에 틀어박혀 잘 곳을 찾기 시작했다.

나는 다시 할 일이 없어졌다. 인턴 학생은 전화기를 보며 게임을 하고 있었다. 나는 할 줄 아는 게임도 없었다. 이참에 차라리 조금이라도 견딜 만하게 주변을 치우고 청소라도 하면 어떨까 하는 생각이 들었다. 나는 흐트러진 책상을 치우고 널브러진 튀김 부스러기를 휴지로 훔치기 시작했다.

좋은 선택이었다. 그후에도 나는 아주 오랫동안 그 사무실에서 일하면서 훨씬 더 많은 일을 겪어야 했기 때문이다. 지금 와서 하는 이야기지만, 그나마 이번 일 정도면 별 고민거리도 아니라고 생각할 일이 도대체 몇 번이나 더 있었는지, 말하자면 끝이 없고 되새기자면 아득하기만 하다.

작가의 말

나는 이 소설을 저주받은 원고라고 불렀던 적이 있다. 그 사연은 이렇다.

2015년 여름에 나는 한 출판사로부터 문의를 받았다. 소설을 써줄 수 있느냐는 것이었다. 환상적인 내용을 다룬 재미있는 소설을 출판하고 싶은데 동시에 사회 비판적인 내용도 가미된 내용이었으면 좋겠다는 것이 편집자의 설명이었다. 그러면서 그런 내용을 시리즈로 열 편 정도를 내고 싶다고도 했다. 배경이나 주인공이 느슨하게라도 이어진다면 내용은 각 편마다 끊어져도 좋다고 했다. 그러므로 각 편마다 서로 다른 작가에게 집필을 맡길 거라는 계획도 갖고 있다고 했다. 그 출판사에서는 기획에 맞는 시리즈 소설을 써줄 작가 열 명을 찾고 있었던 것이다.

마침 나는 일거리가 많지 않을 때라, 시리즈 열 편 중에 한 편이라도 맡아 쓰면 좋겠다고 생각했다. 다만 출판사에서 기획하고 있는 소설이 무엇인지 명확하지 않다는 느낌이었다. 그래서 "나는 이러저러한 소설을 쓰는 편인데 엇비슷하게 이러저러한 분위기로 써도 된다면 하고 싶습니다"라고 회신을 보냈다. 그러면서 내가 써서 공개한 단편 중편 중에 적당히 사회 비판적인 느낌이 들 만한 것을 한두 가지 골라 보냈다.

그 출판사에서는 답신이 왔고, 곧이어 담당 편집자뿐만 아니라 출판사 대표까지 같이 만나자는 연락을 받았다. 나는 점심시간을 쪼개어 출판사 분들을 만났는데, 대표는 원래 계획은 접어버리고 시리즈 열 권을 모두 나에게 집필을 맡기고 싶다고 했다. 그리고 여러 이야기를 했는데, "가능하면 친일파를 응징하는 이야기가 들어가는 게 좋겠다"는 의견을 피력했다. 일단 시리즈 세 편 정도 출간하면 대대적으로 홍보도 해볼 테니 최대한 빨리 세 편을 써달라는 당부도 있었다.

나는 열 편의 시리즈를 다 출간하는 것은 너무 먼 이야기 같으니, 우선 첫 번째 권부터 차근히 계획해서 내보고, 그러고 나서 한 권씩 진행해나가는 게 좋겠다고 제안했다. 그렇게 해서 나는 한 권의 장편소설을 쓰기로 이 출판사와 계약을 진행하게 되었다. 몇 차례 협의 끝에 선인세를 정하고 그중의 일부를 계약금으로 받을 수 있었다. 나는 계약금이 입금된 것을 확인한 후 그해 가을부터 이 소설을 쓰기 시작했다.

당시, 반년에 한 편씩은 내자는 이야기가 나왔으므로 나는 최대한 빠르게 소설을 쓰고 싶었다. 그래서 오래전부터 생각하고 있던 소재를 써먹기로 했다.

몇 년 전에 나는 한국의 옛 기록 속 괴물 이야기를 모아서 정리해본 적이 있었다. 그러면서 이런저런 자료를 보다가 동굴 속에 들어가서 거꾸로 뒤집힌 다른 세상을 본 사람에 대한 조선시대 기록을 읽게 되었다. 나는 비슷한 형태의 전설이 다른 나라 다른 대륙에도 있다는 것이 떠올랐고, 나아가 요즘의 몇 가지 무서운 이야기와도 통하는 점이 있다는 생각이 들었다. 덕분에 나는 흥미를 갖고 이 이야기를 다시 찬찬히 살펴보았는데 그러다가 이상하게도 나는 이 조선시대 이야기에 집착하게 되었다. 나중에는 일부러 시간을 내어 도서관이나 논문 자료실을 드나들며 조금이라도 관련이 있을 만한 내용을 찾아다니게 되었다.

그렇게 온갖 글을 뒤지다가 엉뚱하게도 조선시대의 초상화에 대한 어느 글에서, 조선시대의 몇 가지 기록을 보다 보면 카메라오브스쿠라 기술에 대한 지식이 조선 후기에 전해졌을 가능성과 그 시점을 생각해볼 수 있다는 내용을 읽게 되었다. 나는 그 기록이, 전에 내가 읽었던 동굴 속에서 뒤집힌 다른 세상을 본 이야기와 통한다고 생각했다. 아마 어두운 곳에서 거꾸로 된 사람을 보았다는 식의 신비한 세계 체험담은 이런 카메라오브스쿠라 혹은 바늘구멍사진기의 원리 때문에 생긴 현상을 착각한 것일 가능성이 있다는 생각을 하게 되었다.

2009년 3월부터 사용하고 있던 수첩에 나는 그 발상을 메모해두었고, 언젠가 소설로 쓰겠다는 마음먹었다. 2015년 가을과 겨울이 바로 그 언젠가였다.

2016년 초가 되어 나는 소설 원고를 완성했다. 나는 곧 출판사에 원고를 보냈는데 생각보다 오랫동안 답신이 없었다. 애초에 출판사 나름의 기획 방향이 확고했던 듯 보였기 때문에, 내 소설이 마음에 들지 않아 대거 뜯어고쳐달라고 하는 것은 아닐까 걱정되었다. 그런 식으로 고치고 또 고치고 타협하고 또 뒤엎고 하다 보면 일이 너무 오래 걸릴 수 있기 때문이다. 굉장히 지치고 피곤한 일이 될지도 몰랐다.

그런데 한참 만에 돌아온 소식은 더 놀라웠다. 운영난으로 소설 사업을 접기로 했다는 것이다. 그러니 어쩔 수 없이 내

원고를 출간할 수가 없게 되었다고 했다. 그렇게 해서, 나는 내놓을 곳 없는 장편소설 원고 하나를 들고 있게 되었다.

아쉽고 답답했던 나는, 소설을 썼는데 어쩌다 보니 졸지에 출간할 곳이 없어져버렸으니 관심 있는 출판사에서 연락을 해달라는 글을 인터넷에 올렸다.

운 좋게도 몇 군데의 출판사에서 연락을 해 왔고, 나는 그 중에 가장 좋은 조건을 제시해주는 곳과 함께 다시 이 원고로 계약을 하게 되었다. 그때까지는 골치 아픈 일이었지만 다시 희망이 보이는 것 같았다. 원고가 이미 완성되어 있으니 2016년 상반기 내지는 여름 중에는 출간하는 쪽으로 일정도 정할 수 있었다.

그런데 그 이후로도 이상하게 상황은 쉽지 않았다. 출판사 쪽에서 여러 자잘한 사건들이 벌어지면서 조금씩 조금씩 일정이 뒤로 밀리기 시작했고 가끔씩 굵직굵직한 일도 생겼다. 그렇게 해서 출간일은 가을로, 겨울로 미루어졌고 마침내 해를 넘기게 되었다. 그러고 나서도 여전히 일은 쉽게 진행되지 않았다. 어영부영하다 보니 소설 원고를 완성한 지 꼬박 일 년 반이 지났다. 왜 자꾸 이상하게 이 소설과 관련된 일은 이렇게 이상하게 꼬여만 가는가 싶어서, 나는 저주받은 소설이라는 것이 있다면 바로 이 소설이 그렇다는 생각까지 하였다.

그래도 이번 여름이 되어서는 일이 진척되기 시작했다. 지금 2017년 8월 18일에 이르러서는 마침내, 교정까지 마치고 지금 이 '작가의 말'을 쓰고 있다.

아직 책이 나온 것은 아니니, 나는 이 책이 서점에 나올 때까지 또 무슨 일이 생길지 어떤 소동이 벌어질지 알 수 없다.

만약 이 책이 무사히 독자님 손에 들어가서, 마지막 문단인 바로 이 문단까지 잘 읽고 계시다면, 역시 이 세상에 저주 따위는 없으며 대체로 많은 일들은 그럭저럭 이치에 맞는 행복한 결말을 맞이하는 편이라는 한 가지 좋은 증거가 될 수 있다고 생각한다. 이런 끝이라면, 소설의 내용과도 잘 어울린다고 믿는다.

곽재식

2017년, 선릉역에서

가장 무서운 이야기 사건

초판 발행 2017년 9월 22일

지은이 곽재식
펴낸이 염현숙

책임편집 임지호 | **편집** 지혜림 이송
표지디자인 이경란 | **본문조판** 최미영
저작권 한문숙 김지영
마케팅 우영희 정진아 김혜연 | **홍보** 김희숙 김상만 이천희
제작 강신은 김동욱 임현식 | **제작처** 한영문화사

펴낸곳 (주)문학동네
출판등록 1993년 10월 22일 제406-2003-000045호
임프린트 엘릭시르

주소 10881 경기도 파주시 회동길 210
문의 031-955-8892(편집) 031-955-8896(마케팅) 031-955-8855(팩스)
전자우편 editor@elmys.co.kr | **홈페이지** www.elmys.co.kr

엘릭시르는 출판그룹 문학동네의 임프린트입니다.

이 도서의 국립중앙도서관 출판예정도서목록(CIP)은
서지정보유통지원시스템 홈페이지(http://seoji.nl.go.kr)와
국가자료공동목록시스템(http://www.nl.go.kr/kolisnet)에서 이용하실 수 있습니다.
(CIP제어번호: CIP2017023064)